奇迹尽头是你

Qiji jin tou
Shi ni

琉玄 著

图书在版编目（CIP）数据

奇迹尽头是你 / 琉玄著. -- 合肥：安徽文艺出版社，2022.7

ISBN 978-7-5396-7451-3

Ⅰ. ①奇… Ⅱ. ①琉… Ⅲ. ①长篇小说－中国－当代 Ⅳ. ①I247.5

中国版本图书馆CIP数据核字（2022）第061136号

奇迹尽头是你
QIJI JINTOU SHI NI

出版人：姚 巍
责任编辑：宋潇婧 周 康
装帧设计：小 乔 小 米
图片绘制：蔚蓝Blue_tree 刘 晶

出版发行：安徽文艺出版社 www.awpub.com
地 址：合肥市翡翠路1118号 邮政编码：230071
营销部：(0551)63533889
印 制：杭州日报报业集团盛元印务有限公司 (0571)86909347

开本：880×1230 1/32 印张：10 字数：258千字
版次：2022年7月第1版
印次：2022年7月第1次印刷
定价：45.00元

（如发现印装质量问题，影响阅读，请与出版社联系调换）
版权所有，侵权必究

最好的爱，是在你看不到的时空里，也在用力奔向你。

目录

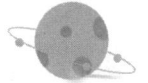

001	第一章	奇奇怪怪的开始
020	第二章	新的一天开始了
035	第三章	拆解万花筒
061	第四章	没有出口的迷宫
080	第五章	多线并行的节奏
098	第六章	纷乱叠来之森
120	第七章	宇宙弹线
136	第八章	与自己的约定

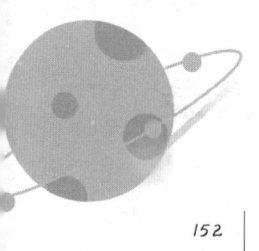

152	第九章	与光与风同行
177	第十章	加速、上下风逆转
197	第十一章	万千星星终将汇聚
215	第十二章	夏共海之诗
233	第十三章	地球倒转
251	第十四章	春夏秋冬的故事
266	第十五章	那就这样谢幕
274	第十六章	终将向你奔去
293	第十七章	最后的回响
301	后记	

第一章 奇奇怪怪的开始

1

20××年，2月1日，周一。这天，将是平凡的李庆夏一生中最后的平凡的一天。从明天开始，她的人生就要发生翻天覆地的变化了，而此刻的她还浑然不觉。

过了零点就是2月2日，周二了——这是稍显魔幻的数字。

为了突出这一天的魔幻，老天爷特地安排了一场非同寻常的"演出"：一个非常魔幻的气候现象，可谓千万年难遇——地球上将首次出现坐标几乎对称的极光。早在数天前，天文学家就发布了这条浪漫的消息，他们说："看起来就好像有一道极光像箭一样穿透了地球。"

天文学家发言：这对于许多人来说，将是他们平凡人生中最不平凡的一天，他们将有幸亲眼见证这样的壮丽景色，不知未来的人在视频里回顾这一幕时，得有多羡慕现在的人们。

此次极光的落点城市为星城，所以，星城一时间成了最热门的旅游城市。

当天，星城所有的酒店房间被炒出了高得惊人的价格。很多市民甚至出租自己的阳台给外来游客，想借此发一笔财。李庆夏的妈妈付冰也想这么干,她举起自己的手机,指着小区物业群里的对话框对李庆夏说:"我们楼上的老孙头把阳台租出去当观景台了,就一晚上,租金收三百块钱呢!这是天上掉下来的钱。"

此时是2月1日夜里八点,李庆夏刚下班回家,正把从外面顺手买回来的卤味凉菜往厨房里提,爸爸李志正在厨房里做饭。

"三百块钱?你差这三百块钱啊?这就敢把陌生人往家里引!"李庆夏笑着数落亲妈,同时探头看一眼锅里的红烧肉,随即对爸爸竖起大拇指,"香!"

"这钱是白来的!"付冰翻个白眼,"那你给我三百块钱。"

"给就给。"李庆夏摸出手机,做出要发红包的架势。

"我还就不要你的!"付冰道。

李庆夏知道她不会要,但还是逗了她一句:"我偏要给。"

付冰笑了:"这小几百块钱你倒是给得大方,也没见你扔个三五十万块钱给我。"

"你不能跟我要我没有的东西嘛!"李庆夏尖叫着扑过去。

"你有啥?你就说说你有啥?"母女俩打闹了一阵。

李志喊李庆夏过去帮忙:"夏夏,开饭咯!"

李庆夏,二十三岁,在宠物店打零工,有个"门当户对"的男朋友叫何翱。

他们有多门当户对呢?何翱就住在李家对门,两人从小一起长大,被双方父母玩闹着订下了娃娃亲,没料想他们竟真的走到了一起。李庆夏就是这样的人:干顺手的工作,交顺手的男朋友,不爱挑战,只喜欢做顺手的事情。她因为喜欢小动物,所以就在宠物店里打工;她因为懒得再与其他异性慢慢磨合,所以就和最熟悉的何翱谈起了恋爱。

父母和睦，工作顺心，男朋友可爱，一切都让李庆夏感觉太舒适了，她这辈子都不准备走出自己的舒适区。虽然她的父母老早就分房睡了，自己的薪水不是很高，男朋友熟到两人手牵手时就像自己的左手摸右手，但她觉得特别满足。闭着眼都能把日子日复一日地过下去，这令她感到无比安心！她的口头禅是："人不能既要也要，知足常乐才是人生真谛！"

她急匆匆地吃着饭，看父母正在对电视里的主持人发表意见。妈妈觉得人家的衣服不好看，爸爸觉得人家的衣服还行，但是口音不太行。他们的相处模式就像寻常老夫妻那样，但其实他们在李庆夏小时候闹过几次离婚，最后为了她还是没离，决定凑合着过了。

这不是也挺好的吗？李庆夏在心里感到安逸，希望这样稀松平常的日子能一直不变。

"你怎么吃得这么急啊？"付冰瞥了一眼她，突然皱起眉，"我可告诉你，还没结婚你就别想在外边过夜。"

李志说："哎！何翮那孩子的人品你还信不过？"

不等付冰再接话，李庆夏举起筷子保证道："我零点过了就回来！就看一眼极光。"

付冰说："那你叫他上我们家来看不行啊？非得出趟门。"

"我们约了一群朋友呢。"李庆夏端起自己的空碗冲进厨房，飞快地收拾好后，就往门外奔，"我绝对不在外面过夜，放心！"

2

然后……

李庆夏在半梦半醒间回味着昨天。

在自己的卧室里醒来时，李庆夏习惯性地伸出手去摸床头柜上的手机。在碰到台灯时，她愣了一下，睁开眼，盯着它想：蘑菇形状的台灯，是我买的吗？我什么时候买的？因为昨晚喝了不少酒，所以她现在脑子还有些不清醒。迷迷糊糊间，她终于摸到了自己的手机，上面显示：20××年2月2日，周二。

李庆夏从床上坐起来，揉了揉因为宿醉还有些发麻的脑袋。昨天晚上的记忆，好像有些模糊了，她确实是跟何翩他们一起玩了，但是自己是怎么回家的，她想不起来……

于是，她想叫爸爸给她弄点粥喝，先醒醒酒。在脚落地的时候，她觉得有一丝古怪，低头一看，地上有一双她不熟悉的人字拖鞋，是妈妈买的吗？但是看起来已经不是新的了。

有可能她的拖鞋被妈妈穿错了。这么想着，李庆夏便也没有在意，站了起来。往门口走的时候，她嗷的一声，小拇指碰到了落地灯。

这里怎么会有一盏落地灯？她有些生气了，住了二十三年的屋子，她就算眼睛瞎了也能毫无障碍地穿行，是谁在这里摆了一盏落地灯？她打开门，大喊："妈妈！"

罪魁祸首一定是付冰，因为李志非常尊重女儿的隐私，一般不会轻易进她的房间。

第二声"妈妈"没有喊出来，因为她愣住了。客厅也变了样子，无论是餐桌还是冰箱，她都没见过，这些东西摆放的位置也不对，如果不是那张在妈妈年轻时执意要买的绿皮子沙发依旧立在原地，她几乎要以为自己昨天晚上进错了家门！这完全就不是自己家的样子啊，至少不是昨天的样子。

"妈……搞……为……"李庆夏话都说不清楚了，愣了半晌，终于吼出来一句完整的话，"妈妈！你搞什么？！"

她连续叫了好几声"妈妈"，付冰终于慢吞吞地从自己的卧室里出来："这大清早的，你叫什么啊，发什么疯？"

"你才是发疯了,你这……你这……"李庆夏站在客厅中央,摊开双手,话竟然不知道从哪儿说起,她只好问,"你图什么啊?爸爸就由着你这么乱搞?"

付冰一头雾水地看着她问:"你说什么疯话呢?"

李庆夏扭身冲去李志的卧室,这门一推开,"爸爸"两字没能吐出来,她再度愣住了。

这是一间杂物室。

"爸爸呢?"她扭脸问。

付冰眨了眨眼,一阵大笑:"你真的疯了吧?找你爸要上你赵燕儿阿姨那里去啊。"

她问:"什么赵燕儿阿姨?"

"你睡蒙了?"见到李庆夏一脸认真,付冰有些不耐烦了,"你爸的女朋友啊。"

"等等,我冷静冷静。"李庆夏抓了抓头发,迟疑地问,"你俩……离婚了?"

"我俩不是在你上小学的时候就离了吗?你今天的脑子不太正常。我再睡会儿,今天我要吃霉干菜烧饼和红枣豆浆,你昨天忘了跟人说我不要糖,今天可要记着,他家那豆浆不加糖都齁甜。"付冰说罢,回到自己卧室,甩上了门。

李庆夏张着嘴巴,久久地站在客厅里不知如何是好,她抬起手狠狠地给了自己一个巴掌:"疼!"

3

20××年,2月1日,周一,晚上二十三点。

李庆夏和她的朋友们一致决定,要为自己的这一生制造一次与众不同的仪式感。何翾是个"世界未解之谜"的超级爱好者，这一次的行动是由他提议的，他们一行人要去寻找极光落在星城的起点，这让他们的体验比从全国四面八方拥来的人的体验要特别得多。

大家乘坐小面包车，远远地离开了星城市区，来到一片荒芜的空地上。星空璀璨，但还不足以照亮漆黑不见五指的地面，周边除了能听见野狗在叫唤，听不见任何声响，也见不到其他人影。朋友们对何翾质疑道："你真没搞错吗？"

"应该没错。"何翾一手拿着手电筒，一手捧着笔记本电脑，电脑屏幕上是地理模型和指南针，他边核对着方位，边朝一栋荒废的建筑物走。

众人喊着注意安全，见他完全不做回应，只好无奈地跟了过去。寂静的夜里，只有他们手里的塑料袋发出窸窸窣窣的声音，里面装的是罐装啤酒和零食，这是为了见到极光时举杯庆祝而准备的，大家都是成双成对来的，女生们有些害怕，男生们趁势大献殷勤。

在极光下拥吻，是这些年轻人觉得很浪漫的事情。

李庆夏紧紧跟在何翾身旁，见他脸色颇为紧张，很怕自己计算失误的样子，她笑嘻嘻地安慰他："没关系啦，在所有人都能看见极光的时候，而我们却看不见，这样子反而衬得我们更特别哦。"

何翾被她逗笑，神色轻松了不少。他有张娃娃脸和一头蓬松的鬈发，在夜色与手电筒光的双重夹击下，他看起来还是李庆夏熟悉的那个小学男生。

和上学时表现得中规中矩的李庆夏不同，何翾不是个爱学习的优等生，从小就喜欢钻研各种奇怪的知识，家里堆满了《走进神奇的自然》《玛雅预言》《第三类接触》《黑洞调频》《麦田怪圈》等与人类未解之谜有关的书籍。凭借着这些爱好，长大之后，他成了程序员。他相信只要代码敲得足够多，就能启发他解开更多的谜题。

因为是个不好动的书呆子，所以他没有多少朋友，上学第一天，何翩的父母就拜托李庆夏好好照顾他，至少在来回路上，能看好一直捧着书的何翩，别让他被马路上的车撞着。

可以说，何翩是李庆夏看着长大的，虽然现在他已经是个年薪好几十万且前途无量的领域精英了，但是在她眼里，何翩就是何翩。

何翩继续认真寻找着方位："但是说什么我都想看见，因为我听说，摸到极光会带来奇迹。"

"你有什么想要却得不到的东西吗？"李庆夏说，"我可是对人生很满意哦。"

他笑而不语，眼底似乎藏着一个快喷薄而出的秘密。

"就是这样。"何翩来到废弃建筑物的屋顶，站定了一个位置，自信地说，"到了零点，极光就会出现。"

其他人也陆陆续续地上来了，他们在地上摆起了野餐垫，点亮了一些电池蜡烛，开始为了迎接那一刻而制造气氛。时间一分一秒地过去，一些人屏住了呼吸，一些人开始埋怨起何翩来。如果他搞错了，大家便是白忙了一场。

零点了！终于，一束幽绿的光好像丝绸般地忽然在空中显现，竟好巧不巧地投射在李庆夏的肩膀上。

"有了！有了！"是一个女生发出了欣喜的尖叫，才惹得大家的目光集中过来的，原本所有人都直愣愣地仰头望着天空。

很快，这一束细长的光便好像被展开的扇面一般变大了，变成一扇门那么大。众人的欢呼声刚响起来，数秒之间，难以形容其究竟是什么颜色的极光又好像泼洒出来的水一般，范围变得更大了，一道一道，一折一折，像是无数扇由湖水形成的门。一刹那，所有人都置身其中，场面如梦似幻，美得令所有人窒息。

短暂的寂静之后，人群中爆发出欢呼声，极光好像奔走的山脉一般跑得远远的，于是远处也传来许许多多的欢呼声，越来越多的人见到了这幅奇景。

如此波澜壮阔的极光，降落于李庆夏所站的位置，这几乎可算是一个奇迹。李庆夏半天没回过神来，但是何翻显得比她更为激动。

他拉着她的手，双目炯炯地看着她说："李庆夏，你是我的第一个女朋友，我相信也是我的最后一个。我其实不太懂什么是爱情，但是我跟你在一起，觉得特别放松。我感觉当我刚懂事的时候，你就在我眼前了，我从来没有想过有一天我的眼里会没有你，所以，高中毕业的时候，你问我要不要谈个恋爱，我就一个想法：我以为我们早就在谈了！"他掏出了一枚钻石戒指，"我不能想象你不是我女朋友的样子，我想每天都见到你，从早上到晚上，一直和你在一起。"

4

昨天晚上，不，准确地说是今天凌晨，被何翻戴上订婚戒指的那一刻，就是李庆夏这辈子的"高光时刻"。她还处于被这离奇的一幕震到失神的状态，但是想起向她求婚的何翻，她的嘴角不自觉地翘了起来，她下意识地去摸手指：空空如也！

戒指呢？她奔回自己的卧室，在摆设都变了位置的陌生房间里四处翻找。是昨天晚上喝醉之后弄丢的吗？她越来越慌，不断地拉开每一个抽屉，最后视线扫到了放在书桌上的日记本，这个本子的封面设计得很高级，但是纸张已经陈旧得泛黄了。

这是李庆夏十岁的时候，妈妈送给她的生日礼物，只因为封面有盛夏风景，还有一个"夏"字，所以付冰觉得非得买来送女儿不可，即使李庆夏从来就没有写日记的习惯。

这个被尘封许久的日记本有被打开过的痕迹，李庆夏并没有多想，随手翻开来一看，上面竟然有两篇完整的日记！字迹稍显潦草，没有压线，看得出来写字的人有些迷茫。

昨天自己写日记了吗？李庆夏完全想不起来，她懊恼地拍了拍额头，自言自语道："再也不喝了……"她坐下来，仔细阅读。

第一篇是：

20××年2月1日，周一

今天是我人生中最离奇的一天，或许这只是一个梦？但实在是太真实了，以至我必须记录下来：我的"男朋友"叫何翩，他向我求婚了，可是我根本不认识他，但是看大家的反应，好像我从小就和他在一起。应该真的是梦，不然我怎么会见到那么美的极光？所以我没有拒绝，也不想扫兴，他挺可爱的。可能有夏之洋十分之一可爱吧。

看完后，李庆夏眨巴着眼，四下看了一圈，一时间，全身的汗毛都立了起来，仿佛在哑然尖叫。她不知道这日记是谁留下的，也不知道自己此刻身在何方，也许答案在下一篇日记里。

第二篇是：

20××年2月2日，周二
…………

从字迹和连贯性来判断，这应该是同一个人写的。

等一等！2月2日，周二？那不就是今天？李庆夏又反复确认，这确实是"今天的日记"，内容是：

太离谱了,这个梦什么时候醒来?为什么我的男朋友变成许辰了?而且爸爸妈妈还离婚了?

这……李庆夏看不懂了,她此刻正昏头涨脑着呢。这连续两篇莫名其妙的日记,令她的大脑更加混乱了。她合上本子,决定先不管了。

她回忆不起来昨晚自己是怎么回家的,好像和所有人都走散了,但好歹还是摸到了自己家的大门。

实在是找不到戒指,她只能寄希望于可能落在何翙那里了。她走出门去,穿过电梯,去敲距离自己家也就十米远的何家的门。

开门的人正巧是何翙,但是李庆夏还未张嘴,对方一脸疑惑的表情便叫她立刻感到一阵尴尬。那是惊讶和防备的表情,他就像是在面对一个许久未见却突然开口借钱的老同学。

"你……李庆夏。"何翙原本是想说"你好",话锋一转,硬生生改成"李庆夏"了,可能他觉得说"你好"有些太生疏了。他问:"有事吗?"

太不对劲了,一夜之间,他怎么用一副这么冷淡的态度对她?就仿佛变了一个人似的。这么一想,李庆夏注意到他没有那个蓬松如鸟窝的发型了,耳朵和后脖颈处没再被未经打理的鬈发覆盖,而是清爽地暴露着。

"你哪来的时间剪头发?"李庆夏问,"不是散了之后你就立刻回家了吗?凌晨有理发店开门?"

"什么剪头发?"何翙奇怪地摸了摸自己的后脑勺,再度提问,"你有事吗?"

李庆夏无名火起,伸手推了何翙一把,有些哭笑不得了:"你……你再对我这态度,我可要哭了!"

何翾也一脸哭笑不得,但是没等他发作,从电梯里出来的人,打断了他们的对话。

"小夏!"一个一身嘻哈装扮的男生,用怪罪她的语气说,"你怎么不接我电话?"

李庆夏出门匆忙,没带手机,她眼里已经有急出来的泪花在闪烁了,回首冲陌生人不耐烦地叫道:"你是谁啊?"

"你还在跟我生气呢?我是你男朋友!许辰。"男生大步迈向她,抓着她的胳膊说,"你别闹了,我妈真的是非要认你这个儿媳妇,你要是跑了,她跟我没完。"

什么?这帅哥说什么?

许辰?这名字,不就是在日记本上出现过的那个吗?

李庆夏不知道第多少次呈现魂飞魄散的状态,她决定有空要把"喝酒误事"这四个字文在身上。她犹如运作过度而导致卡顿的机器人般咔咔咔地扭动脖子,看向一边的何翾问:"你不管管?"

何翾叹道:"莫名其妙。"咔嚓一声,他关上了门。

李庆夏憋不住了,仰天哭喊了出来:"搞什么啊?!"

5

这个许辰长得挺帅,留了个很酷的寸头,虽然只有一米七五,但因为身材比例不错,又穿着宽大鲜艳的衣服,所以显得挺有存在感的,属于走在街上很惹眼的类型。

他不是李庆夏喜欢的类型,他打扮得太"潮"了!李庆夏觉得自己是有"潮人恐惧症"的。他身上散发着很典型的"潮人"气息。和一群差不多气质的人一起合影,大家接力修照片,最后发布在社交圈里,每个人都好看得像蜡像一样——就是这种"潮人",她无法想象自己要如何与他们共处。

所以，他怎么可能是她的男朋友呢？李庆夏几乎要以为自己遇到人贩子了，如果不是因为他身上的挂件和包都是奢侈品的话……也不一定！她警觉地想，万一他买这些装备的钱都是靠拐卖人口赚来的呢？

"妈妈。"她冲回家去求救。

没料想付冰抬眼一看，颇为随意地说："许辰？这时间见到你可真稀罕，平时你不都下午才睡醒吗？"

许辰赔笑道："阿姨好，昨天夏夏不是在我家一起吃饭嘛，我把她惹毛了，她跟我闹呢，我妈也跟我闹了一晚上，非叫我来哄她，让我带她回去。"

付冰无所谓地摆摆手："啊，那你就带她回去吧。"

李庆夏全程目瞪口呆地看着两人如此熟络地聊天。在她被许辰带到车上之前，她一直都在不停地扭脸追问："妈妈！妈！你是把我卖了？"

许辰开的车就和他的人一样浮夸，是一台只能坐两个人的小跑车，他边开车边抱怨和求饶，三句不离一个"妈"字，这说话方式和他本人的外形有些不协调："李庆夏，我替我妈求求你别这么大惊小怪、小题大做成吗？Viky（维奇）你又不是没见过，她是蛋皮的女朋友，我们这帮人玩在一起，本来就比一般人亲密点。当时大家又喝醉了嘛，就兴奋过头了，你说蛋皮都不介意，你在这里做什么呢？你闹这么大的场面，想急死我妈呢？"

他在说什么？他说的是人话，但李庆夏一句都听不懂。

见李庆夏不搭理自己，许辰继续解释道："那微信真的是你想多了，她嘴上缺个把门的，我们的聊天风格就是那样，聊天的内容尺度比较大。你知道我妈不喜欢我那帮朋友，你还老告状，你这不是挑拨我跟我妈的关系吗？还有你翻我手机这事我都没找你算账呢！"

"翻手机？我这人最恨翻别人手机的人。"李庆夏如梦初醒般地瞪着他道，"我充分尊重每个人的隐私，就算在梦里也绝对不会翻别人的手机。"

"不是，我没说你翻，是我的手机放桌面上，你看见了嘛。瞧你那阵仗，马上就哭了，把我妈给吓的，她还以为我俩怎么了。"许辰讪笑起来，"我跟你解释你也不听，哭得嗷嗷的，你明知道我是要去《就是会说唱》的，你觉得我会给自己整这一身黑料吗？出道就等着被黑啊？你动动脑子。"

车窗外的风景都是李庆夏熟悉的街道模样，这梦境里的一切都够逼真的。她一边盯着落在车窗玻璃缝里的一只蚊子，一边琢磨着该怎么醒过来，她烦死旁边这个一直在她的耳边说个不停的陌生男人了。她扭过脸去，字正腔圆地说："你叫许辰是吧？我严肃认真地跟你说，我不认识你，不是你女朋友。我有男朋友，叫何翾，他就住在我对门，就是你刚才看见的那个男生，我跟他高中就在一块了。"

没想到许辰一愣之后，扑哧笑出了声，语气中带着不屑之意："你故意气我是吧？你什么事情我不知道？之前睡我旁边的时候多乖啊。"

此话一出，李庆夏一时被震慑得丧失了思辨能力，因为她遭受了多层维度的叠加攻击：首先，她坚信自己没跟任何人发生过关系；其次，她不曾跟眼前这人有过任何亲密的接触；再次，她就算要和别人发生关系也不可能跟这种人发生！

"我杀了你！"她挥舞起双手拍打在许辰身上。

"哎！哎！哎！你疯了啊！"他尖叫，"我在开车呢！"

李庆夏没有停手："反正是在梦里！翻车了正好醒过来。"

"有病！"许辰慌忙靠边停下车，急得大吼，"李庆夏，你不要以为装神弄鬼就能取消婚约，你可是拿了我妈二十万块钱的。"

二十万块钱？听到这哐当砸下来的数字，李庆夏垂下双手，瞳孔难以置信地放大了。真是好写实的噩梦，自己不只是有个这样的男朋友，还欠了二十万块钱！

6

许家不是什么豪门大户，但住的是三百平方米的大平层，电梯直接入户，门一展开就是富丽堂皇的玄关。李庆夏一时愣住了，她住过最豪华的酒店也只是九百块钱一晚的商务酒店。长这么大，她身边的同学、同事都是和自己一样的一般人，住着一般的房子，没有什么奢靡的消费习惯，或者说消费不起。

李庆夏觉得自己跟许辰之间隔着一层壁，于是她奇怪地问："我跟你是怎么认识的？"

"你今天怎么奇奇怪怪的？"许辰觉得她莫名其妙的，便反问道，"你要真的脑子有病，就跟我妈老实交代，也许她就放弃你了。"

正说着，一位穿着旗袍的女士从屋里迎了出来，在保姆给李庆夏拿拖鞋之前，就已经亲热地拉起了李庆夏的双手，可见对她有多么喜欢："我的乖女儿，辰辰欺负你了倒是跟我说呀，不要憋着，妈妈替你做主！"许妈妈虽然面容精致，但看得出来年龄不小了，可能是三四十岁才生下许辰，如今差不多该是做奶奶的年纪了。

李庆夏一脸迷糊地被许妈妈拉到沙发旁坐下，许妈妈身上有很淡雅的香水味，加上这一屋子的豪华装潢，更叫李庆夏觉得如梦似幻，不太真实。

许妈妈招呼保姆沏茶、准备点心："把那谁从日本带回来的小鸟馒头和白色恋人拿出来。"在安抚李庆夏的同时，她又回忆了一遍自己与李庆夏相识的过程。许辰在一边不耐烦地打断："妈！你要说多少遍啊？"

许妈妈不理他，自顾自地滔滔不绝。李庆夏发现她是一个话特别多、说话时别人无法插话，而且掌控欲很强的人。她非常固执，自己认定了一件事，就不会被他人轻易改变看法。

当初许妈妈第一次见到李庆夏是在李庆夏兼职的咖啡店，准确地说是在咖啡店外。当时，许妈妈在附近约了人见面，突然一阵头晕目眩。她估摸自己是低血糖犯了，周围没有座椅，她也没力气走路，顾不上什么优雅，就地蹲了下来。李庆夏隔着玻璃看见了，便端着一杯糖水出来让她喝下，还把她扶到店里休息。

许妈妈就看上了李庆夏，时不时地会特地来这边买甜品、饮料，终于有一回，她带着许辰来了。也不知道是不是她指使儿子追李庆夏的，反正自这之后，许辰对李庆夏就展开了攻势，从没谈过恋爱的李庆夏，没挺住就沦陷了。

"现在这世道，哪里还有什么好人啊？大家都是多一事不如少一事的。"许妈妈亲昵地搂着李庆夏说，"你是我见过的最善良的姑娘。"

许辰笑起来："那是你见的姑娘少。"

许妈妈瞪了他一眼，但是李庆夏很肯定地点头附和："确实。阿姨，你说的这事，很多姑娘都会做，举手之劳而已。"

许妈妈更是赞赏地看着她说："你看，你能觉得这只是'举手之劳'就说明你心有多善。"她继而又瞪了一眼许辰，阴阳怪气地说，"你是见的姑娘多，就是，见太多了。"最后四个字，她是一字一顿地说的。

李庆夏试图把自己的手抽出来，无奈许妈妈捏得紧紧的，很怕她跑了似的。李庆夏说："阿姨，我很感谢你喜欢我，但你是不是搞错人了？我没在咖啡店里打过工，我一直都是在宠物店里工作的。"

"你这么年轻就得阿尔茨海默病了？你没在宠物店里打工，那会儿你读大学，在咖啡店里兼职啊。"许辰边陪聊着，边手里抓着手机一直在打字,"你们继续聊着,等会儿把饭店的地址发给我,我先出去忙会儿再过来。"

"你又去见哪个姑娘?别想了,哪里也不准去。"许妈妈道,"今天就在家吃,你爸爸也要回来,我们商量一下订婚酒席的事情。"

"订婚?谁跟谁?"李庆夏明知故问,但她还是想要确认一下。

"许辰被我们宠过头了,没吃过什么苦,贪玩,就爱跟狐朋狗友鬼混,等他年纪大了就会懂得收敛了,就知道谁才是好女人,什么才是好的人生。"许妈妈语重心长地对李庆夏说,"我们对他没有太大的指望,就希望他能踏踏实实的,有个家,有个好老婆。乖女儿,这一切全靠你了,你是我见过的最懂事的好女孩。"

7

度过了莫名其妙的一天之后,李庆夏疲惫地回到自己并不熟悉的家里。虽然知道是在做梦,但她还是忍不住责问妈妈:"你知道二十万块钱的事情吗?"

中午的时候,李庆夏见到了许辰的爸爸,那是一个不屑于和她多话的商人,感觉他挺看不上她这个儿媳妇的,但是家里做主的是许妈妈,所以他对她还算客气。一桌人吃饭交流时,李庆夏得知他们给了付冰二十万块钱当彩礼。

自己果然是被卖了!

李庆夏瞪着付冰道:"你跟我商量了?"

"你今天怎么回事啊,跟变了个人似的?"付冰站起身去卧室里摸索了一番,走出来将一沓文件在李庆夏眼前展开,"看清楚啊,你自己签的字,别弄得好像我黑了你的钱似的。都这个时候了,你闹什么闹?"

李庆夏定睛一看,是购房合同,有她和付冰的签字,房子两室一厅,她们每个月还有五千元的贷款要还。瞳孔逐渐放大,她摩挲了一会儿自己的字迹,干笑着自问自答:"我签的?好像还真是。"

付冰说这是李庆夏主动提出来,她俩一起商量的这个事。因为母女俩一直相依为命,李庆夏如今要结婚了,就想置办一套婚前财产,写上母女的名字,作为共同的保障和退路。

"这想法……倒是也没毛病……"李庆夏皱起眉头嘀咕道,"那也不能拿别人的钱啊。"

"什么别人的钱,都要变成一家人了。"付冰笑起来,"虽然你带许辰来家里的时候把我吓一跳,但是我看他妈人挺好的,她是真的拿你当女儿看待,你嫁过去不吃亏。"

"你这话说得好像我要嫁给许辰他妈似的!"李庆夏站起身,一甩手,"我不跟你说了,反正也只是做梦,等我醒来也见不着你了。"

不等付冰问李庆夏这话是什么意思,李庆夏已经逃进房里关上了门。

李庆夏躺倒在自己的床上,玩起了手机。好奇怪,这确实是自己的手机,因为识别了她的指纹后,手机很顺利地开机了。她的人际关系很简单,微信通讯录里果然只有爸爸、妈妈、许辰和咖啡店的老板,以及几个老同学。确认了,微信通讯录里没有何翻,此外还有几个她不认识的人。

她又翻了翻朋友圈,里面有一些自拍。她看着自己的脸,觉得很诡异,像是有人附体在自己身上拍下的这些照片,她一点记忆也没有。

里面也有她和许辰的合影,照片里的李庆夏看起来是真的喜欢他。

李庆夏翻完了所有的朋友圈,对这个手机的主人"李庆夏"有了一些了解。可能是从小父母离异的缘故,她特别懂事,很懂得隐藏自己的情绪,去附和和满足别人的需求,很有牺牲小我成全大局的那种精神。

这么一看，李庆夏就能明白她为什么会和许辰在一起了。不是她选择了许辰，而是她等来了他的选择，如果不是许辰，换另一个男人也可以，反正谁追她、对她好，她就会感恩，然后成为对方期许的样子。

"这个'我'感觉有些无聊啊……"李庆夏放下手机，盯着天花板反省自己，"好像我本身确实也挺无聊的。"

她的小半生过得太顺了，没有遇到过什么难题，没有迎接过什么挑战，不如说，可能产生的难题和挑战都被她避开了。为什么不避开呢？活得轻轻松松的不好吗？她觉得人活着不是一定要去迎难而上的，比如说，爱上了一个不爱自己的人，那就不要爱他了啊！选一个爱自己的人就好了，就是这么简单，活得简单一些，自己觉得舒服就可以了。

想到这里，何翩那看陌生人的眼神又浮现眼前，李庆夏的心抽了一下。她想，还好只是个梦，不过，如果不是梦，他不爱我了，就随他去吧！她愤愤地想。

原本已经躺倒在床上了，她灵光一闪，又弹起来，打开日记本也记录了起来，她先是把上面两篇日记用笔重重地画了个圈，然后提问：

你是谁？

接着，她写道：

2月2日，周二。

我是李庆夏，昨天（2月1日）我见了极光，接受了何翩的求婚，一切都很完美，但今天我陷在这个梦里了，我什么时候会醒？

第二章 新的一天开始了

1

2月3日，周三。

李庆夏从床上醒来，她不确定自己是不是从自己的床上醒来的，虽然周遭的气味很熟悉，但又有点微妙的陌生。她左看看又看看，通过墙上的挂画得知：这不是自己的床。

她坐起来，深深地叹了一口气：梦中梦！我还是在梦里，就像《盗梦空间》一样！是梦里的她在做梦！

扭头望了一眼窗外，她想，是不是跳下去就能从梦里醒来呢？但是电影里男主角的老婆因为分不清楚现实与梦境，跳楼后就死掉了呢！她哆嗦了一下，用右手掐了一下左胳膊，疼！跳楼肯定更疼，万一疼死在梦里也不划算。算了，是梦，就总有醒的时候。

她一边起床穿衣服，一边四处打量，没见到昨天摊开放在桌上的日记本。她潜意识里觉得那个本子特别重要，于是便四处翻找起来。在书架上，只是摸到，李庆夏就一时间心跳加速了。她怕自己会站不稳，所以坐到书桌前才默数三秒后打开，3、2、1——回复了！她昨天留下的笔迹还在，而且被回复了。

2月3日，周三。

我才是李庆夏，你是谁？我的男朋友是夏之洋，何翾是你的男朋友？1月31日（周日）时，我还好端端的，一觉醒来世界就变了。而且，我今天也没能回去我原来的世界，我的男朋友变成一个叫齐辉的大学生。我太糊涂了，你能救我吗？写下这篇日记我就要睡了，希望睡醒后，梦就醒了，一切能恢复原状。

太诡异了，剧烈的心跳令李庆夏感到一阵头晕目眩，喉头发紧的她不自觉地干呕了几声，呛得她泪眼蒙眬，让这既熟悉又陌生的空间在视野里扭曲了起来。

这是怎么回事？她试图理出头绪，却只觉抓狂。真的只能用身处梦境来解释这一切，因为做梦是不需要有逻辑的。

虽然是在梦里，但是饥饿的感觉真实地袭来。她走出房门，看见了厨房里正在忙碌的爸爸，端着包子和小米粥的他冲她招呼道："你起了？刷牙去，把你妈也叫起来。"

"爸爸……"李庆夏愣在原地，不一会儿便因没来由的委屈感而双眼泪光闪闪，她扑向他，深情地唤道，"爸爸！"

"哎？哎？哎？"李志一头雾水，"你这……唉，我这粥要洒了。"

"你怎么在这里？不是，你怎么回来了？不是不是！"李庆夏抱着李志的胳膊，语无伦次地说，"我以为我看不见你了呢。你就该在这里，这是你家呀，别走。"

"吵死了，你们闹什么呢？"付冰从自己的屋里探出头来，看样子，她和李志还是分房睡的。

李庆夏的家很破小，是父母结婚时买的两室一厅，另带一个阳台。

房子说是两室一厅，其实也就六十平方米不到，他们买的时候房龄就已经有三十年了，墙面重新刷过好几次，室内弥漫着岁月沉淀的气味，那是烟熏火燎、油米酱醋日复一日堆积出来的、专属于李家的、叫李庆夏感到安心的气味。

在父母闹别扭想离婚的时候，李志把阳台改成了卧室，他在里面睡了几晚之后，夫妻俩便把离婚的事情拖延了下来，不知不觉也就不再提了。之后，两人相处起来竟也没了戾气，虽然不再像夫妻，但也比过去更像家人了。

李志一边轻拍着李庆夏的后背，一边笑着说："不知道夏夏怎么了，可能做噩梦了吧。"

"梦见咱俩闹离婚的那阵子了吧？瞧这阴影给孩子留的。"付冰来到桌前坐下，接过了李志手里的碗碟，对李庆夏说，"你要恨就恨你爸，可不是我不要他的，是他不要我啊。"

"还说这事呢？"李志尴尬地接话。

付冰阴阳怪气地瞪他一眼，说："我说说怎么了，就可惜赵燕儿也没等你多久，到底还是嫁人了，现在她都快抱孙子了吧？"

"赵燕儿？"李庆夏晃了晃脑袋，对李志说，"我倒是做了个梦，梦见你跟我妈离了婚，跟赵燕儿在一起了。"

"哇！"李志叫出声来，一副"你可别乱说"的惊恐表情。而付冰大笑起来，继而用手指指着李志，一脸"你完了"的威胁表情。

李志"唉唉"地叹气，冲李庆夏无奈地埋怨道："你在故意挑拨离间吧，你那时候才多大，也没见过赵阿姨呀！"

"就只是个梦。"李庆夏环顾客厅，果然有许多没见过的摆设，再看一眼嬉笑打闹的父母，她在心里嘀咕：就和现在一样，只是个梦。

2

到点上班了,李庆夏被父母赶出门,她感到好笑,怎么在梦里也要上班啊?好在她工作的宠物店并不远,坐三站地铁就能到。

出门时,她久久地凝望着何翩家的门,有种敲门的冲动。不知道在这个梦里,他记不记得他曾经跟自己求过婚?一阵伤感袭来。她苦笑着想,如果自己一辈子都出不去这个梦可怎么办?

李庆夏走出单元门,抬头看了看天空,阳光灿烂。

她的下巴又仰了起来,她虽然没什么了不起的才能,但是挺乐观,一个何翩而已,就是十个,丢了也就丢了,如果这是一个全新的人生,那她就顺其自然来一个全新的开始。

在地铁上,李庆夏翻看手机里的朋友圈,得知这个手机的主人——另一个"李庆夏"有一个大女主的人设。她很自律,而且要强,但也会抱怨,比如好几次都发了夜空的照片说"又是我最后一个走,真该把钥匙给我算了",可以看出来,虽然她只是个店员,但基本上已经承担起店长的责任了。

"让我看看你有没有男朋友……"李庆夏饶有兴味地滑动着屏幕。这感觉还挺有意思,像是在看自己出演的电视剧,是自己又不是自己。

有,还真有!备注是齐辉,名字和日记里提到的一样。

朋友圈里有一张他俩手拉着手的照片,还有一张一起吃小龙虾的照片——对面有一双男生的手,那是一双修长而骨节分明、青筋凸起的手。

一直往下翻,她终于翻到一张男生的侧颜照片:男生看起来特别年轻,有一头杂乱翘起的头发,穿着松垮的连帽衫,正在网吧里专注地打游戏,配的文案是:"孩子坐在这里三个小时了,不肯回家怎么办?"

底下是朋友们嘻嘻哈哈地回复:"打一顿就好了。""说明游戏比你好玩呗。""直接拔电啊!考验一下你们的爱情。"

只有一个备注是"连雪"的女生回复得挺冷酷:"劝分,下一个。"

连雪这名字看着眼熟,很快她就想起来了,鹿连雪,高一时的班花啊!她是个很清高又很聪明的女生,和李庆夏非常投缘,如果不是因为鹿连雪高二时转学走了,她俩一定会成为一辈子的好朋友。

比起男朋友,李庆夏对鹿连雪更为关注,点进她的微信头像,想看她的朋友圈,可是发现人家设置了仅三天可见,所以朋友圈是一片空白。不愧是鹿连雪!

没关系,那就看看自己与她的聊天记录。

没想到,这聊天记录里,全是鹿连雪在劝"李庆夏"和男朋友分手,因为这个叫齐辉的男生还在读大学,吃喝拉撒几乎全仰仗"李庆夏",就连他要付的房租都是"李庆夏"掏的。

上一个梦里自己欠下二十万块钱,这个梦里自己是个冤大头,李庆夏哈哈地笑出了声,仿佛事不关己似的。

从鹿连雪嫌弃的话语里,李庆夏可以看出这个齐辉实在是不怎么样,但是"李庆夏"总是顾左右而言他,似乎没有要与他分手的打算。这叫李庆夏来了兴趣,她好奇这男的是有什么过人之处,便点开齐辉的头像来看聊天记录,结果发现两人的文字交流较少,发的几乎都是表情包。她打上一行字:"今天过来接我下班。"

等她下地铁了才收到回复:"怎么了?"

还怎么了?

她顿时来气了:"叫你过来就过来。"

"行吧。"对方发了个点头的小狗表情包。

李庆夏继续问:"你刚才在干什么呢?"

对方回复:"打比赛。"他又紧接着回复说,"赢了。"

"别忘了接我。"李庆夏再回复,对方没了下文。

3

到了心动宠物店，店长有些不悦："李庆夏，你迟到了。"

"迟到？"她一脚站在店内，一脚站在店外，看一眼手机上的时间，"不是还差一分钟吗？"说罢，随着时间走到十点整，她另一只脚也迈了进来，淡定地说，"不是刚刚好？一秒不差。"

"你平时不都九点就到了？"店长急道，"所有人都在等你！"

说是所有人，其实就两个店员，他们对李庆夏道："我们等不及了，只好叫店长来开门。"

"啊？不能因为我以前天天早到今天就必须早到吧？这又不是我应该做的。"李庆夏为自己打抱不平，"大家都拿一样的薪水，凭什么我就要多付出一些？而且开门不开门的，早一点做生意多赚多少钱，那不都是进你的口袋吗？"她对店长说，"别说九点了，你就该更积极一些，八点就来嘛，多劳多赚，也好给我们做个榜样。"

众人哑然，他们没见过这样的李庆夏。他们认识的李庆夏像个大姐头，几乎是有求必应，甚至不需要求，她都会主动来问你有没有什么需要帮忙的，顺手就替你做了。

对他们不再理睬的李庆夏走向自己的工作岗位。她是负责为宠物洗澡修毛的美容师，当初来这家店打工就是觉得店子坐落于CBD（中央商务区），周边都是写字楼，宠物见不到几只，活儿少，又因为上午十点打卡，下午五点下班的工作制，她会比较轻松，所以几乎是毫不犹豫地选择了这家店。

她翻了翻自己的工作记事本，看看今天的安排，上面是宠物和它们主人的名字，一行行漫不经心地看下来，一个名字吸引了她的注意：夏之洋。

有些眼熟……啊！她想起来了，今天早上，在日记本上见过这个名字。没想到梦里的出场演员还挺固定,她觉得挺有意思,鬼使神差地打了这个人的电话。反正是梦里,她怕啥。

响了半天,对方没有接电话,她有些好奇了。

正巧店长经过,她问:"这个叫夏之洋的客人,是个怎么样的人呀?"

店长一听,面露惊恐状:"他又怎么了?"不等李庆夏接话,他连连摆着手往后退,"受不了,真受不了,也就你受得了这位大爷,他要什么时间过来你可得先通知我,我得避难。"

这反应,令李庆夏更好奇了!她追问道:"他是多大年龄的人?很凶吗?养的啥?"

店长看着她,莫名其妙地道:"不一直是你接待他的吗?方圆百里除了你,可没人敢伺候他。"

李庆夏还想进一步打听呢,可此时店里来客人了。看着客人怀里抱着的那一只毛全部都打结成一个个球的小狗,李庆夏问店长:"我能不洗吗?"她被对方白了一眼。她挽起袖子,说:"得,我在梦里也得干活儿,这就是打工人的命。"

4

忙碌到打烊,还有客人牵着狗过来,店长理所当然地叫李庆夏给狗洗一下,被她断然拒绝,把大家弄得都挺尴尬的。那客人也是熟客,忍不住问她是不是家里发生了什么事情,她以后还会不会恢复正常。

李庆夏摇摇头,露出淡淡的微笑:"别在意,反正你们马上就见不着我了。"

众人受惊,不敢再多说什么,怕再刺激到她的神经。

店里的座机响起,店长吊儿郎当地接起来,听到对面的声音后,立刻毕恭毕敬地说，"夏先生，可是我们已经打烊了……"

是夏之洋？李庆夏反应极快地说："没事，你让他过来吧，我可以等。"

反正是在梦里嘛，时间的流逝根本无须在意，她动了动胳膊。但是劳动过后的肌肉酸痛还挺真实的！

只是等到晚上八点，李庆夏也没见着人影。李庆夏坐在店门口隔着玻璃门看室外，屋里弥漫着宠物香波和除味剂的气味，寄养在这里的小猫和小狗倒是挺安静的，都睡着了，打呼声此起彼伏，听得她都有些困了。

这个夏之洋果然惹人讨厌，连预约的时间都不能遵守。

她站起来准备收拾一下走人，却见到有个人影往这边走过来，那是一个高瘦的男生，嘴里呼出的热气在寒夜里特别明显，一团一团的，像边走动边在吐棉花糖。

经过路灯时，她看得更清楚了。男生里面穿着枣红色的连帽衫，外面套着一件黑色羽绒服，羽绒服敞开着，奇怪的是他穿着大短裤，两条毛茸茸的小腿就那么暴露在冷风里，也不知道他是冷还是热。

直觉告诉李庆夏，这男生应该不是夏之洋。等他走近——那是一张年轻又消瘦的脸，他留着短而乱翘的头发。她在朋友圈里见过他，是她的男朋友：齐辉。

他拉开门，走进来，左右看看，随意伸出手指戳进笼子里逗了逗猫，看也不看李庆夏，问："走吗？"

"走啊。"李庆夏一边观察着他，一边感到兴奋，毕竟是在体验"别人的人生"，像是在拆盲盒一样，不同于昨天的一惊一乍，她现在有些享受这种未知感了。

于是齐辉动作自然地抓起李庆夏的一只手，塞进自己的口袋里。一阵热烘烘的气息立刻顺着她的手往手腕、手臂上冲，弄得她心里也有些痒痒的。

喔！她在心里惊呼，这小子，有一套。她又想起何翾，他对待她是有些笨拙的，比如她手凉的时候，他会先发问："你冷吗？"得到她的回答之后，他才会给她暖暖手。其实他这样挺多此一举的，像齐辉直接把她的手抓起来揣兜里，这小动作挺能叫人心里一暖的。

可能因为何翾的脑子里总在运转他的那些程序吧，谈恋爱对于他来说是顺便的事情。

这么一比较起来，李庆夏不禁问自己，难道她跟何翾谈恋爱不是顺便吗？很有些近水楼台、图个方便的意思。

5

出了门，齐辉显然心里有目的地，他拉着李庆夏往一个方向走，好像在梦游一样，对耳边一直问东问西的她置若罔闻。

"你一天都干什么了？"李庆夏对他很感兴趣，毕竟活了二十几年，与她关系最亲密的异性就只有何翾，现在能跟一个陌生帅哥如此自然而然地并肩相依，这种完全不熟悉的气息和氛围包裹着她，这种感觉就好像她小时候第一次见到比自己还要高的大狗一样，非常新奇。

他皱起眉头，不耐烦地说："你别像个老妈子一样。"

李庆夏大笑："我可不会有你这种儿子！"

这笑声过于放肆，令齐辉感到困惑，他回过脸来。很奇妙，李庆夏的脸每一处都是他认识的样子，可是这生动的表情变化却显然是他没见过的，就好像，此刻在她身体里的灵魂是另一个人的。

"我要有儿子，不会整天打游戏，更不会不听女朋友讲话。"李庆夏说，"我不会有你这种又废又不尊重女朋友的儿子。"

因为她看起来是在开玩笑，所以齐辉一时间有种很恼火却不能释放的憋屈感。他扔下她的手说："奇奇怪怪。"

李庆夏举着自己被甩开的手,在空中抖了抖:"不要了?那我回家了。"

齐辉被逗得咧嘴笑了笑,抓过她的手说:"要。"

又走了一会儿,齐辉终于留意听李庆夏说话了,且用眼睛细细地扫描着她的微表情。他觉得她今晚特别可爱,不自觉地弯下脖子,亲了她一口。

李庆夏被惊得哇哇地叫起来,连着退后好几步,质问他:"你干什么?"

见到齐辉困惑地瞪大了眼睛,她才想起来自己是他女朋友,不好意思地干笑两声:"有点突然。"

"装纯。"齐辉"哼"了一声。

李庆夏抬脚踹在他的屁股上,他又笑了,抬手把她圈进自己的外套里,双手锁住她,低头像小鸡啄米一样亲了她几口。

虽然李庆夏不情愿,但实在要说的话,无论是亲吻,还是他整个人的感觉都比何翩要粗糙不少,李庆夏在心里对比起来,这个"粗糙"并不带贬义,她觉得何翩也粗糙,但是粗糙里偏精致,而齐辉是真粗糙。如果说何翩是未经打磨的钻石,那齐辉就真是一块石头,坚硬、皮实,散发着浑然天成的自然之气。齐辉就是这个样子,不需要被打磨。

至于许辰,则是假精致、真粗糙的类型,属于有钱也没什么意思的人,是块放在珠宝盒里的假玉石。

6

走到了夜宵摊子,李庆夏才知道齐辉没吃饭。他一天下来都没怎么吃东西,就是打游戏的时候吃了一包饼干,喝了一罐可乐。不愧是年轻人,怎么吃垃圾食品,他也不胖,身上是结实的肌肉。但是如果他再这么敷衍自己,等以后身上的肌肉被消化完了,整个人就会变得萎靡不振的。

李庆夏看到齐辉有些微微驼背，忍不住说："吃饭还是要好好吃，以后老了有你受的。"

齐辉点了一份炒面、一份烧烤，还有一瓶可乐，这些食物可以说毫无营养，但是他本人并不关心这些。他摊开手反问道："我这不是在吃饭？"

想到这个齐辉未来会怎么样，其实和自己也没关系，所以李庆夏便无所谓地说："算了，我管不了你。反正我们以后也见不着了。"

他听了却有些生气："你这是什么意思？要跟我分手？"

"分手不分手的，轮不到我来决定。"李庆夏看着眼前的一盆烧烤，在梦里也是会肚子饿的，她捏起一支竹签，边吃边说，"如果我被困在这里了，那我也许会跟你继续谈恋爱，但肯定不会跟你结婚。"

齐辉不悦地说："好笑，说得好像我想跟你结婚似的。"

"那你不跟我结婚，你跟我只是玩玩？"

李庆夏的一句话把他噎住，好在他很快反应了过来，反问："那你不跟我结婚，你跟我只是玩玩？"

"那你觉得呢？"李庆夏得意一笑。

如此出乎意料的回复，叫齐辉愣住了，同时他的嘴角又不自觉地溢出了笑意，因为她这坏笑，竟有些可爱。

"你除了长得帅，有什么？你没钱、没出息，我图你什么？"李庆夏因为身在梦中，所以格外放肆，嘴上毫不留情，对一个不存在的虚拟人物也没必要在乎，她继续滔滔不绝地道，"你倒是很明显对我图谋不轨，首先你图我会照顾你，其次，你拿我当ATM（自动取款机）吧？"

齐辉没说话，只是看着她，眼底有些冒火。

"干什么？实话说不得？"李庆夏继续挑衅道，"不爽你现在买单啊。"见他坐着不动弹,她挑了挑眉毛说,"不是吧,几十块钱都没有?"

"你以为我想花你的钱?"齐辉愤愤地说,"等我签约了,每个月能拿一万,还有奖金,到时候我全还给你。"

"你最好是。"李庆夏对老板招招手,买了单。

齐辉快速扒完最后一口吃的,拉起李庆夏的手便往小区里走。这个夜宵摊子就在他家楼下,进了单元门,李庆夏才反应过来,问:"你干吗呢?"

"你今晚别走了吧。"齐辉说罢,不由分说地把她拽进自己的家里。

关上门之后,齐辉就摆出一副很想找回尊严的样子,一下亲过来,却见她只是瞪大了双眼,很震惊地看着他。

"你……"齐辉被瞪得有些犹疑了,"这是?"

换了平时,他是不会这么主动的,以往的李庆夏一直表现得非常贴心,反而他总是有些心不在焉,她也不怨他。总之,她不该是此刻这番表现。

"你……"李庆夏知道这是在梦里,而且他是她的男朋友,但是这种身体接触还是会令她感到生涩、尴尬,所以她干笑起来,"猴急猴急的,很不文雅。"

齐辉笑了,在暧昧的昏暗光线里,他剑眉星目的样子有些讨人喜欢。

犹豫了片刻,李庆夏还是拒绝了齐辉。

她走到大街上时,已经快十点了。她叫了辆出租车,把车窗摇下来,闻着空气里只有到了夜里才会有的特殊气味,那是人间尘埃经过一天沉淀之后的气味。

她看了看后视镜里的自己,她不得不承认,现在的人生奇怪且有趣。

她竟有些期盼这个梦再延续久一些，明天再遇见另一种人生。

7

回到家之后，父母都还没睡，他们坐在沙发上看电视，付冰很有怨言："你怎么又回得这么晚？当时你说要去那个店打工，钱那么少，我跟你爸都反对，你还说事也少，我也没见你事少，还一天比一天回来得晚。"

看样子，他们并不知道她和一个大学生在谈恋爱，李庆夏也不想交代，因为指不定要被付冰数落个三五天的。她笑嘻嘻地应付两句，就自顾自地洗澡吹头发去了。

回到自己的卧室，她的兴奋劲还没下去，但是最令她感到放松的就是自己的房间了。虽然这个领地没有百分之百地让她安心，但毕竟也是另一个自己的房间，她的安心程度至少达到了百分之六十。

在屋里转了两圈，她澎湃的心潮下去了一半。

当她的视线再度扫到桌上的日记本时，像是被神秘力量所牵引般，她无意识地拿起一支笔在手指间转动，一不小心便将笔甩了出去，在空白的纸上留下了一道墨迹。她犹豫了一下，还是留下了日记：

2月3日，周三。

你好！我很确定我就是李庆夏，要不你再想想你是谁？如果我没猜错的话，此时此刻，我这边是2月3日的夜里，而你正处于2月4日的夜里，你也正坐在桌前写日记呢。而且，你应该已经看见我此刻留下的这篇日记了吧？因为你那边已经是2月4日了。我再大胆提出一个猜测：会不会我们都是李庆夏？我希望能继续收到你的信息！

写完最后一句话，李庆夏失笑出声，忍不住画上了一个友善的笑脸。

睡觉！她躺倒在床，心绪却不能平静，她已经在期待醒来时又会面对什么新的人生了！

第三章 拆解万花筒

1

2月4日,周四。李庆夏睁开眼,照惯例环顾四周:不熟!

她对这房间的摆设不熟,这又是新世界。她哈哈一笑,驾轻就熟地跳下床,首先扑向日记本,再一打开,如她所料!对方回复她了,但这并不是重点,更夸张的是:上面多出了第三人的笔迹!

天啊!她心跳如雷,但她并不是受到了惊吓,而是更为兴奋了。

首先是自称"李庆夏"的人回复道:

2月4日,周四。

正如你所料,今天我一翻开日记本就看到了你于2月3日留下的日记。好奇妙,我昨天写日记的时候还没有,今天就看见了。更怪的是,下面那段话,是你写的吗?虽然梦境不讲逻辑,但我觉得隐约还是有逻辑的,我需要梳理一下。对了,你今天的男朋友叫卫贤,是你,或者说"我们"曾经的高中同学。Ps:你今天会见到我的男朋友夏之洋,很遗憾,他在这个世界里不认识我,由于我一时失控,还被保安给请出去了……再Ps:我再度向你保证,我就是李庆夏,付冰是我妈妈,李志是我爸爸。

她所指的"下面那段话"被她用箭头标了出来，那是来自第三个人的留言。

第三人的日记内容是：

2月3日，周三。

天啊！我在梦里吗？你们是谁？谁在我的日记本上写字？你们在聊的许辰是我的男朋友，现在这个齐辉是谁？为什么他是我的男朋友？没有任何人觉得奇怪吗？这个世界里，我的爸爸妈妈竟然没有离婚？果然是梦吧！

得！更乱了。李庆夏面带微笑，合上了日记本，她放弃思考了。

李庆夏穿好衣服，走出卧室跟父母打招呼："哟！你今天在这里啊，你俩还没离婚呢？不错。"她扬起手对着爸爸的后背打了亲热的一拳，弄得李志瞪了她一眼。

她坐下来，喝了一口豆浆，一边吃着包子一边问："说吧，我也懒得自己找线索了，我在哪里上班？我的性格怎么样？我谈没谈男朋友？"

付冰翻了个白眼："你没睡醒呢？"

李庆夏冲她嘻嘻一笑："看来咱俩关系还是不错。"

付冰觉得今天的李庆夏有些不同以往，她倒也没放下筷子，用手背摸了一下李庆夏的额头，感觉李庆夏的体温正常，疑心道："说吧，你是要做什么？"

李庆夏坐直了身子，正经发问："我在哪里上班？"

"考我？"付冰嘴快想接话，但是吐出来的几个字愣是连不成一句话，她转而向李志求助，"那个大厦叫什么来着？什么国际？哪个洲？绿洲？北美洲？"

李志笑了起来："神州国际。"他对李庆夏说："你在里面的一家盛夏资本上班，以前是前台，现在是行政助理。"

李庆夏满意地点点头，又嫌弃起付冰来："瞧瞧，你是我亲妈吗？"

"就你那块儿八毛的工资，有什么好值得我关注的呀？！"付冰嫌弃地尖叫，继而盘问起李志，"那你说说夏夏的男朋友叫什么，在哪里上班？"

"好像姓卫吧？"李志向李庆夏求证，"是你以前的同学还是学长来着？"

"哈！"付冰好像逮着了现行的李志似的，指着他得意一笑，"你说你，女儿的未来老公叫什么都不知道，有你这样当爸爸的吗？"

"我不知道，那是因为我不认可。"李志辩解道，"我们夏夏是随便哪个男人都配得上的？"

付冰占理后，一脸得意地说了起来："叫卫贤，是夏夏以前的高中同学，现在是她的顶头上司。两人能从一个学校里毕业，又在同一家公司上班，也是缘分。"

"还真是卫贤啊！"李庆夏已经不会感到惊讶了。

说起这个卫贤，当时在班上最有存在感的阶段，是他当班长的时候。高一开学，竞选班干部时，班主任叫大家毛遂自荐，他第一个冲上去介绍自己，说他有信心胜任班长，大概干了半学期，这期间他拼了命地"出风头未遂"。论成绩，他处于中不溜的段位，不算突出；论身体素质，校运会的时候他报了所有的项目，只拿了个跳远第三；论相貌，他身高一米七五，不矮也不高……

因为实在是不起眼,经常让班主任忘了他是班长。好在很快在第一届投票选班长时,他被换掉了,从此,大家都忘了他曾经是班长。

"挺无聊的一个人,长什么样子我都要忘了。"李庆夏感到困惑,"我怎么会跟这种人交往啊?"

付冰感叹:"无聊就对了,找老公当然选老实稳重的人才好,他父母也挺好相处的。"

李庆夏转脸对李志说:"她夸你是老实人。"

李志一挥手:"这可不是好听的话,别瞎说。"

"那你不老实?"付冰挑起一边的眉毛。

"吃饭!吃饭。"李志端起碗,笑眯眯地侧过身去。

2

出了单元门,李庆夏撞见了何翩,他坐在一台共享单车的座椅上,似乎有意在等她。

"老夏!"他笑得很灿烂,"托你办个事。"

老夏?李庆夏一皱眉,冲他道:"说吧,老何。"

他递上来一个袋子,"帮我带给小鹿。"

"哪个小鹿?"李庆夏随手接过来,看到里面是一盒咖啡粉。

"装不知道?"何翩快速开动脑筋,得出结论,"怎么?你跟我女朋友吵架了?"

"你女朋友?!"李庆夏一时火气上涌。虽然说自己在这个梦境里已经有了男朋友,但是她没想到何翩的女朋友竟不是她!仔细一想,这个逻辑有些奇怪,她好像没有理由生气。她冷哼一声,说:"算了,随便你。"

3

神州国际大厦就位于李庆夏上班的那家宠物店附近,她在心里笑话自己,轮回三辈子都跳不出这个商圈,莫不是自己命中注定要在这里发生什么大事?

李庆夏走进位于顶楼的盛夏资本,在心里惊呼:哇!好大的办公空间。别的楼层至少有四到十二间公司,这一层却统统都是盛夏资本的办公区域。从来没有在写字楼里上过班的李庆夏感到非常惊奇,里面有忙碌奔走的、埋首伏案的人群,这和她在电视里看到的那种都市精英的画面一模一样。

李庆夏摸了摸自己脖子上挂的工牌,翻过来仔细查看,试图找到什么第几列第几行的数字标记。这里可不是她平时熟悉的、一进门就走到头的小宠物店。

现在的她穿过一张又一张桌子,犹如大海捞针般,徒劳地寻找着自己的工位。

抬眼见到迎面而来的鹿连雪,李庆夏如遭雷劈,终于意识到了何翩嘴里的"小鹿"指的是谁。她把手里的袋子递上去道:"小鹿?所以你就是何翩的女朋友?"

鹿连雪无言地白了她一眼,显然是觉得她在说胡话。

鹿连雪和读高中那会儿没什么变化,就连这白眼都令李庆夏感到自己犹如在舒服地被她全方位按摩般捶打:还是熟悉的白眼。

鹿连雪是美女,有才,还是自己的好朋友,李庆夏心里不只没了怨言,甚至觉得是何翩高攀了。那小子何德何能,竟然能成为鹿连雪的男朋友?简直岂有此理!

鹿连雪看见袋子里是咖啡后,走向一张桌子,分了一半放在桌面,对李庆夏点点头,示意这是给她的。这一举动帮助李庆夏找到了自己的工位,她到处摸了摸,看见一个小木雕狐狸,里面放着一张卫贤的照片。她拿起来时忍不住搞怪地干呕了一声。

注意到她的反常,鹿连雪问:"怎么了?"

李庆夏摇摇头说:"没事啊!"

"肯定有事。"鹿连雪审视地皱起眉头,"你这未婚夫……"她把"未婚夫"三个字重重地抛出来,李庆夏听得出来她对他很是不满,"又做了什么?"

李庆夏问:"什么叫'又',他做过什么吗?"

"暂时还没有,迟早的事情。"她冷笑道,"我劝你回头是岸,别结婚了之后才想起来还是分手更好。"

想起在上一层梦境里,她也是果断劝自己跟齐辉分手,李庆夏不自觉地竖起大拇指:"不愧是你。"

不远处,卫贤正走过来,鹿连雪便好像见到了什么害虫似的,捂着口鼻转身离去了。这画面叫李庆夏不禁发笑。

卫贤走到李庆夏跟前问:"鹿连雪又在跟你讲我的坏话?"

他可能是事业得意的关系,整个人比起高中时代要气宇轩昂得多——清爽的发型,淡淡的古龙水香味,在定制西装和名牌手表的装点之下,他活脱脱就是一名精英。

氛围型帅哥指的是五官硬件细看够不着帅哥的标准,但是整个人因为打扮和气质,在外人眼里能形成一种"这人是帅哥"的视觉印象的人。

这就是现在的卫贤。

"你比高中那会儿好看很多哦。"李庆夏赞赏地拍了拍卫贤的肩膀,"继续保持!"

卫贤皱起眉头,往后躲了躲:"我不是说了我们在公司里不要太亲密吗?"他继而又更不悦地说,"你怎么扯到高中那会儿去了?"

对他来说，跟现在比较，高中那会儿发生的事情算得上是他的"黑历史"了。

李庆夏从他的语气里读出了这一切，立即道歉："啊，不好意思，你不爱提我就不提了。"

她的态度令卫贤满意地点点头："今晚一起吃饭吧，我预约了餐厅。"

李庆夏回道："你都不问我今晚有没有别的安排？"

他问："那你有别的安排吗？"

她想了想，说："那倒是没有。"

卫贤叹口气，转身走向一位女职员，开始交代工作。

李庆夏见到他对别人一脸春风和煦的笑，心里"呸"了一声。就算是为了避嫌，他对女朋友的态度也太刻薄了。

4

虽然李庆夏完全没做过这种工作，但是她开窍很快，总结出来所谓行政助理的工作听起来比宠物美容师要好听不少，但其实就是打杂的，别人让干什么就干什么，做的事没有什么技术含量。尽管这样，这整个工作氛围却让她感觉很新奇、兴奋，毕竟自己以前没面对过。

以前她就是出于一种没有追求的状态，才选择了一份做起来没有挑战的职业，但其实，她真的成了宠物美容师之后，发现挑战并不少。那些看起来可爱的小动物，是在特定情况下可爱，类似于"别人家的孩子真可爱"，当自己真要面对它们时，就会觉得它们没那么可爱了。

在做学徒的过程中，她没少认识到小动物的真面目有多可怖。熬出来之后，她觉得到手的薪水有些对不起自己的努力，但是好歹熬出来了，她便想着这辈子可以在这条职业路上安心地"躺平"。

此时此刻，全新的职场环境令她有些"小鹿乱撞"，为什么自己不多做一些尝试呢？也许有一份真正适合她的"真命职业"还在某一个盲盒里等着她去打开。

她环顾四周，看着其他人在敲击键盘，和客户打电话，屏幕上是各种红色绿色的指数线在波动，一时间心潮澎湃。虽然她看不懂他们在做什么，但是好奇心令她感到浑身充满了力量。她激动地想，或许从梦里醒来之后，她可以试一试新的生活方式。

午休时间，李庆夏不想再与卫贤交流，赶忙走向鹿连雪身边，说要跟她一起吃午饭。鹿连雪却又白了她一眼："你哪天不是跟我一起吃的？"

"我以为我会跟卫贤一起吃呢。"李庆夏笑起来，"我不是'恋爱脑'吗？"

"你进步了，竟然知道自己是'恋爱脑'。"鹿连雪也难得地笑了起来。她笑起来才能让人体现她名字的妙处，像是在雪地里撞见一只鹿，令人心里不禁荡漾，可惜笑容转瞬即逝，她又嫌弃起李庆夏来。

"当时是谁拼命解释自己不看重爱情，是以事业为重的？距离你说要考基金从业资格证书，到今天都快一年了，你还要拖到什么时候？"

李庆夏瞪大了眼，问："什么？什么证？"

"你——"鹿连雪一时被气到连白眼也不屑翻了，她一甩头发，径直往前走。

李庆夏追上去道："不是！我这次是认真的，我一定要考下来，你给具体说说啊。小鹿！"

5

鹿连雪去吃饭的餐厅是人均消费两百元的西餐厅，李庆夏虽然也去过一些消费颇高的餐厅，比如人均消费五百元的，但那是参加一些宴席，由长辈请客，去的是那种装修得很中式、很复古的餐厅，走进去你就能产生幻听，耳边响起"过大年啦！走遍大街小巷……"这类的喜庆歌曲。那里吃的是山珍海味，每一道菜都让你觉得这钱花得值，不浪费！

眼前这家餐厅的装潢风格过于"年轻"和"时尚"，大面积的纯白配色，令李庆夏一愣，有些不好意思进去。好在鹿连雪一个嫌她动作慢的白眼给她的双腿灌注了能量，她麻溜地跟在鹿连雪身后，由服务员领着去了一张特地留给她们的座位旁。看来每顿工作餐，她们都是在这里吃的。

这种时髦的白领午餐李庆夏没有吃过，她翻了翻菜单，感觉每一道菜看起来都是吃不饱的样子。再看价格，最便宜的一份肉酱意面也得七十八块钱，面条上除了肉酱，还能看见一片薄荷叶子。她忍不住抱怨："这七十八块钱够我点一碗螺蛳粉，加牛肉、鱼丸、鸡爪，再加一份绿豆汤了。"

"哎？"李庆夏哭笑不得地问，"你每天工作餐都吃得这么豪华，你存得下钱吗？"

对方反问道："你不是也在吃？"

"我这是为了陪你。"她道。

"说什么呢？是我陪你。"鹿连雪指着窗外对面的餐厅说，"如果不是因为你，我吃的是那一家的。"

李庆夏扭头一看，好家伙！她虽然没去过多少高级餐厅，但"高级"这种气场，还是能一眼看出来的。她立刻摸出手机一搜，果然，人均消费一千元。她抬眼盯着鹿连雪，一字一顿地问："坦白从宽，你每个月拿多少工资？"

"你不是知道？"鹿连雪轻描淡写地说，"我拿年薪，也不多，主要靠管理分红，去年上半年大盘不太好看，客户不信任我们，但是下半年我们拿回了主动权，所以四月的分红，我应该可以拿个两三百万吧。"

"什么？"李庆夏大受震撼，不过因为对方是鹿连雪，所以她能很快平复心情。这个女人就是方方面面都看起来"很贵""很值得"。很快，李庆夏双眼一亮，笑逐颜开地指着自己，"我也拿年薪和分红？"

"你拿月薪。"

"多少？"

鹿连雪立起三根手指。

"这是多少？"李庆夏捂着胸口，期待地自问自答，"三万！"

"一万二。"

"有你这样比画的吗？"这答案叫飘飘然的李庆夏瞬间坠落在地，但她转念一想：也还行！

服务员根据她们的要求上了"老三样"，就是两位客人每天必点的菜色。鹿连雪点的是牛排，李庆夏见了有些惊讶，因为鹿连雪看起来是个素食主义者。结果，摆在李庆夏面前的却是一份绿意盎然的沙拉。看见这沙拉，她便面呈菜色了："这……这是人吃的吗？"

"你不是要为了卫贤减肥吗？说太胖了穿不进婚纱。"鹿连雪冷哼一声，"我看你这一天天的也不摄取肉蛋白，最后只能穿上病号服。"

"我吃这个，就是为了他？我太看不起我了！"李庆夏怒了，对服务员招手："不好意思，给我也上一份牛排，但是要五分熟，再给我来一份提拉米苏。"她气鼓鼓地说，"反正花的不是我的钱，我今天要吃个痛快。"

鹿连雪奇怪地问道："怎么不是你的钱？"

李庆夏张口想说自己正在梦里，但是鹿连雪可是将要拿好几百万的人，她想到即使在梦里，也不该砸碎人家的梦，便敷衍地笑道："我还是不告诉你了。"

"你如果真的有心挣钱，就赶紧把执照考了。"鹿连雪说，"指望卫贤还不如指望你自己，我看你读书的时候就挺有想法的，你要是真动起脑子来，不会比他挣得少。"

李庆夏问："卫贤挣得比你多吗？"

鹿连雪露出"你在侮辱我吗"的表情，随即越过这道没有意义的问题，有些敬佩地说："你要设立目标也要设立得高一些，不如以老板为榜样，能有他百分之一厉害，你也可以称神了。"

"我们老板是谁？"

"……"

"我真心发问。"

"夏之洋。"

6

夏之洋在投资界是神话级人物，他出道时是知名基金经理的徒弟，协助管理当时规模三百亿的公募基金，没多久就因为和师傅理念不合，闹得圈内尽人皆知，是财经杂志上的主要内容贡献人物。他认为师傅的选股风格太跟风、太保守，自立门户之后，他因管理的基金年均回报率达到百分之三十三而一战成名，在巅峰时，他管理的基金规模一度突破一千亿。他火得连对金融一窍不通的路人都隐约听过这个名字。现在他处于半隐退状态，许久没有大的动静了。他偶尔会投资一些有潜力的公司，关注一下公司内挂在他名下的私募基金——实际上是由鹿连雪等得力干将组成的团队在打点——即使如此，他每年的私募名额依然一票难求。

以上是李庆夏通过网络搜索补的课，夏之洋竟然是这样的名人？因为她不关注股市、金融啥的，所以并不知道这号人物，他的照片挺多的，至于相貌……不好评价……她一张一张翻看着像素模糊的图片，只能说这个夏之洋是个容易愤怒的人，他的表情好像一直都处在生气的状态，即使是杂志封面上的他，也是眉头紧锁，不太情愿面对镜头的样子。

也许他是个拒绝修图的人，所以他的照片都过于"真实"了，脸上的雀斑、皱眉时的褶子，一点点、一道道都特别惹眼，但也看得出来他是一个"生动"的帅哥。说生动，是因为他身上有那种很具野生感的能量，像是一头豹子，因为身姿纤细，姿态并不端庄，但是松垮之中又散发着优雅感，所以他不太像狮子，像豹子。

今天最值得期待的事情，就是能见到那位"李庆夏"反复提及的夏之洋了。

下午回到自己工位上的李庆夏，好奇地问身边同事"老板在哪里"，她的意思是她想知道怎么才能见到老板，对方说看运气，老板几乎不会在公司里出现。

但是她今天的运气就非常好，不一会儿，前台小姐姐慌张地出现在门口，发出一声警报般的尖叫："老板来了！"

就好像所有人都经历过防空演练似的，大家自觉地开始传递这个信息，从站在门口的人那里开始，一个一个往里递："老板来了！""老板来了！"

那画面好像波浪般一层压一层，掀起来再盖下去的那一层立刻陷入寂静，最后直到最靠里的位置也得到了信号之后，整个空间里呈现出墓园一般的死寂。

现在还能听见的只有键盘敲击声了,听起来像是战地里遥远的枪声,李庆夏也被这恐慌气氛渲染了,她问身边的人:"老板怎么来了?"

对方朝老板的待客室那边努努嘴,压低声音说:"听说有个大客户来找麻烦了。"

老板的登场架势在李庆夏眼里跟古时候的皇帝差不多了。明明是自动展开的大门,偏偏有几个员工自觉地站在两侧,他们虽然没有九十度鞠躬,但也是微微弯着腰的,手里都抓着一沓资料,手背上青筋暴起,看来就是他们犯了错,惹怒了大客户。因为其中有卫贤,所以李庆夏旁观得津津有味。

最先映入李庆夏眼帘的人,并不是夏之洋,但是他比夏之洋还要夏之洋!不如说,如果他是夏之洋,会让所有人都更觉得合情合理。

他穿着一身定制西装,身型挺拔,肩宽腰窄,他的发丝、眉尾和走路时尖头皮鞋上的反光都像是被设计过一般精致,像极了正在走T台的模特。这人的气场非常强大,但又具有一种不染尘埃的脆弱感,有那种从小没吃过苦、一直养尊处优的气质,是一些言情小说女读者幻想中的"富二代"和"总裁"的具象化人物。

"这是谁啊?"李庆夏继续发问。

"顾总啊,你怎么回事?他还是挺常来公司的,是公司的二把手,老板的弟弟。"坐在旁边的员工还挺喜欢聊这些的,"他俩好像不是一个妈生的,豪门故事的标配。"

李庆夏掏出手机来,追问道:"名字?"

"顾杯。"对方语气小心翼翼,仿佛自己直呼其名是大逆不道。

李庆夏搜了一下顾杯,二十七岁,没有太多信息,照片也没有,被一些新闻稿以开玩笑的语气说他是"夏之洋背后的男人",给他的定位是贤内助。

之后走进来的是夏之洋。他实在不太像个总裁，顶着一头久未打理的凌乱短发，刘海盖着紧锁的眉头，身上穿的是一件宽大的衬衫和一条宽松的米色亚麻休闲裤，穿着一双白色的运动鞋。夏之洋的个子虽然有一米八几，但是因为他走路时不是昂首挺胸的，身上也没有健身痕迹，整个人就犹如孩子被困在不合身的大人衣服里似的不太舒展，所以他的表情才会显得那么焦躁烦闷。跟杂志上的他比起来，本人看起来非常年轻，完全不像二十八岁的人，那气势汹汹的样子，有些像是下了课之后，要去打群架的高中生。

直到卫贤他们尾随着这兄弟俩进了最里面的会客室之后，空气里有人率先叹出一口气，办公区域才再度嘈杂起来。一位身穿套装的行政人员走过来敲了敲李庆夏的桌子，嫌弃地说："动起来啊！"

李庆夏一头雾水地跟着她走向茶水间，原来是要准备咖啡和酒水！她就像个酒店里的服务员一般，使用一个银色小推车，把还冒着热气的咖啡壶与一瓶放在冰桶里的酒，推向那间隔音效果一流的会客室。

在大门打开的一瞬间，里面的吼叫声差点没把李庆夏送回自己的工位。

7

里面有两拨人，中间隔着一张漆黑的大理石桌面。一边有三个穿着黑色西装、看着像保镖的人站着。坐在他们身前的有两个人，一个是凶神恶煞的老板，他头上无毛，生得肥头大耳，穿着皮夹克，左手夹着一支烟，一直在大吼大叫。旁边有个像是助手或秘书的男人，挺壮的，看起来他俩并不需要保镖，带着人马过来只是为了壮大声势。

夏之洋和顾杯坐在这几人对面，卫贤等人笔直地站在身后，但是占地面积看起来没有敌方的一半大。

"所以你们的解释是什么？才一年！一年，你们就败掉了我一千万！"光头满嘴脏话，口沫横飞，"因为我是私企小老板，你们就觉得我好欺负？"

一千万？李庆夏为这数字竖起了耳朵。太刺激了，这些人，动辄就是一些几百万一千万的大项目。

"郭老板，你先别生气，从进了门之后一直是你在说，也没给我们解释的机会。"顾杯声线很柔和，他见到李庆夏推着叮当作响的小车进来，便温和地笑着问郭老板，"咖啡，还是酒？"对方处于气头上，不理睬他，于是他自作主张道，"酒吧。"

作为行政助理的李庆夏这回吸取教训，手脚麻利地倒酒，不等她恭敬地送到桌上，顾杯已经走过来，接过了她手上的酒杯，笑盈盈地说："谢谢。"

她仰起头，心想，好一张帅气的脸！这么近距离看，挺有冲击力的。

顾杯亲自为郭老板和他的秘书送上酒，以示尊重，他的行为也确实安抚了他们的情绪——他们说话的音量稍微降了一点。顾杯扭过脸对李庆夏说："麻烦你，咖啡两杯，一杯无糖，一杯加三勺糖，给夏总，谢谢。"

这帅哥，对下属也挺有礼貌的，真是相由心生。李庆夏对他好感倍增。

郭老板看了一眼酒杯，喉结动了动，但并没有喝，他继续问责："不要给我转移话题，今天我抽空来这里，不是为了吵架的，但是如果你们给不了一个叫我满意的答案，也别怪我找麻烦，我可不是什么有文化的人。"

顾杯端起咖啡喝了一口，等对面人的话都说完之后，他缓缓地问："我们签的是五年封闭管理合约，是谁向郭老板透露了资金走向呢？"

他的话音刚落，夏之洋转动了椅子，以阴冷的视线扫了一遍站成一排的员工，所有人都吓得瑟瑟发抖。

郭老板怒道："我不能知道吗？这是我的钱，我不该知道往哪里去了吗？你们这是心虚？如果我今天不发问，你们是准备把我的钱赔光吗？"

当他唱黑脸时，坐在他身边的秘书便唱白脸，秘书态度和善地说："主要吧，我研究了一下我们和贵司的合同，上面也确实注明了有一定的风险，不是保证本金的。我们郭总可能签合同的时候没看那么细，他是一个心宽的人，其实我们也不在意最后赢利多少，有就行，没有也行，但是不能赔钱啊，谁的钱也不是大风刮来的。"

"而且我朋友的私募每周都有分红，五个点！"郭老板激动地说，"现在是牛市，所有的人都在赚钱，就你们在赔钱，这不是搞笑吗？"

顾杯耐心地解释道："你们是第一次成为我们的客户，所以不太了解，我们的选股是有讲究的，比起别的单位，通常我们能达到三十个点的收益。正因为我们不跟风，提前埋伏有潜力的低估值股票，所以才有这样的收益。"

郭老板猛击桌面，嚷道："别绕弯子，少吹牛，那你现在就跟我们签协议，保证我们最后能拿到三十个点！"

"不好意思，没有这样的先例。"顾杯对身后的卫贤招招手，一沓材料被放在他的手心里，他站起来，郑重地摆放在对方眼前，"这里是我们的部分客户收益数据，你们可以参考看看。"

郭老板看了一眼，嘴里啧啧埋怨："什么鬼东西，一堆数字看着头疼。"他说完便将资料扔给了身边的秘书。

秘书仔细地逐行翻看，一时间没有说话，说明这数据翔实可信，最后他也只能挑些别的毛病："这都打码的。"

"客户信息当然不能透露。"顾杯说，"你可以看一下走势图，我们的策略是大部分时间蛰伏，靠决胜点赚别人不敢赚的钱。所以大部分时间，我们的股票都是呈现亏损状态的。"

秘书不说话了，他在郭老板耳边说了两句悄悄话。一时间，郭老板面露尴尬，似乎准备打退堂鼓了，但是又想找回些面子。他端起酒杯来，一饮而尽，冲顾杯举着空杯，以警告的语气说："这回就先不跟你们计较！我再信你一次，你们最好给我看着点我的钱，每周给我打报告，别让我蒙在鼓里。老子是客户，是上帝，你们小心伺候着——"

边说话，郭老板边站起身来一副要离场的样子，看情况这问题算是解决了。但是不等顾杯说话，一直沉默的夏之洋却开口了："解约吧。"

他的声音很清脆，像是刚刚度过变声期的少年音，很适合在校园广播站里通过喇叭向全校同学进行朗诵诗歌，也适合被春心萌动的女同学倾听。

众人齐刷刷地看向他，顾杯皱起眉头，面露苦笑，而郭老板则没反应过来一般，愣愣地问："你说什么？"

夏之洋面无表情地说："我不需要你这样的客户。"

郭老板猛地一掌拍在桌面上，杯子里的水因为振动而漾出来了，他指着夏之洋吼道："你再说一遍！"

顾杯见状，对身后的卫贤悄声说："叫保安。"卫贤便赶紧冲了出去。

"我说，你把你的钱拿回去。"夏之洋站起来，双手撑在桌面，倾身向前，冷冷地说，"我们解约。"

"你算什么东西！"郭老板抓起一杯酒泼向他。

不等众人倒吸一口气，夏之洋也抓起一杯咖啡泼了回去，众人被吓得这倒吸的半口气又吐了出来。

满脸挂着咖啡的郭老板气得瞪大了眼睛，一时语塞，而夏之洋一抹脸，笑道："反弹。"

郭老板急了,要飞过桌面来揍他,但是被身后的人拽着,又因为体形原因,动作没那么灵活,于是他冲向李庆夏的小推车,拿起酒瓶,敲碎。一声炸响,酒水、碎玻璃四散,接着他便拿着这有锋利边缘的半个酒瓶冲向夏之洋。

夏之洋也不畏惧,竟然空手迎了上去,两人扭打作一团,其他人立刻拥上去拉架。场面极为混乱,李庆夏看得手足无措,只好边喊"别打了"以保持自己偏爱和平的立场,边喊"揍他!揍他!"以保证自己虽然看热闹不嫌事大,但同时是站在老板这边的立场。好在保安及时赶到,把郭老板一行人拽了出去,所以这混乱也就经历了数十秒钟便被平息了。

见到夏之洋受了伤,顾杯对李庆夏说:"你去把急救箱拿来。"

8

等李庆夏拿着急救箱再进来时,她见到顾杯正在压低嗓音和夏之洋吵架,或者说是顾杯单方面在生气,而夏之洋一副事不关己的样子。

"爸爸说过做人的原则是大事化小、小事化了,你没必要每次都把事情闹这么大,有脾气可以等事情解决之后再发泄。"顾杯的话说得文雅,但语气里是藏不住的不悦,"你看,原本已经解决了的问题,现在反而被放得更大了,这对你和我、对公司有什么好处?你又不是在单打独斗,也该为团队想想,这么多人跟着你呢。"

"你不要总是提爸爸。你这么喜欢他,跟着他去干就好了,为什么跟着我?"夏之洋不想再听他絮叨,举起还在流血的手对李庆夏摇了摇说:"你好,我可能快死了!"

李庆夏赶紧迎上去,蹲在他身边先用纸巾帮他擦掉血迹,然后拿酒精帮他消毒。毕竟她是在宠物店上班的,动物之间互咬两口,动物对着人咬两口,都是常态,这一套处理伤口的流程,她做得顺手得很。

顾杯还想再说几句,但是碍于有李庆夏这个外人在场,他欲言又止。夏之洋烦了,挥挥手轰赶他:"你去忙吧,别站在这里看着了,又帮不上忙。"

等室内只剩下李庆夏和夏之洋之后,因为太安静了,空气里只有一些她给他上药、缠纱布的摩挲声,这令她感到有一些尴尬,所以她尽可能地想找个话题来:"那个……"

"停。"夏之洋说,"你不用没话找话。"

"好的!"被这么说了之后反倒是放松了,但是李庆夏很快发现了一个问题,她奇怪地惊呼,"这是……这好得也太快了吧?"

夏之洋手掌上的血被擦干净之后,李庆夏能看见他的手侧被玻璃划了一道口子,但是他的掌心里也有一道疤,这道疤看起来也像是被锐器割伤的。

他叹了口气:"你是不是傻?这是旧伤。"

李庆夏忍不住摸了摸,就像摸猫猫狗狗的肉垫一样,这是她的职业习惯。但是对于几乎不被人触碰的夏之洋来说,这人类皮肤的触感,令他汗毛竖立。他抽回自己的手说:"你干什么?"

李庆夏心疼地皱起眉头:"挺严重的伤,你当时应该挺疼的吧?"

"还好,我那时候才几岁,不太记事。"夏之洋看了一眼被处理好的伤口,很满意地说,"你挺专业的。"

"我在……我以前在宠物店上班,你比起猫啊狗的,好处理多了。"李庆夏说罢,觉得拿猫狗来与夏之洋做比较很不合适,又补充说明道,"我的意思是,动物调皮不懂事,不知道我在给它们包扎,所以会乱动。你是人嘛,聪明懂事,就很乖,不会动,会配合我。"

夏之洋听了,半响才憋出一句话:"你这人……没少挨打吧?"

李庆夏认真回忆了一会儿,说:"我好像还没挨过打,但是你看起来经常挨打的样子。"

"都是我打别人。"夏之洋挑起一边眉毛,竟有些得意地说,"人不犯我,我不犯人。"

"你不太像个总裁,你像个小学生。"李庆夏笑了,"还会说'反弹'!"

夏之洋板起脸来:"你怎么跟你的老板说话的?"

"你只是老板而已,我合法给你打工,也没人身攻击你,大家平等交流嘛!"李庆夏笑了,"而且你也没到需要我尊老爱幼的年纪吧?"

夏之洋向前倾身,挑衅又好奇地问:"你就一点都不怕我?"

"怕你扣我工资?"李庆夏捂住胸口,脸上确实流露出了一丝担心,"扣工资总得有理由吧?因为我好心为你包扎吗?那我要趁你不知道我是谁,赶紧闪人。"她蹲得太久,猛然站起来时腿脚一抽,往前方扑去。

夏之洋见状却不伸手,而是哇的一声吓得往后一躲,带轮子的办公椅使他飞出去老远。

还好李庆夏的下盘颇稳,她"嘿"了一声,扎了个马步,稳稳站住后,一甩头发,看向他,用一脸难以置信的表情说:"你?我是什么挨了就会中毒的虫子吗?"

"不要介意,我不是不喜欢你,我是讨厌所有人类。"夏之洋举起一只手,做出对天发誓状解释,"但是我知道,你叫李庆夏。"

李庆夏被吓得捂住脖子上的工牌,但是面上还要故作镇定,她赞美道:"没想到你是这样的老板,记得每个小员工的名字。"

夏之洋摇摇头说:"我是看见过你在公司公告板上贴的领养启事,你捡到过一条狗,对不对?"

李庆夏确实捡到过许多狗,都数不清有多少条了,最后她都是通过宠物店的免费领养日把这些狗送出去的。这个梦境里的另一个李庆夏到底也是李庆夏，会捡狗不稀奇，于是她点了点头。

"所以我有印象，我也养狗。"夏之洋摸了摸自己的手机，似乎要向她展示自己的壁纸，但又忍住了，他嘀咕，"我喜欢狗。"

"我知道你养狗。"李庆夏嘴快地接话，但又很快想起来，这个夏之洋并不知道她曾经在宠物店的联络本上见到过他，于是又补充，"你长得就是会喜欢狗的样子。"

夏之洋眨眨眼，嘴角抽了抽，迟疑地问："长得像喜欢狗的……是什么样子？"

"你不要误会，我这是在夸你！"李庆夏察觉到他的不悦，大声为自己弥补道，"你这个样子不只狗喜欢，我也喜欢！"

没料到她会突然告白，夏之洋愣住了，他感到周遭的一切都陷入了停顿，就连空气里的尘埃都静置在半空，等着看他从震惊之中能做出什么回应。最终，他缓缓地吐出一句话来："可是你的样子我不喜欢。"

"那就好！谢谢！"终于结束了这尴尬的局面，李庆夏可不想再与他尴尬地聊天，对他深深一鞠躬，便扭头冲了出去。

还好李庆夏离开得及时，不然夏之洋旋即涨得通红的脸就要被她看见了。他摸了摸脖子，又摸了摸发烫的额头，最后看着被包扎好的手掌，脸上是想嫌弃却又不嫌弃的别扭表情："什么人啊，这是……"他感叹道，"真的奇怪。"

9

回到工位的李庆夏一直在复盘与夏之洋之间的交流，时不时就悔恨得龇牙咧嘴。她有太多动作无措、话语不当之处了，真希望能时间倒流，重新表现一下。好在这不过是一场梦而已！不至于让她在心里记挂太久。

下了班之后，卫贤走到她身边说了一句"我在停车场等你"，便径直离去。他这与自己交往好像见不得人的样子,令李庆夏心生不满,所以她刻意慢悠悠地收拾,拖了三十分钟才去找他。

卫贤站在自己的车前,果然面露愠色:"你怎么这么慢?"

李庆夏做作地左右张望了一下才说:"你不是怕被人看见我俩在一起?所以我故意错开了时间。"

卫贤叹了口气,说:"我不是怕被人看见,我只是觉得被看见不太好,再怎么说我们也是一个公司里的,太亲密了别人会在我们背后嚼舌根。"

"你这话说了等于没说,总结完了不还是怕被看见?"李庆夏学着鹿连雪的样子翻个白眼,自己动手拉开副驾驶座的门坐了进去。

卫贤坐进了驾驶座,一边系安全带一边不屑地笑道:"你又跟我耍小性子呢?"见到李庆夏一脸疑惑地看向自己,他深深叹了口气,"别装。平时你不都等着我给你开门吗?就有一回没给你开,你就说我心里没你了。"

李庆夏奇道:"开个车门而已,不至于吧?我有手有脚的。"

卫贤瞥了一眼她,露出"不与你计较"的眼神,边开车边说:"你还是不愿意?我给你安排的工作,比你现在的薪水要多五千块钱,你都看不上?你对我们公司这么有感情?还是你怕我不老实?"

"叫我换工作?"李庆夏惊喜地接话,"多五千块?好啊!"

然而卫贤以为她在说反话,便自顾自地继续说:"其实你走了以后,你那些女同事都会替你监视我,你真的不用担心我搞七搞八。我俩都在一家公司里上班,一荣俱荣,一损俱损,我把你安排走,也是为我俩的未来考虑。风险对冲你总该知道,我这边要出了什么问题,你那边至少还能撑着,这是对我们的小家有好处的。"

"别说了,什么时候换?我随时都可以。"李庆夏打断他的话,笑眯眯地说,"如果你再给我找个多六千、七千块钱的,你叫我每天换工作都行。"

"你……"卫贤还有些不敢相信,"你真的同意了?"

"这么好的事情,傻子才不同意。"李庆夏比出一根手指,"我就一点要求,新工作别太累。"

卫贤长出了一口气:"你总算是想通了。"

10

在吃晚饭的过程中,卫贤一直在抱怨工作,李庆夏偶尔张开嘴说两句,他就说:"你先听我说完……"于是她又闭嘴。有几处她想插嘴的地方,由于他话语太密,她愣是没插进去,虽然他在中间会说"你有什么想说的你说啊"。

但是等李庆夏真的开口说了半截,他又以"但是我觉得……"开头把话抢了回去。

这么一来二回的,李庆夏也懒得多话了,她老老实实地吃饭,偶尔根本不过脑子地以"嗯嗯""是吗""哇,还能这样"之类的话敷衍地应和他。

她觉得他是许辰的升级版,因为他的话比许辰的还多,所以他比许辰要更令人讨厌。

直到看电影的时候,李庆夏才享受了一个半小时的安静时光。在她身边坐着的这个男人,真的一点男朋友的感觉都没给她,她跟他像是两个各自买票、碰巧同场看电影的陌生人。

散场之后,卫贤问李庆夏是自己送她回家,还是她跟自己回家。

"那当然是——"李庆夏半分半秒也不想再与卫贤相处了,但是她突然灵光一闪,如果她不是在自己家里过夜,睡醒后能回到现实世界吗?抱着这样的好奇心,她说:"去你家吧!"

"啊?"卫贤发出惊讶又不情愿的声音。

李庆夏失笑出声:"你这是什么态度?你的女朋友要去你家,你竟然不高兴?"

"没有。"卫贤扯一扯嘴角,露出一个假笑,拉开车门请她上车。

11

卫贤的家并没有坐落于繁华的市中心,而是坐落在稍显偏远的三环之外,开车去公司要花上四十分钟的时间,这令李庆夏不禁感叹:"你住这么远啊。"

这句话好像戳到了卫贤的痛处,他又滔滔不绝起来:"你怎么又提这个?要我给你解释多少遍,我是偏爱安静的人,市里太闹了,而且房子性价比不行,与其一味地在乎地段,我觉得用同样的价钱,享受大两三倍的居家面积更好。至于孩子上学的问题……"他讲到了令他心虚的重点,话音也有些飘忽,"听说我家附近有盖私立小学的计划。"

李庆夏一边跟着他走入电梯,一边赞赏道:"这么早就开始想孩子上学的问题了?你想得挺远啊。"

"你……今天好奇怪。"卫贤眯起眼,"不是你一直在嫌弃我这房子周边没有配套学校的吗?"

"房子是你的房子,还轮不上我嫌弃。"李庆夏笑起来,"至于你的孩子,那也是你的孩子。"

"不也是你的孩子吗?"卫贤感觉自己的思维已经追不上她了。

李庆夏说:"还不一定吧。"

进了门,眼前的房子很像样板间,李庆夏能感受到主人对"精致生活"的追求,这太像是电视剧里那种都市精英的住所了,泛着一种假模假样。李庆夏背着双手,四处参观,啧啧点评:"没什么生活气息啊。"

卫贤打开次卧的门说:"你今晚睡这里吧。"

"好是好！"李庆夏巴不得两人分房睡，但是她忍不住要问，"但我们不是准备结婚的人吗？"

"拒绝婚前性行为的也是你。"卫贤瞪了她一眼，接着又意味深长地问，"怎么，改主意了？"

说着他迈上一步，笑着脱下了外套，李庆夏吓得慌张摆手，道："不必，不必了！"

第四章 没有出口的迷宫

1

这一夜，因为不是在自己的床上入睡，李庆夏睡得很不踏实。她担心卫贤闯进来，所以一度下了床，检查门锁还不够，又拖了把椅子放在门口才安心。陌生的枕头和陌生的气味一直包裹着她，辗转反侧之间，她不断回忆着这些离奇的日子，一天天、一幕幕，从许辰、齐辉到卫贤，不知怎的就卡在夏之洋的脸上了。她想起他，竟不自觉地发笑，这人，挺有意思的，完全不像个大人物。

她把与他相处的那一段画面不断倒带，最后上演到就连夏之洋的睫毛模样都被深深种植于她大脑的地步，才拍了拍自己的脸。不要再想了，这个夏之洋并不是真实存在的人物，她抱歉地合起手掌，对着天花板拜了拜，在心里说：何翩，这是在梦里，我可没花心哦！谁也管不了自己会在梦里想什么。

人管不了在梦里想什么，也管不了大脑想什么，虽然李庆夏尽可能叫自己别想了，但最终她还是一遍遍回忆着夏之洋的一举一动。她像是被一首无限循环的歌给洗脑了，最后在企图与之交战的旋律之中，因战到疲惫而昏睡过去。

2

2月5号，周五。

李庆夏睁开眼，因闻到了熟悉的气味而心中一动：这是我的卧室，这是我的气味！要说到自己有什么气味，她形容不上来，但她感觉得到，毕竟每一个人独有的气味就像DNA一样，独一无二。

不过她雀跃的心很快就平复下来。别高兴太早！在自己的卧室里，不等于回到了自己的世界里。她好像被烫着似的弹坐起来，飞快地扫视一圈后，干笑一声，再度栽倒在床上——又是一个新的房间，这里有堆积如山的书籍和四处叠放的画具,这是一个新的李庆夏的房间。

这个梦到底会有几层?李庆夏颓废地下了床,她记得《盗梦空间》这部电影里好像也只有三四层的样子,越是深层次的梦越失真,就真的很像梦境。她四处摸索,来到了一幅未完成的画前,手指头能明显感受到画布上凹凸的笔触。她苦笑,这触感,自己真的是在梦里吗?

她仔细欣赏这幅少女在林中奔跑的画,画架旁边摊开了一本杂志,原来作画者是对着照片在做临摹练习。这幅画画得很好,但有些刻板,不够灵动,不过也足够李庆夏啧啧赞叹了,因为她可画不出来。她这双笨手,帮狗刷牙的时候都觉得自己对它们有些照顾不周。

不过这画是"李庆夏"画的,所以也算是自己画的吧?她笑起来,觉得自己很无聊。

哎呀!昨天忘了写日记!她习惯性地走向书桌,边拍了拍脑门,边拉开椅子坐下来,深呼吸之后,小心地翻开日记本。

该不会又有什么新冲击吧?果不其然,除了第一位"李庆夏"和"第三人"之外,今天更是增添了"第四人"的大呼小叫。她扶着额头,感觉太阳穴在隐隐作痛。

首先,还是她的"老朋友",来自第一位"李庆夏":

2月5日,周五。

那个男朋友是何翩的李庆夏,你还好吗?怎么没有看见你写的日记了?(下面那两段话不是你写的吧?因为她们看起来没搞清楚状况。)

接着是"第三人"写的:

2月4日,周四。

你们把我给看糊涂了,我也是李庆夏啊。这个本子是预言书吗?你们是真实存在的吗？还是我已经疯了？

最后是"第四人"写的：

2月4日，周四。

搞什么？！这个日记本我从来没用过，这些字是我留下的吗？今天对我来说真是魔幻的一天，是谁在写日记？为什么你们看起来在交流？我说出"你们"都觉得我要精神分裂了。我真不想说我也是李庆夏，这个"也"字就好奇怪。你们说的齐辉是我的男朋友，今天这个卫贤，我上学那会儿就看不上他，现在他怎么还成我的未婚夫了？谁家的谁领回去！

没想到第一位"李庆夏"这么关心自己，李庆夏一时不好意思，赶紧拿起笔：

2月5日，周五。
我没事！感谢关心。不过我不叫"男朋友是何翩的李庆夏"。

写到这里，她意识到大家都叫李庆夏的话，不好区分，她继续写：

我建议我们以代号称呼彼此。2月1日，周一的时候，我还处于自己的世界里，所以你们可以叫我"周一"或者"小一"。

虽然又来到了另一个"李庆夏"的陌生世界，但是李庆夏已经驾轻就熟，她不急不忙地收拾起来，走出卧室去打招呼："早上好！"
客厅里的气氛好诡异，令李庆夏的笑容凝固在脸上。仔细看，明明窗明几净，为何客厅里会透着阴森的感觉呢？原因出自付冰和李志，这对夫妻像两个陌生人一样，一个坐在餐桌上吃早餐，另一个端着碗很刻意地坐在沙发上吃。虽然只有几米的距离，但两人好像隔了几千米似的。

"怎么回事？你们吵架了？"李庆夏被这冰窟般的气氛激得一哆嗦，她抖抖身子，试图逗父母开心，先是坐在付冰对面，拿起一根油条，笑嘻嘻地说，"昨天晚上我可不在这个家里，出什么大事了？老李藏了私房钱被你抓着了？"

付冰平时是个话多的人，就连拔智齿的时候，都会忍不住跟医生唠嗑，平时和李庆夏你一句我三句的，这一刻却沉默不语，缓缓地咀嚼、吞咽着食物，完全没有要搭理女儿的样子。

李庆夏不放弃地又逗了她几句，却依旧被当成透明人。被付冰弄得如坐针毡，李庆夏端起碗坐到李志的身边，悄声地问："爸爸，怎么了？"

这时，付冰倒是有反应了，她摔了筷子，怒道："你还叫他爸爸？所以你是做了决定，我不是你妈妈了？"

"怎么了，这是？"李庆夏急了，从沙发上弹起来，站在两人的中间，因为她一时间不知道自己该站到哪边阵营去。她对付冰说："怎么说这么严重的话？"

"严重？这家要散了，你说呢！"付冰脸红脖子粗，尖叫道，"我真没想到，我活了半辈子了，才知道自己的老公是凑合着跟我过的。你这委屈可真的是受尽了啊，苦了你了！是我跟夏夏拖累你了，你早一些说出来啊！早日脱离苦海啊！"

虽然她是瞪着自己，但李庆夏知道这话是喊给李志听的，付冰已经到了看都不想看他的地步了。

李庆夏回首看着一直垂着脑袋的李志，还是有些晃神："爸爸，妈妈这是什么意思啊？"

李志沉默了半响才慢吞吞地苦笑道："不是都跟你说了嘛……"

付冰的眼泪已经在眼眶里打转了，但她憋着，这一憋，脸就更是涨得通红，嘴唇颤抖得厉害，话语间她却在逞强，嗓门拉高了八个度："你们父女真团结啊！私下把什么都商量好了，这个家里就我是外人。合着你要跟我离婚，结果我是最后一个知道的，李志！在你心里我算什么？我们做了这么多年的夫妻，我陪你吃了那么多的苦，你心里却一直有别的女人。我还傻兮兮地以为我们的感情虽然谈不上多火热，但好歹是无话不说的，感情也是牢不可破的！"

从没见过妈妈这个样子，李庆夏心疼坏了。付冰年轻时是个胆子很大、非常要强、走南闯北做生意的人，被找麻烦的对家举着刀贴着脖子威胁时，她都能表现得从容不迫，愣是靠胆识和口才把人给逼退了。

后来遇见了李志，她才决定停下漫步天涯的脚步，生孩子、组家庭。好在李志也是将她捧在手心里的，从未叫她受过委屈，所以付冰经常对李庆夏颇为骄傲地感慨，无论女儿能找到多么好的老公，那也是世上第二好的男人，因为第一好的已经被她逮着了。

正因为是被这样能令她感受到爱的男人伤害了，所以更叫她无法接受。

李庆夏也不能接受，她见惯了爸爸宠着、哄着妈妈的样子，哪怕妈妈无理取闹，他也全盘接受，现在这天翻地覆的转变，她看不下去，所以也没什么好选择的。她一步跃到付冰的身边，对李志责问道："爸！你怎么能这样伤我妈的心？"

李志奇怪李庆夏的突然倒戈，他大感不解又满脸悲伤地问："夏夏，你不是同意的吗？"

李志平时很少有激烈波动的情绪，大部分时候就是笑眯眯地看着家里这双好像两只猫一般在打闹的活泼的母女,日常就是挽起袖子收拾她们"造"出来的烂摊子。对于这个家,他就好象船、屋顶、轮胎、守护者,是推着这个家前进的重要存在。他太稳健又悄无声息了,仿佛永远都不会受伤,也不会抱怨。就连李庆夏吃剩的饭菜,他也会很自然地拿过来吃掉。他就是为了妻子和女儿、为了这个家而存在的,除此之外,没有别的意义。

见到爸爸脸上那份溢出的痛苦之情,李庆夏的心碎了,被撕成了两半,她颓丧地坐在椅子上,感觉双腿没有力气再支持自己的身体。

"我没明白,你俩到底是怎么回事?"她左右看看,以哀求的语气问,"你们都在一起这么久了,不是一直好好的吗?怎么突然变成这副样子了?"

"一直就没有好好的。"李志双目炯炯地面对她,似乎是鼓足了勇气,重复道,"从来就没有好好的,我们走到今天这个结局,不是太早,而是太晚了。怪我,确实怪我,一直不敢面对,是我太懦弱了。"

"你说一句怪你,你太懦弱了,就可以了?"付冰的语气不再那么强势,而是泛着又酸又苦的味道,她声音里的哭腔快藏不住了,"我陪了你这么多年,你拿什么还?"

"所以我说了,我净身出户,什么都不要,这里的一切都是你的。"李志说,"小冰,是我欠你的,我欠你太多了,有什么都可以给你。但我没本事,没有多少能给你的,这房子和所有存折,包括我那台电动车,我都给你,我只要拿走一些衣服就行。"

"你真的好绝情,为了离开我,什么都可以不要,恨不能现在马上就走是不是?"付冰指着大门,"那你走,你现在就走,我不想看见你。"

李志站起身,头也不回地往门口走,等门也拉开了,付冰忍不住最后问一句："李志，你是不是铁了心要跟我离婚？"

他没有回首，以点了点头的背影作为答复之后，便轻轻地关上了门。

随着李志消失在门外，付冰终于憋不住号啕出声。这辈子第一次见到妈妈这么哭，李庆夏一时间愣住了，但马上扑过去环抱住她。付冰起初依偎在女儿怀里哭了一会儿，但马上好像反应过来般地把女儿推开，愤怒地说："别跟我装好心，你不是一直向着你爸吗？你们都商量好了，就等通知我了，真是齐心啊，都走吧，走吧！留我自己死在这里，我这辈子当不起他的老婆，也当不起你的妈，我都不知道活了这么久我活了个什么意义出来！"

她站起来，冲进自己的卧室。她摔上门之后，李庆夏站在客厅里还能听到她放肆的抽泣声。

不要慌张，李庆夏一边双手哆嗦着收拾碗筷，一边安慰自己：这不是真的，这只是梦。

3

李庆夏心情不好，不想去上班，奈何在梦里也会被打电话催问为什么不去上班，不过家里这种气氛，她在家待着也觉得喘不上气，还不如出去走走。所以她边赶往心动宠物店，边不禁回想昨天和鹿连雪、夏之洋在一家公司里相处时的快乐场景，甚至公司里的落地窗和自己的办公桌，以及她手忙脚乱地在里面找茶具、找医药箱的茶水间，都令她怀念。

要不等梦醒了，自己辞职去换个新工作吧？她远远看见宠物店的门脸，就已经觉得有些腻味了。

走进店里，李庆夏很明显能感觉到这就是"李庆夏"上班的地方，里面有许多手绘的海报，橱窗处放的黑板上是每周的优惠信息，上面还画着一些可爱的小猫小狗。她打心里赞叹：她真的好爱画画！

　　店长和店员都亲切地和她打招呼，令她知道这个"李庆夏"是一个温柔、亲切的人，抱着宠物来店里的顾客也对她很亲热，看来她真的很受欢迎！

　　既然这么有人气，那想必也有男朋友吧？李庆夏好奇对方是个什么样的人，这一天一个新男朋友，自己的日子过得跟摇奖似的，也太刺激了。她趁着午休时间翻手机，见到了大量的照片和绘画作品，看得出来"李庆夏"是一个文艺少女。那些照片上都是天空、静物、街道、咖啡，而绘画作品则多是人物，主角都是一个留着络腮胡的男人。

　　画中的男人没有正面，都是侧面、背影，他要么在看书，要么在写字，或是蜷缩在沙发上睡觉。画面都是以橙黄、绯红为主色调，但故作明媚的样子抹不去这个男人身上浓郁的忧郁气质。他脸上没有表情，眉毛和眼睛都是更增添他悲情气息的下垂形状，镜片后的眼睛模糊不清。他看起来一副对生活很不满的样子。

　　这个应该就是"李庆夏"的男朋友了吧？李庆夏不禁自语出声："品位挺独特的。"

　　店长带着午饭走进来，看见李庆夏在玩手机，觉得奇怪："今天不写你的小说了？"

　　"什么小说？"李庆夏抬起头，见到店长指了指桌面上的笔记本电脑，她才知道这是她的所有物。她虽然不知道电脑密码，但是好在打开来一看，是人脸识别，于是很顺利地见到了电脑桌面。她移动着鼠标，点击文档文件夹，见到里面有很多散文、短篇小说，也有正在创作的长篇小说。文件整理得很清楚，分为"已经发表"和"正在创作"等。

　　她随手点开一篇，发现写得挺好。这个"李庆夏"在绘画上的天赋不是很强，色感不错，但是形不太准，走线也有些刻板，透着那种"很想精致但表现出来就是粗糙"的感觉。但是，她写作很棒，尤其是散文,大量的情绪仿佛肉眼可见,从字里行间里满溢出来。

"才女啊……"李庆夏无意识地舔舔嘴唇。她有些害羞,昨天的李庆夏在大金融公司里上班,今天这个李庆夏则是一位有文字造诣的小作家,这么一对比,她觉得自己啥也不是,不配是李庆夏。

不过说来说去,反正也只是在梦里而已,于是她很快振作起来。也许这么多种新鲜人生的梦境,是在提醒她,其实自己还有许多潜力可挖掘,自己应该多做一些尝试,多去探险。

越想越感到激动,她希望自己能尽快从梦里醒来,然后给自己安排一些日常不会去做的事情,多学一些新知识。人生,随时可以有新的篇章。

4

下了班之后,一个店员理所当然地走过来挽起李庆夏的手,邀请她一起去买菜。这令她挺惊讶的,因为她不会做饭!但是她反正也不想回家,顺其自然就跟着一块去了。

一路上,她了解到了不少超市里的买菜秘诀。像是六点半之后,肉铺会做半价活动,而青菜呢,过了七点几乎就是白送了,虽然看着都蔫了,但是买三把也就半把新鲜蔬菜的价格,择一择至少有一把半看着是鲜嫩欲滴的,反正够炒一大碟子的。

李庆夏听得津津有味,店员则奇怪地问:"你怎么好像第一次听说似的?你都跟我一起抢过多少回特价菜了。"

"这……我每听一次,都觉得兴奋不行吗?"李庆夏打哈哈翻篇,又以开玩笑的口吻打探道,"那依你看,满分一百分的话,我的厨艺能拿多少分?"

对方边思索边说:"我又没吃过你做的菜,但是看你对菜市很熟悉,能说得清楚牛身上的每块肉叫什么名字,又都说得出来每个部位要怎么做最好吃,嗯……我猜怎么也能打八十分以上。"

"厉害!"李庆夏击掌,"也不知道是谁这么有口福!"

"你可真够骄傲的啊。"店员大笑,补充道,"但我们也真挺羡慕那个孙久全的,女朋友不仅年轻漂亮,还这么会做饭。就算他是个作家,也是三十几岁的人了,命好!"

"谁?"

店员以为她没听清楚,又说一遍:"孙久全!"

哦。李庆夏在心里反复读着这个名字。看来那个戴着眼镜、留着络腮胡的男人叫孙久全。

她这才想起来,第一个"李庆夏"这回忘了在日记本里提这位"新男朋友"的名字了!真是的,她在心里嘀咕,像是在埋怨好姐妹给她漏了趣事一般。

5

李庆夏已经站在超市里了,但她并不想买菜,此时孙久全发了微信过来:"老婆,晚饭吃什么?"

她迟疑了一会儿,问他想吃什么,对面回复:"想喝汤,海带排骨汤,再吃一个小炒肉,一个炒青菜,这个随老婆,你觉得呢?"

我觉得什么?李庆夏笑起来,我又不会做!她回复:"我今天不想做饭,我们在外面吃?"

对方倒也随意,回复说"好",与她约了个地铁口见面。

这个地铁口,李庆夏只要步行十五分钟就可以到,所以她颇为悠闲地在商场里逛了一圈,在负一层喝了奶茶,经过化妆品柜台时试喷了香水,这才慢悠悠地走向地铁站。她抵达时大概过了半个小时吧,没想到孙久全已经站在那里等她了。

他比画布上的那个样子要帅得多,所以来往的行人都忍不住多看他两眼。

这个男人个头将近一米九,穿着肥大的牛仔夹克和棕色灯芯绒裤子,脚下是一双暗红色的马丁靴,一手插在口袋里,一手垂下来,指缝间夹着一朵那种被塑料纸包裹的红玫瑰,整个人非常有存在感。在昏黄的日落光照之下,这幅场景有着九十年代电影画面般的质感。

见到李庆夏走了过来,他举起那朵玫瑰朝她扬了扬。他笑起来的时候,那一口整齐的白牙被胡子衬得越发显白。

李庆夏走近了看他,这个人的轮廓很深。如果说夏之洋是一种很轻松的帅,那孙久全就是一种很用力的帅。他有一张令人过目难忘的脸,似乎这一脸络腮胡是为了给自己减分而故意留的。

虽然他的肤色偏黑,但看起来皮肤很紧致,泛着一层年轻的光芒,所以李庆夏迟疑地问:"你真的三十好几了吗?"

"哪有'好几',是三十一啦。"他把玫瑰递给她,"地铁里的小孩子卖给我的。"

这是一朵半蔫的花,李庆夏说:"你可以不买啊。"

孙久全抓抓头发,无奈地说:"怎么能拒绝小孩子呢?"

这个人还不错,不坏。李庆夏在心里长舒了一口气。

"你好香。"孙久全贴上来,闻了闻李庆夏,颇为高兴,"因为要跟我约会?"

李庆夏也不想扫兴:"你觉得是就是吧。"

"那我们要吃好一些。"孙久全拉起李庆夏的手说,"不能辜负你的香。"

他的手心比李庆夏预想的要柔嫩许多,就和他的皮肤一样,显然没有经历过什么日晒雨淋,被呵护得很好。李庆夏想起来他的职业是个作家,那他肯定没有干过什么重活儿。

6

孙久全说是吃些好的，李庆夏以为会看见鹿连雪带她去的那种洋气的餐厅，结果两人来到了一条美食街。密密麻麻的店面前站着吆喝着拉客的人，吵嚷得很，放眼望去不是火锅就是烧烤，还有川菜、湘菜等，都是重口味的菜品。

孙久全拉着李庆夏的手，沿着这条有些湿润的街，慢悠悠地往前走着。他说话的语气也是慢悠悠的，每个字之间的空间好像都能容下一条鱼在里面畅游："我们很久没在外面吃饭了。你想吃什么？随便挑吧。"

见到他这样真诚的脸，李庆夏觉得也许人家就是这个消费水平，于是她在内心嘲笑自己说：由奢入俭难。

鉴于他看起来经济情况不太好，李庆夏选择了一家说不上是什么菜系的馆子。反正吃饭嘛，如果不是奔着去吃一顿好的，那么能果腹就够了。

他们点了两菜一汤，刚巧一百块出头，李庆夏连饮料也没点一瓶，自己拿杯子在店里接自助凉白开水。

孙久全脸上颇有歉意："你不用替我省钱……"他话语一顿，或许是承认了自己没钱的事实，便许诺在未来弥补，"等我的新书出了，我带你去高级餐厅吃饭，如果新书卖得好，我给你买包哦。"

"好啊，我等你发财！"李庆夏很是捧场地笑起来，接着好奇地追问，"你写的书都是什么类型的？"

她这问题令孙久全感到奇怪："你不是每本都看过吗？"

还好李庆夏脑子转得快，她补充道："哦，我的意思是，你不会转型吗？"

"也不是没想过转型，但是我从小就喜欢看悬疑小说，看的都是国外作家的作品，我觉得这一块还有挺大的空间。我的梦想就是写出能在国际上被认可，也能被外国人从小就阅读的作品。"孙久全聊起梦想，镜片后没什么情绪的眼睛里也终于有光芒在波动了。他越说越亢奋起来，等菜都上全了，他还在说："虽然我之前两本书都没什么水花，但是这一次不一样，我有预感，这一本会带来惊喜。"

"我看了吗？"李庆夏一边吃着菜一边不忘捧场。

"我还没写完，等出版了之后再给你看。你知道的，悬疑小说一定要一鼓作气看完才好。"孙久全拿起筷子，为李庆夏夹菜。他挑开芹菜后，把肉丝堆在李庆夏的米饭上，动作流畅而自然。他继续说："你不是最喜欢我那本《夜的拜访人》吗？这一本算是它的前传，但是是个完全独立的故事，作案手段更难以破解，不读到最后一页，谁也猜不到犯人是谁，你一定会读得很过瘾。"

李庆夏也被说得激动了起来："哇，我好期待，那我什么时候能看到？"

此话一出，孙久全却有些落寞了："出版合同还没签，因为之前两本卖得不太好，但我一点也不觉得我写得差。只能说我运气不好，他们出版社又只认销量，到现在还很犹豫要不要签我这本。"

见到李庆夏流露出同情的眼神，他立刻振作起来说："无所谓，反正我还没写完，等他们看完了我的稿子，就会着急跟我签约了。"

"那是肯定的！"李庆夏重重地点点头，在心里琢磨：回家之后去网上买两本他的书看看。

7

吃过饭之后，李庆夏调侃孙久全难怪这么瘦，光顾着说话，菜都是她吃的，却见到他心不在焉地看着进门的地方。那里有一个头发花白的老爷爷正在与老板争论，他看了一阵子，对李庆夏说等一等他，便起身走向了他们。

李庆夏在座位上只待了数分钟，因为担心他惹麻烦，也起身跟了过去。出去时，她见到老爷爷已经在对孙久全道谢了，孙久全有些羞涩地连连摆手："没多少钱，您回去时走路小心些，注意安全。"

见到那位老人家提着两个饭盒离去，李庆夏多少已经知道是什么情况了，因为她父母也做过这样的事情。果然，她上前一问，了解到是老人家来打包两份炒饭，但是忘了带钱，又不会用手机支付，孙久全就好心替人家付了。

但是事情还没完结。

孙久全在结自己那桌的账时，发现零钱不够，尴尬地笑起来，扭脸向李庆夏开口借两块钱："我只是零钱不够，微信没有绑卡，我银行里的钱都买了理财产品。"他好像喝醉般脸上泛起红晕，语无伦次地解释，"等我回家去就还给你，我平时有不少找零的钱扔在抽屉里了，就客厅里那张桌子。"

"行了，两块钱而已。"李庆夏被他逗笑了。

所以这是一个很善良且不自量力的穷帅哥！她在心里感叹，那个齐辉穷穷的，这个孙久全也穷穷的，原来她骨子里还挺有拯救情怀的。

不过孙久全好歹有些才华吧，又善良，比起齐辉还是讨喜一些。

李庆夏与孙久全手拉着手走向地铁站。天已经黑了，在路灯光晕之下，她越看越对他有一种怜惜感，如果不是执着于写书，他这样的外形条件，去当个模特，应该会比较容易挣钱吧。

她不禁脱口而出："你没想过尝试一下别的职业吗？我的意思是，作家的收入不稳定，只能靠出书赚钱。"

"我只想写书。"他肯定地回答过之后，又想了想，说，"我也只会写书啊。"

哇！这份对梦想的坚持也很让她感动。有过这么多个"男朋友"，李庆夏给他默默打上了九十分，满分当然还是要留给她真正的男朋友何翩。

那夏之洋可以打多少分呢?他好像闪电一般,在她的大脑里蹿出来,经过一番斟酌,她发现自己无法给他打分。

8

虽然李庆夏给了孙久全一个起始高分,但是很快的,在两人接下来的相处中,她一直在给他减分:他实在是话太多了,这还不是关键,重点是他太消极了,就像个黑洞一样,在吞食周边一切积极的情绪,用来修正他的消极。

在地铁上,他用夹克把她包裹在怀里,以此来阻挡周边拥挤的人群。这个举动还挺暖心的,尤其他这个人生得高大,好像一座能遮风避雨的房子,李庆夏在心里又给他加了五分。直到他贴在她耳边,以呓语般的语气发问:"老婆,你会陪我一起死吗?"

"啊?"在嘈杂又寻常的地铁场景里,他这前后不搭的发言,叫李庆夏以为自己听错了。

孙久全平淡地说:"你不觉得活着好辛苦吗?"

李庆夏认真地回答他:"是有一些辛苦,但总的来说,还好,开心的时刻比较多。"

"我的开心时刻比较少,可以说太少了,或者说没有。"

李庆夏逗他:"你跟我在一起不开心?现在不开心?"

"跟老婆在一起开心,但是坐地铁不开心。"孙久全说,"如果老婆能时时刻刻跟我在一起,我可能会多一些开心。"

"原来是在撒娇。"李庆夏仰起头,看到他的下巴和胡须。

于是,孙久全低下头,两人四目相接,他扯起嘴角笑一笑。这个笑容并非发自内心,但他也确实是在笑;这个笑容不能说笑得牵强,只能说代表不了笑的意思。

"那你会陪我一起死吗？"

他又问了一遍。李庆夏感到心里有些焦躁，因为死亡这件事情，她其实没有花时间去认真地想过，总觉得离自己很远，甚至与自己无关。她觉得生命尽头是很自然地走过去的，到了就是到了，没必要朝那个终点去冲刺。

"就算你开心的时候很少，那也是有开心的。"她皱起眉头，严肃地说，"如果你死了，那可是一点点开心都没有了，彻底没了。"

"你还是没有回答我的问题。"孙久全说，"我想假设一个情况，就是我们的生命里，辛苦和痛苦要远远大于开心，我不想活了的话，你会跟我一起死吗？"

"我不想和你讨论这些，我不喜欢去假设没有发生的情况，而且死亡这件事情挺沉重的，我觉得我们应该有一个尊重的态度，在好端端的时候，我们不该聊这个。"李庆夏从孙久全的怀里挣出来，觉得自己还没把话说全，于是转过身，正对着他很干脆地说，"我明确地告诉你，我不会陪你去死，你也不要再有这种奇怪的念头。"

没想到她的回答这么决绝，这实在是出乎孙久全的意料，他将失望写满了整脸。地铁穿过涵洞时，闪烁而过的昏黄灯光把他衬托得更为无助，这叫李庆夏心里一抖。她的心脏白天刚被父母撕碎，现在还没长好，经不起他这忧伤的样子带来的刺激。

不过孙久全马上故作轻松地说："你在生什么气？平时我们也经常聊各种各样的事情啊。"

李庆夏以尽可能温柔的语气说："我不喜欢聊这种沉重的话题，我的父母正在闹离婚，现在我受不起更多的刺激了。"

"他们又在闹了？"孙久全立刻心疼地拥住她，亲了亲她的耳朵，"对不起，老婆。"

9

走到了地面上之后,夜风清凉,透了口气的李庆夏感觉心情平复了许多,耐着性子询问孙久全怎么会有那样的心思,一般人不会无缘无故地想到死亡吧?不过……"是不是你们三十几岁的人都这样?"她突然想到他俩的年龄差,自顾自地笑了起来,"这就是传说中的中年危机?"

"三十一岁。"孙久全也笑了,但不忘纠正年龄,自嘲道,"哪有什么中年危机?一个成功的人,就是到了七老八十也不会感到有危机;一个没有成就又迷茫的人,就算年轻又怎样?他的人生中每一分钟都处在危机里。"

他说得有些道理,但是李庆夏并不顺着他的思路往下走,而是调侃起来:"你写什么悬疑小说,你可以去写那种心灵鸡汤,就是在书封上贩卖焦虑:你活得有成就感吗?然后在书里面教大家怎么战胜;谁说人活着一定要有成就?躺平过一辈子也是一辈子。"

孙久全笑起来:"老婆,我好喜欢你,就因为你这么阳光开朗,像个小太阳,所以我只有和你在一起才能感觉到温暖。我真的离不开你。"

两人走向孙久全的小院子,那是一栋六层楼的一楼,房子有一百一十平方米,还带了一个五十平方米的小院子。院子里面种了很多植物,到了盛夏的时候,那些花草长得比人都高,在人的头顶连成一片,看起来很奇幻又美丽,让人觉得像是处在热带丛林。

他最值钱的就是这个家。一路上,夜色愈深,人愈想倾诉,所以李庆夏得知了他几乎一生的故事。他是孤儿,小时候父母死于交通意外,保险赔了一笔钱,所以他的亲戚争相照顾他,从小他就往返于各个家庭之间。直到十八岁时,他非常坚持地回到了这个曾经的家,过起了独居生活,和李庆夏认识的时候他二十九岁。

李庆夏当时网购了孙久全的书，在网站上留下一篇一千多字的书评，首先赞美了他的文风，然后解构了一下书里的线索和逻辑，提出她认为稍有不足的地方。这是孙久全第一次收到如此诚意满满的读后感，他立刻注册了账号，试图与她交流，没想到真的有回应。一来二去，两人就认识了。他们是两情相悦，不等孙久全告白，李庆夏的态度就已经很明确了。两人在一起的过程就像行云流水的文章一般自然。

　　孙久全说他俩就像是两块残缺的拼图，走到一起才算圆满了。

　　我可不残缺。李庆夏在心里偷偷想，我本身就是一块完整的拼图，可能是为了配合你，把自己给撕了一角。当然，这话她不会替"李庆夏"说出口，也许这个"李庆夏"确实是残缺的呢？

　　隐隐地，她好像意识到自己或许不在梦境里，而是灵魂进入了平行宇宙里，体验了一个又一个"李庆夏"的生活，她们都是"李庆夏"，但又并不是她。

　　所以，谨慎起见，李庆夏不会用这张嘴替另一个"李庆夏"做出并非出自"李庆夏"内心的发言。

　　两个人穿过打理得相当干净又茂密的小院子，走进了家门。

第五章 多线并行的节奏

1

　　屋里有淡淡的薄荷香熏气味，随着顶灯的打开，堆满了书却井然有序的室内光景令李庆夏眼前一亮，这里的文艺风情实在是太足了！虽然锅碗瓢盆的生活杂物一件不少，但都码放得条是条框是框的。已经非常陈旧的实木家具都被擦拭得表面光光亮亮的，餐桌的桌面和一些斗柜的柜顶都盖着一片素雅的防尘布，仔细看，上面印着的是一幅抽象画。有些东西堆积得不太好看，或是墙面不平整的地方，都被一些画框给遮盖了，这些软装细节透露出了房主的品位真的很不错。总的来说，这屋子就是很有生活气息但又能以"复古"为主题登上杂志的那种画风。

　　李庆夏惊呼："哇，真是，乱中有序。"

　　"你干吗表现得像是第一次来的样子？"孙久全笑了，"不都是你收拾的吗？你第一次来的时候，还说我这里是魔窟，做流浪动物收容所都会被动物嫌弃。"

　　"我说怎么看着这么干净漂亮！你看起来也不像是个会收拾的人，"李庆夏恍然大悟道，"原来功臣是我。"

　　"说了一万遍了，我离不开你。老婆，你什么时候嫁给我？"孙久全侧卧在沙发边沿,双手从身后搂着李庆夏,在她耳边呢喃,"我想要个女儿,她要长得像你,性格也像你。我希望她像男孩子一样喜欢踢球,或者喜欢跳舞,是一个好动的小朋友。我不想她和我一样只知道闷在屋子里写书,我想她有很多的朋友,每天一回到家,放下书包就跑出去玩。你说'作业还没写呢',我说'没关系,我帮她写,让她去玩吧'。"

"这么溺爱她?"李庆夏笑起来,笑得自己的头顶一下一下地撞着他的胡须,"那以后她成绩不好,考不上大学怎么办?"

"不怎么办,有爸爸妈妈在呢,她活得健康、开心最重要。你看这房子这么大,留给她就好,我会努力挣钱,不让她受委屈。"孙久全很享受被李庆夏蹭着下巴的感觉,他哼哼唧唧地说,"我们要活得久一些,让我们的女儿知道,她什么也不用怕,爸爸妈妈一直在。"

看来由于身世的原因,他真的很向往一家三口的幸福生活。李庆夏逗他:"那如果女儿要结婚,不想跟我们住呢?"

孙久全发出苦恼的闷哼声,经过一番认真思索后说:"那我就把这个房子卖了,换两套小的,她一套,我俩一套。"

说罢,他均匀的呼吸好像云朵在叹气一般拍打着李庆夏的耳背,他似乎睡着了。被他的睡眠因子所感染,李庆夏打了个呵欠,也昏昏沉沉地入睡了。

因为听到动静而醒来时,李庆夏见到自己还在孙久全的屋里,竟没有回到自己的房间。她心里一沉:完了,我是被困在这里了吗?但见到窗外一片漆黑,她松了口气,原来是后半夜。

她转过身来,保持着侧卧的姿势,看到孙久全在书桌边用电脑打着字。台灯的光很暗淡,像是室内的一轮小月亮,那个背影和她在画里见到的一模一样,另一个"李庆夏"就是坐在这里,或是那里,在一个一个白天又一个一个黑夜里,有意无意地将所见的这幅光景用画笔拷贝在了画布上。

　　她真的很爱他吧？李庆夏遥望着孙久全，回忆着那些画作。虽然不能说她画的人像有多写实，但是氛围感真的抓得好精准，把他的气质给完全展现出来了。

　　这个男人，倒也没有多少愤世嫉俗，但就是透着一股很勉强在活着的感觉，好像没什么特别具体的事情在支撑他活下去。虽然他给自己安排了一个梦想和一个心爱的人，但是这个安排也显得很故意、很勉强，像是找了个借口似的。

　　李庆夏还是有些困的，她迷迷糊糊地看了一会儿，发现孙久全好像在哭，他的肩膀一抖一抖的。她犹豫了一会儿，最终还是没起来去安慰他，毕竟她不是他的李庆夏，所以就这么放任自己睡过去了。

　　梦里，她梦到何翩问她："你什么时候回家啊？"

　　她却朝反方向跑起来说："我再玩一会儿就回去！"

　　"李庆夏！李庆夏！"身后的人一边叫一边追她，最后抓住了她的手臂，"我叫你呢！"

　　她回过头，却不是何翩，而是夏之洋。

2

　　2月6号，周六。李庆夏一如往常地从并非自己的床上醒来，她坐起身，满意地点点头。游戏还未结束，她已经上瘾了。

　　她跳下床，打开衣柜想看看这个李庆夏的品位，却吓了一跳：里面的衣服，就是她亲自买的那些，如果不是其中有一两件艳丽的卡通风格的衣服她实在是回忆不起来，她差点误会此刻并非梦境，而是已经回到现实了！

　　她取出来几件衣服在身上比画。她还记得这款蓝色松垮风格的衬衣是她守着零点抢购的，最后以三折价格入手，这在她的网购史上是能记上一笔的伟大战绩,所以她记忆犹新。

看来这个李庆夏的品位和自己很像,接近百分之九十九!李庆夏一边穿上外套,一边饶有兴味地四处翻找起来,看看还有什么撞款。

于是她又看见了那本日记本。哦,对!先查收"邮件"。她挽起袖子。

日记本里的"李庆夏"们都采用了她取代号的建议,所以这一切略显"井然有序"了起来。就连新来的"第五人"也"入乡随俗",遵从了这个规则——对,又多了一个新人的笔迹,事情发展至此,李庆夏已经不惊讶了。

最新的日记,来自"周日李庆夏":

2月6日,周六。

我认为小一说得对,既然如此,请叫我"周日"好了,或者叫我"131"也行,因为我的人生在1月31日(周日)那天还是很正常的,我想回到自己的人生里去。这些天,我结合日记上你们留下的内容一直在琢磨,我好像已经掌握一些规律了,等一周过去之后,我希望能验证我的猜测。对了,小一,今天我们的新男友真的好令我惊讶!我就不剧透了,你等着看吧。

第二篇日记,来自"周二李庆夏":

2月5日,周五。

那照你的意思,我该叫"老二",好像有点难听啊,或者叫我"22"呢?因为我的人生在2月2号(周二)的时候还是正常的,一觉醒来就不对了。

第三篇日记，来自"周三李庆夏"，就是男朋友是齐辉的那个，她似乎是脾气最暴躁的。

2月4日，周四。

那我就是"33"，可别叫我"小三"啊！难听。我搞不懂你们到底是谁，也不知道我是在梦里还是在什么奇怪的空间里，你们赶紧想办法让一切恢复正常！我的人生在2月3号（周三）的时候还是好好的。

这个梦好像越做越离谱了，但离谱之中，又透出一种很规律的感觉来了。

李庆夏提笔写下日记：

2月6日，周六。

我是小一。我再度提出建议，以后我们写日记开篇先说我们是谁，这样可以使得我们的沟通变得更顺畅哦。就像"周日"说的，我也觉得一切好像有逻辑了，现在的"周日"应该身处于明天，也就是2月7日了吧？"周日"也一定写下了日记，但是我还没有抵达明天，所以看不见呢！但是你已经看见我正在写的这篇日记了吧！由此得出，周日，你的时间线是比我们所有人都快的，所以我们可以称你一声"老大"哦。期待你总结的规律能带我们走出这个漫长的梦境！

写完之后，李庆夏竟有些依依不舍，她合上日记本，抚摸了许久封皮才走出卧室。

李庆夏深吸了一口气，很怕看见还在闹离婚的父母，好在李志热情洋溢的声音已经响起来了："太阳晒屁股咯，还不起！你再不起来，等会儿就要直接吃午饭了。"

"来啦！"听了这语气，李庆夏安心地拉开门，一看，"咦？妈妈呢？"

屋里的摆设和李庆夏最熟悉的那个家相差无几，四处码放的陈旧杂物也洋溢着一派温馨的生活气息，穿着围裙的李志站在桌前，正在摆放碗筷，早晨的阳光洒在他宽厚的肩膀上。他没听清楚或是没明白女儿说什么，不确定地问："妈妈？"

"对啊，我妈呢？"李庆夏走向餐桌，这容光焕发的李志和温暖温情的屋子，都没有显示出主人家在吵架的模样来，于是她很肯定地自言自语，"不会是一大早就跑出去搓麻将了吧？"

"你这小东西，睡糊涂了吧，说的什么糊涂话？"李志大笑起来，他边拉开椅子坐下边说，"如果你想她了，可以把年假先休了，去加拿大看看她。昨天晚上她还在跟我抱怨，说自从她出国之后，你跟她微信聊天都少了，还叫我问问你最近忙不忙，让我催你赶紧把签证办了。"

李庆夏刚咬一口包子，忘了嚼，口齿不清地问："你在说什么？"

"怎么了？你不是一直抱怨说办了护照还从来没出国玩过吗？"李志用筷子敲了敲碟子，示意李庆夏别忘了趁热吃鸡蛋，继续说，"你跟保罗不是也一直没见过面嘛，去相处个几天也不错，省得人家一个热情的外国人一直猜你不喜欢他。"

"保罗？"李庆夏赶紧咽下嘴里的包子，双手按着太阳穴，干笑着说，"你等我冷静一下，我妈出国了？你跟她离婚了？她再婚对象是个老外，叫保罗？现在他们人在加拿大？"

李志笑了："你还没睡醒？"见到她依旧一脸震撼又呆滞的表情，看起来像是真没睡醒，他叹了口气，"反正今天是周六，你吃了早饭再回去睡会儿吧。"

"行啊，我这……"李庆夏喝了一口粥压压惊，又喝了一口，直到整碗都喝了个干净之后,才消化了这个消息,她问李志,"那你呢?你跟谁好了?是赵燕儿吗?"

"哎?你怎么突然提起赵阿姨来了,人家跟老公感情好得很!"李志被吓到了,伸手过来轻拍李庆夏的嘴,"你可别出去乱说话,别给人家的家庭、给你爸爸我造成不好的影响。"

李庆夏问:"那你现在自己一个人待着呢?"

"一个人多好,开开心心、自由自在。"李志笑声爽朗地说出这句话,倒是很有说服力,此时有鸟叫声从阳台传来,他立刻站起身去,宠溺地嘟囔着,"哎呀哎呀,我不是一个人,不是啊,还有大米粒陪我呢。"

大米粒是一只鹦鹉,发出学舌的声音:"开心!开心!"

"哇……"李庆夏看着李志逗弄鹦鹉的画面,只觉得这变化太过于翻天覆地了。从来就没讲过一句英语的付冰怎么就跑国外去了?李庆夏经历了一个又一个奇妙的新人生,最令她惊叹的恐怕就是这一个了,但是下一个令她合不拢嘴的事情便接踵而至。

根据李志的提醒,她才知道今天要和男朋友出去约会。到了十点钟的时候,她下了楼,看见一台深蓝色的车正在楼前等她,从车里走出来的男人竟是顾杯!

李庆夏站在原地愣住了,她一时间不知道做何反应。在这个人生里,他是她的上司,还是别的什么人?很快,他走过来顺手接过了她的包,这一个动作,令她在心里尖叫:他跟她是情侣关系!

由于这剧情实在是始料未及,她走动时不自觉地同手同脚,这把顾杯逗笑了。他从身后轻搂着她的腰,问:"你这是怎么了?怎么突然忘了走路?"

他今天没有穿得像在公司里那么正式,但说休闲也不太休闲。这个人把简单的黑色毛衣穿得好像等会儿要上T台,像是因为镜头时刻存在,随时有人盯着他。总之,因为他过于完美,所以自带一种令人不敢直视的压迫感。

"说实话,我被吓着了。"李庆夏扭脸望着别处,有些惊魂未定地问,"咱俩,你跟我,在谈恋爱?"

顾杯一愣,不知道她又要开什么玩笑,试探地问:"事到如今,你不愿意了?"

"受宠若惊!"她道。

他这才放松地笑了起来,她果然是他熟悉的那个李庆夏。他抓着她的手亲密地贴在自己的胸口上,捏了捏,笑盈盈地看着她说:"胡闹。"

眼前的灿烂阳光、斑驳树影、一辆辆散乱地停在绿化带旁的自行车、牵着狗在遛弯的行人,明明都是李庆夏每天都要在楼下见到的光景,此刻因为这个男人,全部被套上了一层人工设计的柔光滤镜,竟然有了几分人间柔情的浪漫调子。

救命!李庆夏在心里尖叫,这个人怎么每分每秒都好像在拍电视剧?像她这样的粗人,是怎么和这种每一句话都仿佛在念台词的人谈恋爱的呀?!

3

李庆夏坐进了他的车里,丝毫不为里面只有高级酒店大堂中才存在的清新香气所惊讶。这个顾杯实在是只应天上有的仙人,他身上没有一丝凡间的尘土气。她觉得他身上可能自带一个除菌机,除菌机全天环绕着他工作。

"你坐得不舒服吗?"顾杯一边开车一边关心地问。

"你这车太干净了，一尘不染。"李庆夏局促不安地扭动着身子，"唯一的尘，可能就是我。"

顾杯说："你又开始了。"

她问："什么开始了？"

他嘴角含笑："你的单口相声。"

"你嫌我多嘴？"她瞪大了眼追问。

"我喜欢你多嘴。"顾杯开车时的坐姿很端正，双眼直视前方，绝不会乱瞄。他不看她，但嘴角的笑意却很明显地指向她："我就喜欢你这一点，你是我的白噪声，让我很有安全感。"

看他这神色也不像是在阴阳怪气，说得还挺诚恳的。于是李庆夏有些得意地伸长了脖子，又不咸不淡地扯了几句无聊话，夸自己有多能说，是遗传于自己的亲妈，而亲妈呢，则靠着能说嫁了个老外。

"不错，能说是个好天赋，你也靠能说嫁给了我。"顾杯接住她的话。

"我嫁给你了吗？"李庆夏慌忙发问，她要更新自己的脑内数据库：和顾杯的情侣关系是否需要升级为伴侣关系。

"还没有。"顾杯肯定地说，"总有一天。"

李庆夏一时间心情复杂。她试图再说两句俏皮话，但张了张嘴竟不知道说些什么好。于是她偷瞄他的侧颜，双手握在一起无意识地搓揉着。

有这样一个只可能存在于偶像剧里的男人说要娶自己，对于任何人来说，这个梦怎么也算个还不错的美梦，她却有些扭捏，不知道该怎么与他相处。她仔仔细细地扫视他，发现这个人的衣服上连半根线头都没有，她感觉自己无论是说什么，还是做什么，都与他格格不入，就连周围的空气都好像变稀薄了。

比起和他相处，好像和卫贤相处都更自在一些，至少她什么话都敢说,不用在意卫贤怎么看待自己,大不了就是嫌弃她咯!

可是哪个女生会想被顾杯讨厌呢?活蹦乱跳得如同泼猴的李庆夏,此刻好像被压在五指山下一般老实,一动不动。

4

他们去了水族馆。李庆夏觉得这个约会地点是顾杯选的,不像是她选的,果然聊起来才知道,她想去动物园看老虎,是他说还是水族馆更好。

顾杯一直在看手机上的时间,李庆夏以为他惦记工作,于是进了看鲨鱼的中央大厅。看见里面空无一人,李庆夏才知道他为什么这么在意时间又为什么选了这里。

他有计划!这个男人一直牵着她的手,时不时以指肚亲昵地搓揉着李庆夏的掌心。不知为何,他这时有时无的试探动作,令李庆夏心里打鼓,她能很明显地预感到他在计划着什么!

由于他一直沉默无言,所以李庆夏在没话找话,从鲨鱼的牙齿一直点评到它的尾巴。当话语走到尽头,又是一阵短暂的沉默之后,李庆夏察觉到顾杯屏住了呼吸。他转过身来,双手搭在她的肩上,认真地询问:"我可以吻你吗?"

原来这两人之间还未有过初吻!李庆夏感到不可思议,因为顾杯看起来是个很"快刀斩乱麻"的都市型"暖男"。

为了这一个吻,他竟如此大动干戈,想给她一个全方位无可挑剔的美好回忆。不愧是偶像剧男主角,他真的很照顾女主角的心态。

真实的顾杯并没有他展现给外人的形象那般自信,他虽然没有发抖,但是眼珠子有很明显的震颤感,李庆夏能从中读出来,他很害怕被拒绝。可怜的孩子!

不等她回答,顾杯的吻已经下来,他的吻很轻,又依依不舍,他双手搂着她的力道也很轻,她能感觉到他的克制。这是一个随时都很得体的男人。

他似乎意犹未尽,终于还是忍不住深吻了她。

李庆夏觉得时间漫长,她微微睁开眼,能看见顾杯身后巨大的湛蓝色玻璃。里面的大鲨鱼在静静地游弋着,似乎对眼下的两个人类漠不关心,又或许它对世上的一切都不关心。

李庆夏并不能沉浸于这个吻中,因为她感觉自己有些像那条鲨鱼,和顾杯不是一个物种。她被人类亲吻了,而她不是很关心这件事。

离开水族馆之后,顾杯牵着李庆夏的手时显得更理所当然了。他把今天的时间安排得很满,餐馆约好了,下午还要去看美术展,接着买点菜,回他家里去吃一顿由他亲自下厨的烛光晚餐。

李庆夏听了便想:别看顾杯表现得如此纯情,列起恋爱的计划来也是一套一套的……

两人吃饭吃到中途,顾杯需要回办公室去拿点东西。由于行程被打乱,很有控制欲的他皱起了眉头,不过他提出想让李庆夏跟着一起去一趟,这样子下午的约会还能继续。

无所事事的李庆夏点头答应,在车上打听起了两人的交往过程。她太好奇了,自己无论从哪方面看,无论性格还是身份,都不太可能跟顾杯相提并论。

于是顾杯开启回忆,一边开车一边笑道:"挺意外的,又或者是命中注定吧,那天如果是之洋自己去的店里,今天跟你在一起的就可能是他了。"

"说什么呢?夏之洋?跟我?那不可能!"李庆夏惊呼。

"都说不定的,我也没想过替他走一趟,就有了喜欢的人。"顾杯说起往事。一年前,夏之洋因为被工作耽误,要求顾杯去宠物店帮忙接一下洗好澡的金毛犬小芒,所以顾杯才认识了还在里面打工的李庆夏。

她惊讶地问:"你不至于见我一面就对我一见钟情了吧?我要有这魅力还打什么工呀?"

"没有一见那么快,是'一夜钟情'。"顾杯嘴角笑意弥漫,继续回忆。

5

那是盛夏,突然而至的暴雨和台风使得人根本无法在室外逗留,顾杯于是莫名其妙就被困在了心动宠物店里。李庆夏手忙脚乱地关门、拉窗,只听到风声夹裹着雨声在狂暴地敲打着一切,室内的气氛有些莫名恐怖,最后就连店里的灯都在闪烁了几次之后熄灭了。

在一片令人窒息的黑暗中,李庆夏翻出应急灯打开,只见顾杯抱着小芒,一脸迷茫。她笑道:"你别害怕啊,出不了大事,到明早应该就停了。"她边说着,边拉过椅子示意他坐下。

顾杯自言自语:"可是……饭怎么办……"

李庆夏赶紧拉开一面柜门,展示里面充足的宠物食品储备:"别担心,罐头有的是,饿不着狗的!"

"虽然狗狗很重要,但我是说我怎么办?"顾杯苦笑道,"我还没吃晚饭。"

"哦,不好意思!"李庆夏回到自己的工位翻出一些零食来,把糖果放在他的手心,"吃吧。"

他看着她在昏暗光线里的笑脸,像是一枚在室内诞生的太阳,这个女生的身上有一种叫人安心的魔力,仅仅是存在着,就能驱散阴云和雷雨。

这一晚,顾杯喝着李庆夏给的饮料,和她一起吃着平时绝对不会碰的薯片和辣条,两人东扯西聊,不知不觉地,他说了许多自己的事情:

从小时候发现自己是私生子开始，说到十八岁与生父相认，一开始被哥哥夏之洋抵触，后来慢慢被夏之洋接受，直到现在与他并肩作战。

他从未与人如此掏心过，李庆夏除了一声声点头附和和偶尔为他的境遇惊呼出声，没有追问他任何细节，但他面对她，却像是被注射了"诚实药"一般滔滔不绝。直到天亮之后，他才意识到自己一夜未眠，也察觉到自己爱上了这个女生。

之后，他就主动承担了狗保姆的工作，制造各种机会与李庆夏见面，对她发起猛攻。终于如他所愿，她回应了他的感情。

6
听完了顾杯的回忆，李庆夏感觉他描述中的自己确实很像是自己！以至她脑海里甚至已经有了画面，仿佛她真的有跟他共度那风雨一夜，也算是懂了自己为何会跟他在一起了。因为她是一个被动的人，只要自己觉得舒服，她就会一路往舒适区里滑落过去。反正她也单身，又被这么优秀的男士追求，还有比这更舒服的事吗？所以她没有任何挣扎，必然会同意。

那个答应与他交往的"李庆夏"爱他吗？李庆夏望着顾杯的侧颜出神，应该是爱的吧？他这么完美，在他的身上挑不出来一丝不值得被爱的地方，他从里到外都太值得让人去爱了。

她不禁对自己发问：那，我爱何翩吗？

我是爱他，还是他值得爱？

一个问题，一旦在心里浮现之后，人就会忍不住一遍又一遍地去发问，去寻找答案。

李庆夏在心里一二三地数起来自己为什么爱何翩：一、因为他性格好；二、因为他聪明；三、因为他与自己是青梅竹马，彼此知根知底；

四、因为他长得好看……数来数去,他的优点实在太多了!她觉得自己没必要再数下去,光是一点就足够说服自己,因为自己和他在一起很舒服,比跟爸爸妈妈待在一起还舒服,甚至更有安全感。

人活着,不就是图舒服和安全吗?没有人会故意去涉险吧?李庆夏觉得自己已有答案了,便不再细究。

7

进了空无一人的公司后,顾杯说要去自己办公室里取些东西,叫李庆夏在待客区随便坐坐。她因为在梦里来过这里,所以熟门熟路四处走动,来到自己的工位一看,是属于一个陌生人的。她笑了,这梦跟梦之间,就不能像电视剧一样统一连贯吗?弄得好像单元剧一样,一集讲一个独立的故事。

董事长的办公室门好像没有合上,被风吹得一开一合的,李庆夏好奇地走过去,看见夏之洋和一个高个子女人在里面说话。两人之间的距离非常近,看上去很亲密,但是他脸上表现得很不耐烦,一直低垂着脑袋,而女人在不断地用手指掐着他的下巴迫使他抬头看自己。

女人穿着快十厘米的高跟鞋,看起来和夏之洋都要一般高了,气场也非常强势,掐着他的样子,像极了一只占据上风的母豹。她有一头漆黑的齐耳短发,嘴唇鲜红得像刚咬开了一头猎物一般,用半是命令半是祈求的语气说:"夏之洋,你不要再躲着我了,有什么问题我们当面说清楚。"

夏之洋一直试图别过脸去,但是对方的长指甲几乎陷进他的肉里,使得他只能把眼睛转开,很艰难地说:"顾芒,你还要我怎么跟你说清楚?我跟你已经没什么好说的了。"

顾芒的身体更往前压了些,几乎要贴在他身上了。她苦笑道:"两年了,你还是不肯原谅我?"

"已经不是原谅不原谅的问题了……"夏之洋说,"就算我们没有血缘关系,现在也已经是一家人了,外人只知道你是我的姐姐,我们再在一起已经不合适了。"

"如果相爱,这又算什么问题?"顾芒说,"只要你说你还爱我,我可以立刻和夏家人撇清关系。我们也不需要在人前秀恩爱,我们可以领了证在国外办婚礼,只叫上顾杯和我们最好的朋友。"

夏之洋的眉头更为紧锁,他伸手试图推开顾芒,可又怕伤着她不敢使力,只好语气更为强硬:"我跟你之间是肯定回不到过去了,如果你一定要说爱不爱的,那你能做出那种事情来,难道是爱我吗?"

顾芒急道:"你还要我解释多少遍?那是一个意外,我和那个人根本就不熟,现在也完全不联系了!"

夏之洋终于忍不住打开顾芒的手,恼火地说:"好吧,如果你一定要问我爱不爱你,我再告诉你一次,现在我肯定是不爱你了,与那件事有关,也可以无关,现在,我已经不爱你了。"

"我不信!"顾芒双手捧起夏之洋的脸,好像饿虎扑食一般吻了上去。

夏之洋躲闪不及,双手有些不知如何摆放,一会儿试着推开她,一会儿又高高举起做出投降状。在她面前,夏之洋无措得好像被猎人下了麻药的困兽,两个人纠缠在一起,撞得办公桌上的物件叮叮咚咚地撒落一地。

李庆夏偷看得出神,不知道自己的一只手已经紧紧地捂着胸口了。她感到大脑里火烧火燎的,胸腔里却空荡荡的,似有一枚针尖在四处乱闯。她感觉眼前的这一幕令她浑身都不舒服,却又说不上来是为什么。那是一对俊男靓女,作为观众能看到这种大戏,她应该就着可乐吃爆米花的,可是她现在只想叫这间屋子突然垮塌下来,一切塌缩到黑洞里去，还她一片清净。

等顾芒终于放开夏之洋时，他的嘴唇上全是口红留下的痕迹，像是被吸过血似的一脸狼狈不堪。他长长地叹一口气，抬手擦了擦嘴，别过脸去时一抬眼，便与李庆夏四目相对了。他一愣，她也一惊。

像是被一枚子弹击中脑门似的，李庆夏慌张得转身逃跑，见到顾杯正好站在门口冲她招手，她赶紧小跑过去，主动拉住他的手，似乎害怕自己被身后的房间吸过去。

"你怎么了？"顾杯摸了摸李庆夏的脸，担心地问，"这么烫？"

"没怎么，这屋里太热了。"李庆夏拉着他快步朝电梯走去，"我们赶紧去外边凉快一下。"

即使走出了电梯，李庆夏也依然心不在焉，对顾杯说的话一直哼唧着敷衍。她很少会感到烦躁不安，此刻她的心慌她自己也无法解释。

"小夏，小夏？"顾杯在耳边叫她的声音，遥远得像是从山的另一面发出来的，而她正处于一片惊涛骇浪之中。

两人已经坐在车里了，顾杯的呼喊把她从梦魇里唤醒。他问她："叫你也没反应，你在想什么呢？"

"对不起……"李庆夏讪笑道，"你刚才说什么？"

顾杯温柔地伸手捋了捋她的头发，轻声细语地说："不用道歉，如果你觉得累了，我今天可以先送你回家。"

"那就麻烦你送我回去吧。"李庆夏自嘲道，"我不知道怎么了，突然心情很不好，可能是'大姨妈'快来了吧！"

顾杯当真了，立刻发动了车子说："那我们去买些做汤的材料，你带回家去，麻烦叔叔炖一下。如果不方便，我做好了给你送过去，我小时候经常给我妈妈做汤的。"

"你也太好了吧！"李庆夏惊呼，立刻愧疚地解释起来，"我开玩笑的，不是真的要来。"

"啊？你啊……"顾杯宠溺地瞪了她一眼。

她抿了抿嘴，很不好意思地笑了一笑。这个人真的太好了，好得像是人工定做出来的完美男人一样。

她又不由自主地想起了夏之洋，心里平复的海面于是轻轻地颤动起来，她想自己可能是讨厌他吧。她只能这么解释，因为他好像飓风一样把她搅乱，让她所有的负面情绪全部涌动了起来，惊惧、愤怒、焦虑，还有难过，这种失控感令她头昏脑涨。

第六章 纷乱叠来之森

1

在单元楼下,送别李庆夏的时候,顾杯有些依依不舍。他握着她的手感叹道:"很奇怪,虽然我们约好了明天再见面,但我总觉得,明天好像见不到你了……"

明天吗?李庆夏也不知道自己明天会在哪里——她终于不再感到新奇,而是疲惫了。她想要回到自己的生活里去,回到和何翩在一起无所事事、没有目标的日子里。她不想认识夏之洋,不想知道有这一号人物。她想妈妈和爸爸,还有自己的床。

顾杯亲了李庆夏三次之后才放开她。她走楼梯到了三楼,才听见他的车驶离的声音。

进了门,李庆夏看见李志坐在客厅的沙发上,手里抓着手机在打瞌睡。电视机还开着,李庆夏用遥控器给关上,却把他惊醒了。

"哎!你怎么回来了?不在外头吃晚饭吗?"李志赶紧站起来,看一眼时间,"你也不早说,我想着家里就我一个人,自己吃碗面就行,你要告诉我回来吃饭,我好去买菜啊。"

李庆夏说:"不用这么麻烦吧,冰箱里有什么就吃什么呗。"

"那怎么行？你也就周末在家里能吃顿好的，平时在店里面老是吃外卖，这身体一个星期就两天能调理。"李志看一眼窗外，"时间还早，我快去快回，怎么也得有肉，就是做汤可能来不及了。"

李庆夏回到玄关处边穿鞋边说："你非要去，那我陪你去吧。"

比起付冰，李志在家里更像是传统的妈妈角色，全家三口人就他最关心窗台是不是落灰了，床单是不是要换洗了。结婚之前，他还是个没进过厨房的人，结婚之后，他发现付冰做饭非常不用心。他曾经在吃她蒸的鱼时，从鱼上挑下来一片还没化冻的冰碴儿。为了自己和老婆以及未来孩子的健康，他愣是从零开始学做菜，成长到可以做一桌子能招待亲朋好友的年夜饭。

他走在超市里，嘴里絮叨个不停："想买新鲜的食材还是得去早上的菜市，你以后结婚了，要管家里的账，可别在超市里买菜，那些菜都是从菜市上拉来的，不新鲜也就算了，价格还贵，特别不划算。过日子讲究细水长流，你不要小看这几块钱，日积月累，聚沙成塔……"

"爸爸，我管账可以，做饭就算了。"李庆夏笑着打断他，"我在家里都不做，你觉得我会跑到别人家里做？"

"什么别人家？那不是你家？"李志说，"你以后会有自己的小家。"

"我有了自己的小家，我们家就不是我家了？"李庆夏道，"那我不要自己的小家了！"

李志急忙接过话："说什么呢？你是我女儿，就算我跟你妈离了，咱们家也永远是你的家。"

"那你还赶我出去？还叫我给别人做饭？"

"好，不做不做，你不做，你老公也不做，我每天上你们家去给你们做。"

"不行，我舍不得你受累。"李庆夏嬉皮笑脸地道，"要不我不结婚了,这样你还是只用给我一个人做饭。"

李志故作生气:"调皮!你就不能学着做,让爸爸也享享福?"

"做饭我是真不行,连先下油还是先放菜我都搞不懂,你那一堆瓶瓶罐罐,我除了酱油和醋还算认识,其他的东西我都不认识,我觉得这学习难度跟学数学有得一拼。"

"去!"李志站在一堆青椒前,指使李庆夏道,"帮爸爸扯个袋子过来。"

"好嘞!"李庆夏转身走远,拽了个袋子,一回身,看见李志正低头专注地挑拣着菜。没有付冰时时刻刻站在他身边,这么远远看着,他就像一个孤独的小老头。一对夫妻推着购物车经过,狠狠地撞了他一下也没发觉,径直走远。

李志叹了口气,看了看他们的背影,自认倒霉地揉了揉自己的腰,继续挑拣着辣椒。

这画面,叫李庆夏鼻头一酸,这个李志其实并不是她所熟知的爸爸,他可能并不存在于真实世界里,这只是一个梦境,等她醒来,她就与他永别了。

可是她好舍不得他,她只能安慰自己,虽然没有妈妈在家里陪他了,但还有一个李庆夏呀,她好想跟那个李庆夏说:"李庆夏,对我们的爸爸好点!好好照顾他,别让他寂寞!"

2

2月7号,周日。

昨天晚上李庆夏失眠了。陪爸爸吃了一顿晚饭之后,李庆夏坚持要洗碗,他不让,说洗洁精伤手。她就坐在沙发上看着他的背影,又环顾四周,没了聒噪的付冰在家里,这小屋子看起来还挺大,她更觉得李志寂寞了。这一晚,李庆夏愣是陪他看电视看到他呵欠连连先去睡了。

李庆夏辗转反侧了一晚上，直到凌晨才睡着。李庆夏起床之后直奔镜子，心想自己该有黑眼圈了，结果一看，哪有？这皮肤饱满透亮，状态好得像是刚做完水光针似的——她没有做过——她猜做完，应该就是这样子的状态，反正就是完美！

哦！她恍然大悟，新的一天，她又是一个新的李庆夏了，昨天的那个李庆夏已经被留在了昨天。

"啊！"她又立刻意识到一件事情，今天是周日，那有没有可能，她正身处老大的人生线里呢？为了验证答案，她立刻扑向日记本，这回得到的全都是好消息！她的的确确正在老大也就是"周日李庆夏"的卧室之中，但这还不是最关键的，更为重要的是，作为前锋的老大，已经先一步把"谜底"揭开了！

老大在日记里表现得非常兴奋，她写了很多的字，而且整篇文章都向左上角偏移，似乎每个字都要起飞了。

2月7日，周日。

我是老大（接受这个称谓了，很高兴能做大家的姐姐）。是的，小一，如你所料，我正看着你于6号写的日记，也正坐在自己的卧室里，坐在自己的书桌前，写下你正看着的这篇日记。我说"自己的"，指的就是我所熟悉的一切，我回到我的世界里了！或者说我的人生，还是说我的时空呢？太不可思议了！我猜，此刻正在2月7日这一天的你，正坐在我的房间里吧？你立刻打开抽屉，我在里面放了一张明信片，上面写着：Hello！李庆夏！

看到这里，李庆夏立刻拉开了抽屉。当那张写着"Hello！李庆夏！"的明信片映入眼帘时，她哭了，眼泪喷涌而出，完全不能抑制。这种"梦境原来是现实"的冲击感，仿佛海市蜃楼被猛地拽到眼前由她亲手触摸到一般，竟是真的？确实是真的。

她哆嗦着抚摸了一会儿，再保持原样地把抽屉合上了——还没来到2月7号的李庆夏们，还看不见这篇日记，她要把这份礼物留给她们。

她继续在泪眼模糊中阅读老大的日记。

首先，我要以我的经历告诉你一个好消息：小一，到周一的时候，你应该也回到自己的人生里去了！但也有一个坏消息，我现在害怕的是，明天一觉醒来，我会在哪里？我们还会各自在属于自己的人生之中吗？今晚我将睡得很不安稳，天亮之后，我就可以得到答案了，也会告诉你的。

李庆夏感到大脑受到冲击之后，先是被蘑菇云填满了，等云雾散去之后，剩下一片空白，她仅仅留下：

2月7日，周日。
我是小一，我等你。

至于其他的李庆夏，则刚刚接收到6号的日记，她们的留言都是在等着老大说的"验证猜测"，期盼着一个好的结果，之后，她们也将一个接一个地受到冲击。

其中有一篇日记是新来的李庆夏留下的，她是"周五李庆夏"，她于2月6号，开启了她的魔幻之旅，因为有"前人笔记"导航，所以她显得较为冷静：

2月6日，周六。
我是"周五"，你们可以叫我"阿五"，或者"伍尔夫"（是我喜欢的作家)。我很高兴能参与这次多线宇宙的人生体验,这对我来说是不可多得的小说素材。如果这是梦,我希望我醒来后还记得。

李庆夏对这个阿五有印象。阿五喜欢阅读和绘画,不愧是脑子里天马行空的人,对于这样的神奇经历,完全不会慌张,反倒是兴味十足。因为她的关系,李庆夏不禁笑了出声,擦掉了眼泪。

3

李庆夏拉开衣柜,看见里面的衣服都是纯色系的,没有什么花色和装饰。她随手拿起一件开衫在自己身上比画,觉得如果自己再年长三岁,这就是她的审美。不过周日的品位不错!这件开衫衬得她肤色更为清透均匀,整个人的气质都被拉升了几分,让她不再像个打工小妹了。

卧室里的装饰也是简洁风格的,没有什么多余的摆设。注意到书桌上的电脑有着某种标志时,李庆夏才察觉屋里有不少东西都不是平价货。以前她的椅子是一把木制休闲椅,现在是一把人体工程学椅,床具看起来也很贵,可以说各种物件都全面升级了。

她开门走向客厅,曾经五十英寸的电视机也换成七十英寸的了。她不禁在心里猜:付冰还是李志发了大财?因为她不小心睡到了十点,所以李志已经在厨房里忙碌了,而付冰正从里面端出来一盘切好的苹果,边用牙签吃着,边惊讶地对李庆夏道:"真难得看见你睡懒觉。"

"妈妈!"再度见到付冰好端端地站在家里,李庆夏欣慰地扑上去抱住了她,吓得付冰高高举起盘子嚷嚷:"别摔了!"

李庆夏眼里写满了感动:"你跟我爸可得好好的。"

"说什么鬼话?能不好吗?"付冰嘴里嘀咕,品出什么味来了,扭脸冲李志喊起来,"好家伙,你是不是又找赵燕儿鬼混去了?"

"你这是在说什么呢!"李志回应道,感到又无奈又好笑,"我们就在超市里遇见过一回,瞧你都说八回了。"

"你还数着数呢?"付冰把盘子递给李庆夏,走进去对着李志就是一顿"招呼"。

听着两人打情骂俏的声音,李庆夏知道这家没散,于是端着苹果仿佛看喜剧一般,心情愉悦地吃了起来。她觉得这一个人生梦境是不错的,她满意。虽然要论到熟悉和安心程度,还是自己原本的人生最好,但是这里的李庆夏可是多了一台漂亮电脑呢。

今后会怎样?她瘫坐在沙发上,盯着新的电视机在切换画面时倒映出来的自己。那个影像确实是李庆夏没错,她在心里打招呼:你好!李庆夏。

是李庆夏,不是她。

明天一睁眼我真的会回去吗?李庆夏突然感到疲惫,她深深地陷入沙发里自问:如果老大的结论是错误的,我再也回不去本来的人生,那我的爸爸妈妈怎么办?何翱怎么办?

她看着自己的倒影发呆,心里灵光一动:在那个人生里,也有一个李庆夏正在陪伴他们呢!这么一想,她觉得有些安慰,但也有些失落。他们会发现那个李庆夏不是她吗?如果没有发现,是不是说明她的存在并非独一无二,其实是可以被取代的呢?在他们身边的那个李庆夏,只要是付冰和李志的女儿、是何翱的女朋友就好了,至于是不是她,也不重要。

嘴里吃着苹果,她突然就感觉味同嚼蜡了,李庆夏活了这么久,只有在高考的时候如此费脑过。她觉得自己的脑袋瓜一直被养护得很好:大部分时间处于闲置状态。

这些天的遭遇,让她很难得地有了一些哲学思考:"妈!"她扭脸问付冰,"我是谁?我在哪?我要去哪里?"

付冰以为她在逗乐,坐下来一本正经地看着她回答:"你是李庆夏，我的女儿，在家里，下午要没事做可以跟我出去做脸，你掏钱。"

李庆夏拱手道谢："不愧是你，把我安排得明明白白。"

不过，很快一个电话终结了付冰的算盘。李庆夏连午饭也顾不上在家里吃，就去了宠物店，说是有顾客在找麻烦。

4

李庆夏奇怪，店里出了事，怎么找她呢？不该找店长吗？但是电话里的店员那一口一个"姐！姐！"的叫得急，她也紧张了，决定先过去看一眼再说。结果她一进店，谜底就被揭开，店员们长舒一口气，指着她对客人说："店长来了。"

店长，是我？李庆夏不禁指着自己，在原地愣了一会儿。

抱着小狗的女人怒气冲冲地走向她，要求她负责。李庆夏一眼就看懂了她的"怒点"：这个小泰迪的"头发"被剪坏了。她立刻扫视店员一圈，大家吓得缩起了脖子。有一个壮着胆子举起手来说明情况："不是的，姐姐，这位客人一开始说泰迪头上的毛要多保留一点，她想养长了扎小辫子，但是修完之后客人又犹豫了。小芳就说'那没关系，不想留的话可以用剪子修掉这一小撮'。"

小芳赶紧接话："我的意思是将狗带到店里来修，哪想到客人自己在家里动手了。"

客人急了，插嘴道："你别污蔑人，当时我问得清清楚楚，这撮毛是不是我自己也能剪，你说很简单，是可以的。我这手你怎么说？"她举起层层叠叠贴着好些创可贴的手掌。

小芳回击道："那不是你家狗咬的吗？跟我有什么关系？"

"要不是你说可以剪，我能被咬吗？"客人尖叫着，身体扑了过来。

眼看着两人要扭打在一起，李庆夏往中间一横，拦着客人说："别急,别气,什么问题只要想解决都能解决。说实话,你这是被咬了所以发火,我们都理解,但姐姐你平心静气地问问自己,你去银行办事,人家都写了离开柜台概不负责呢,你自己在家里给小狗修毛,跟我们店隔着百八十千米的,真的有些扯不上关系了。"

"那不是你们店里说我可以……"客人依旧觉得自己占理,音调没有降半分。

"你别着急,你找我们也是为了解决问题来的不是吗?如果你来只是为了吵架,我们可以等你气消了之后再解决,总之问题都是要解决的,放着不管也不会自动消失。"李庆夏和颜悦色地伸出手去,示意对方把小狗给她,"我们一个一个来,要不先把'小孩'这造型修一下?你看这脑袋顶,跟秃了似的,它和别的小伙伴一块玩的时候要被笑话了。"

客人快五十岁了,见到李庆夏如此气定神闲、尽在掌握之中的样子,一时被她的气场压住了,嘴里依旧抱怨不休,但还是把小狗递给了她。

李庆夏哄着怀里的小狗,走向梳洗台时,见到橱窗里自己的样子。是服装的原因吗,她看起来好成熟稳重,完全不是她平时熟悉的自己。

在这一具身体里,她能感受到一些与众不同的力量,过去她总觉得自己有些虚弱,有些力不从心,但是现在她的手臂、腰和腿脚的结实肌肉都给她提供了一些支撑。一种从腹部涌出的自信,让她说话时有了不一样的底气,使得她举止舒缓、不急不躁。

很显然,她暂住的身体是属于一个完美的李庆夏的。

不只是身体,李庆夏感觉自己的大脑运转起来也更流畅,她能清晰地将事件大小分门别类按主次及重要程度排序。比如眼下这件麻烦,她能很快做出处理决策:首先,她给小狗重新做造型;然后,将上一次洗剪套餐的消费全额退还给客人;最后,她还赠送了客人三百元的店内代金券。

李庆夏说话的语气既亲和又郑重:"姐姐,如果你觉得有必要,也可以去医院看一下伤势,看多少钱我们给你报销。但我个人觉得自家小狗不小心咬了主人,应该不会下狠劲,问题不大,我们就没必要再继续纠结于这件事了。我们送你这份代金券,是希望你以后还会继续光顾我们,大家都是喜欢小动物才会有缘认识,没必要因为一次说不上谁对谁错的小误会,就闹得不再往来了。"

"还说不知道谁对谁错?"客人收下了代金券,但依旧不依不饶,"这就把我打发走了?你们家做一次洗剪就要一百八,这都不够洗两次的。"

"就是我们的错,那我们再送毛孩子一包洁齿棒。"李庆夏从货架上摘下一包小零食,装进袋子里双手递给客人,笑着说,"期待你的再次光临!等孩子长毛了,我们下回给它剪个更漂亮的发型。"

这回客人不再多说什么,脸上总算挤出笑意,可出门前还是瞪了店员们一眼。

店员们向李庆夏抱怨为什么要纵容这客人的无理取闹?李庆夏耐心地给她们讲解,也是为了叫她们以后遇事不慌,知道怎么处理:"再跟她争辩下去,也不会是双赢的局面。我们跟她对骂了,不给她占我们一分钱便宜,我们只是一时解气,可她说不定会走出去四处说我们店的坏话,影响我们店的未来发展。这样的话,比起几张代金券、一包零食,我们的隐形损失会更大。

"而且,她也不一定是个坏人,人年纪大了,就容易冲动,稍微缓一缓之后,就算想明白了道理,也不愿意承认自己不占理。你们可以试着观察一下身边的长辈,都是越心虚越虚张声势。她嗓门那么大,其实心里已打退堂鼓了,但是又碍于面子,需要我们给她台阶下。我首先道歉,然后补偿,把该做的都做了,理在我们这边,她再不接受,传出去了，我们也可以赚一个好口碑。"

众人听得心悦诚服，如小鸡啄米般点头。李庆夏见状，一时间又得意起来，没了那副沉稳的样子，嘴角挂笑，昂首挺胸地挥了挥手，示意大家点到为止，该干吗干吗去。

5

风波结束之后，李庆夏在店里转了一圈，观察店里的变化：店内的装修和过去不一样了，过去里面只有白墙和铁架子，现在全换成了清秀脱俗的全木质装潢，连墙面都是木头的。整个室内呈现出很精巧的人工森林质感，充满大自然的气息，非常整洁干净，让被寄养在店里的小动物看起来不像是被困在了人类的小屋子里，而是在树木花草之间嬉闹滚动着。每一只小动物都被照顾得很好。

她进入自己的小办公间，墙上挂着营业执照，法定代表人一栏确实是自己的名字。

虽然只拥有一家小小的宠物店，但是怎么说也算是个老板了，难道这家店真是自己的吗？她忍不住打了个电话给付冰。为了不被员工听见，她捂着嘴悄声发出三连问："妈妈，我是店长？这家店是我租的吗？你知道每个月的房租多少钱吗？"

"怎么了，你后悔了？我早说了你负担不起！每个月快两万的贷款，哪天你赚不到钱了怎么办？又要盘出去，那要是没人要怎么办？"

对方劈头盖脸地扔出了一堆信息，李庆夏瞪大了双眼："我买下来了？贷款买的？"

付冰的声音也变得警惕："怎么了……你的股票全赔了？"付冰沉默了一阵，似乎在搜索什么信息，她继续说，"我今天没见到股票大跌的消息啊！"

"股票？"李庆夏一边无意识地翻开笔记本电脑，一边听付冰继续唠叨。

"我就说你赚那么多都是运气,咱们家又没这个基因,叫你老老实实把钱拿出来存好,你偏不,非要搞投资,要买下这个店……"

电脑屏幕亮了起来,李庆夏瞠目结舌地看着上面的红绿色走线。她虽然看不懂,但也知道那是股市盘面。

"你赶紧收手吧,这一天天的,我都替你提心吊胆的。现在是有人指导你,哪天那个夏之洋要跟你分手了,我看你怎么办。"

"啊?"不等李庆夏反应过来,手机提示有新的电话进来了,来电人:夏之洋。

6

一台外形非常奇怪的汽车缓缓地停在了宠物店门外,汽车的造型很像鸡蛋,颜色说不上是什么色,在阳光下流光溢彩,蓝色、绿色、黄色和粉色融为一体,绚烂的色泽仿佛拥有生命一般在流动着,使得这一颗鸡蛋很像是侏罗纪时代的恐龙蛋,这也解释了它为什么像是汽车一般大:当车门犹如翅膀一般展开时,人们才不得不承认,这确实是一台车。

"哇,好奇怪的车,是夏总的吗?他又换车了?"

"肯定是啊,不然还能是谁?这回的车比上回的更奇怪了,不过这回的至少有四个轮子。"

店员都拥到了门口,一边叽叽喳喳地议论,一边冲李庆夏道:"老板,你老公来了!"

夏之洋果然从车里趔趄而出,他个子太高了,车身太矮,于是撞到了头。

"人无完人,长得帅,又有钱,奇怪一点也没什么。"店员们感叹道,像是在为李庆夏找面子。

她扒拉开看热闹的她们,走向夏之洋,见他只穿着一件短袖T恤和一条单薄的牛仔裤,在街上冷得直搓胳膊,于是她便加快了脚步,问他:"你怎么穿得这么少?"

"家里有暖气,忘了外面冷,我直接从车库出来的。"夏之洋回到驾驶座上,一键关上车门。

"着凉了怎么办?"

"不会,车里暖气很足。"夏之洋的语气很是兴奋,"你觉得怎么样?"

李庆夏感受了一会儿,回道:"确实挺足的,但是着凉就是一瞬间的事。"

夏之洋着急地说:"我是问你觉得这车怎么样?"

李庆夏左右张望,发现空间挺狭小的,是简单的双人座,后面的空间应该是用来储物的,整个圆顶的内部有点像小矮人的房子。她缩手缩脚地坐在车里,迟疑地说:"怎么样……挺……可爱?"

他对这个答案不太满意,目光如炬地瞪着她,一字一顿地介绍道:"这是全球仅有十台的概念车,是未来的新能源自动驾驶始祖车。"

"哇……"她捧场道,"那一定很贵吧?"

"比起它本身的价值,钱不算什么。"夏之洋兴奋地说,"虽然这台智能原型的售价相当于一栋房子的售价,但是等到三五十年后,它普及开来,可能只需要十万甚至五万元一台,是人人都开得起的车,马路上就不会再有人工驾驶的车了。"

"所以你现在花能买一栋房子的钱买了三五十年后烂大街的车!"

"是啊!"夏之洋没听出来李庆夏话里的震惊,笑得一脸灿烂,仿佛邀功一般地问,"厉害吧?!"

"厉害！"李庆夏竖起一双大拇指。

"还有更厉害的。"夏之洋双手离开方向盘，高高举起来说，"你看！"

"救命！"李庆夏双手抱着头，蜷缩起来。紧闭双眼的她在感受不到什么危机之后，紧张地睁开眼来，看见车还在平稳地前进，而方向盘在感应到司机的双手离开后，很酷炫地折叠了起来，变成了一张小桌子。

"真正的自动驾驶。"夏之洋骄傲地仰起头，双手插在口袋里，故作悠闲地道，"有没有科技感？是不是好像在看电影？不，不是看，是身临其境。未来世界欢迎你！"

"哇——"李庆夏也亢奋了起来，摸了摸小桌面上的为变形而设计的卡槽，又看一眼车窗，才注意到车窗的玻璃并非普通的玻璃，上面有天气、日期和时间，小太阳的图标还在眨眼睛、打呵欠，以中性的声音播报："前方路面轻微拥堵。"

"哇，太可爱了！"这一次，她发自真心地叫出来，"我已经在期待五十年后的世界了。"

"嗯，我们一起去。"夏之洋伸过手来握住她的手，冲她笑道。

他笑得毫无负担，无论是眉头还是嘴角，都是如此自然，像是风吹过湖面，鸟飞过山林。他和李庆夏印象中的他完全不一样，她印象中的他总是紧锁眉头，看起来心事重重，即使牵强地一笑，也溢着各种阴阳怪气和苦大仇深，好像他被铁丝缠捆着翅膀，身不由己，又像是冬天结了冰半化不化的湖面，令人望而生畏。

李庆夏感到一阵目眩。她抬手摸了摸额头，又一路顺势摸了摸脸颊、脖子、肚子，问自己：是低血糖犯了吗？于是她开始翻自己的包，看有没有带巧克力。

"是在找吃的吗？"夏之洋转身摸出一个大纸袋，里面有汉堡包和可乐,他递给她说,"路途还长,我们就一边吃着美食,一边欣赏美景,悠闲地躺到目的地吧。"

他说话的同时,李庆夏看着车窗外,路人一边用惊艳的眼神打量他们的车,一边轻松地超越了他们的车。

"未来世界的车……比步行还要慢?"李庆夏很是困扰地说,"我觉得对上班族来说太不友好了。"

此时,车内的智能语音系统以谦和有礼的中性嗓音播报道:"距离目的地还有三十千米,预计用时八小时。"

夏之洋刚拿起的汉堡包还未咬一口,他闭上眼,仰起头思索了半秒,最终还是放下了汉堡包,腾出双手来开车:"现在市区的车流多了,跟我们的概念车不太配套,等以后满大街都是这种自动车就好了。到那时候,路面要么全是车,要么全是人,也可能车全在天上,人全在地面和地下,车和人一定会被区分开,就像火车只会出现在轨道上一样,整个城市的系统会运行得更流畅。"

如他所言,当他们驶离市区,来到车少人少的郊区道路时,他再度启动智能驾驶,汽车就以正常的车速很平稳地行驶着。他终于可以腾出双手吃汉堡包了。

李庆夏问他这是要去哪里,他说有惊喜,等会儿揭晓。一路上,他都在说自己对新科技的展望,还说自己针对一些有前卫规划的公司做了投资,目前处于亏损状态中,但是他相信长时间的蛰伏是为了那一时半刻的冲刺,等时机到来,只需要一年甚至一个月,他就能连本带利地赚回来。他相信目前的世界已经处于将被抛弃的"旧时代",很快人们生活中的一切,小到手机,大到航天飞机,都将得到全面革新。

他兴奋地说:"那种翻天覆地,就像bb机(寻呼机)到携带电话。"

虽然李庆夏不太能听懂他说的一些专业词汇,但她看着他,却觉得有些恍惚。这个人原来话这么多？这么热情洋溢？原来他不是冰山啊，但也不是太阳，他更像是夜幕里的银河，有着幽暗的底色，然而那些微光，却能汇聚成璀璨的星辰。

"哎！你这个笑容……你敷衍我！"夏之洋发现李庆夏半天没接话，指着她道，"在走神的笑容！"

她道："我没有敷衍你！"

他不依不饶地道："你有！你不说话的时候就是在心里嫌弃我：吹牛。"

看着他这一副气鼓鼓的样子，李庆夏竟然觉得他可爱，不禁哆嗦了一阵。因为他之前明明很凶，很有距离感，是一个干巴巴的类似于商场里的人形立牌的人……李庆夏提出了让她疑惑至今的问题："为什么你会是我的男朋友？"

"你果然嫌弃我。"夏之洋似乎逮着她的把柄了，立刻开始翻旧账，"那我要先嫌弃为强，你以为我喜欢你啊？是你先喜欢我的哦！那天早上我要走的时候，是你先跟我要的微信。"

"什么时候？啊！"李庆夏想起顾杯跟她说的话，难道——"是下暴雨的那天晚上，你被困在我们店里？"

真的像顾杯说的一样，如果不是他代替夏之洋去店里，阴错阳差的命运成全了他和她在一起，那今天夏之洋就是她的男朋友。

"我一整晚都没跟你要微信，是你先开口的。"夏之洋继续说，"你不要假装失忆。"

李庆夏笑了："什么啊？这又不重要。"

"谁先喜欢上谁的，很重要。"夏之洋一本正经地说，"我从来不会主动去喜欢谁，都是别人追我。"

李庆夏大笑道："那就算是我先喜欢上你的。"

"这不是你说了算的，事实就是事实。"夏之洋在一条山间小道上停了车,整个人转过身来问,"今天的见面礼呢?"见到李庆夏愣住,他的表情逐渐变得严肃,气压越来越低,"我们不是约法三章的吗?"他话锋一转,语气缓和了些,"你有烦恼?"见到她茫然地摇了摇头,他追问道,"我做了什么惹你生气了?"见到她继续摇头,他才再度捡起自己的气焰,生气地摊开手说,"那你今天怎么没亲我?"

"嗯?"李庆夏不明所以地看着夏之洋,他的身后是郁郁葱葱的树林,山脚的风很大,把树叶吹得歪歪扭扭的,但是在车内听不见任何声音。夏之洋的头发丝都乖顺得一动不动,他离她很近,她能感受到他说话时的呼吸。

他一条条数着说:"每次见面先亲亲,是见面礼;每次分开也要亲亲,是分别礼;如果吵架了,在十分钟内立刻亲亲,是和好礼。"

李庆夏缓缓地张大了嘴巴,她真没想到作为董事长是那个样子的夏之洋,作为男朋友竟然是这个样子。车内一时寂静,夏之洋怒了:"你还愣着干吗?难道要我求你吗?"

"来了!来了!"李庆夏扑过去,抱着他的头,贴了一下他的嘴唇。

这一吻过于敷衍,令夏之洋惊讶地瞪大了眼睛:"你这么对我,是对我有什么意见?难道是不喜欢我了吗?"见到李庆夏摇头,他道,"重来!等等,"他探过身子来,双手捧起她的脸说,"我先给你做个示范。"

他靠过来的时候有一股难以言喻的清香,像是茶叶、木头和雨后草地的气味,以及雪山里燃烧的篝火的气味,是那种不需要你去探寻,随时可以潜入你领域的气味。他的吻也是如此,有着一种浑然天成的侵入感。你不会责怪斜飘的雨钻进你的窗户,也不会埋怨飞舞的雪花落进你的帽衫里,你除了迎接,就是迎接,带着一种欣喜感,下雨了,飘雪了,世界如此美好。

他松开她，以额头顶着她的额头说："要像这样子亲我，知道了吗？"

李庆夏涨红了脸，闭上眼去模仿他的吻。她感觉自己的脑子迷迷糊糊的，所以她有些笨拙、匆忙，只想尽快令他满意，却被他的手掌托着后脑勺。他轻咬着她的嘴唇说："不对哦，还是不对。"

夏之洋挺坏的，她能感觉到，他在品尝着她的慌张，像是猫科动物在戏耍自己的猎物。

终于，他心满意足地长叹一口气："你今天不太一样，比平时好欺负。"

李庆夏听罢，一拳揍在他的胳膊上，他"哎"了一声后，不屑地冷哼道："你怎么连打我的力气都没有平时的一半？重来。"

"既然你提出了要求……"于是，李庆夏对着拳头呵一口气，再度砸过去。

他"嗷"了一声，揉了揉胳膊后，沿着上山道把汽车开到了山顶。

7

两人来到山顶之后，看到一扇巨大的铁艺门。在门上方的摄像头观察到车辆之后，这门便一左一右打开了。里面是还未规整好的花园，有许多穿着制服的工人正在忙碌着。穿过这一片花海，山顶是一片平整的小广场，广场边矗立着一栋由横七竖八的长方形所组成的极简风格的建筑。

夏之洋把车停在一片圆形的停车位上，又迫不及待地向李庆夏炫耀起这个"新玩具"。当乘客远离了停车区域之后，这一块圆形地垫便无声地转动起来，带着汽车消失在地下，前后大约两分钟，地垫光秃秃地回到地面，不仔细看根本找不着接缝痕迹，好像这是一块完整无痕的水泥地。

"它把车送到了地下车库,需要用车的时候,通过手机操控,可以选开哪一辆车,车被送上来的时候车头就是朝外的,不用再倒车。"夏之洋滑动着自己的手机屏幕,画面显示的是他的车库,里面已经停了各种款型的汽车,他兴奋地问,"厉害吗?"

确实很厉害!李庆夏心服口服地鼓掌,跟着夏之洋走向大门。李庆夏一路走一路听他介绍,这座房子被他按照理想中的模样打造成了一个全智能科技住宅,像是在提前体验未来生活似的,他把一切不管实用还是中看不中用的新潮东西都堆了进来。

一楼空荡荡的,几乎没有什么摆设,也没有区域分割,一整个都是客厅。走向二楼,一眼望去,各种家具家电很丰富,除了承重墙之外,几乎都是玻璃墙面,可以看出来这是为工作、娱乐而打造的一层。三条金毛犬冲了过来,往他俩的身上扑。它们长得一模一样,但是夏之洋亲热地唤起了它们各自的名字:"比特!法拉第!小芒!"

高跟鞋的声音响起,迎面而来的是顾芒!

李庆夏见到她的第一反应是后退了半步,不过对方只是斜睨了她一眼,再配以一声轻哼,以及不屑的冷笑,还故意蹭过她的胸口让她感受一下身高差距的压迫感,便也没有更多挑衅的动作了。这令李庆夏不禁有些感激她,因为这个女人的气场实在太强大了,像是能撕碎所有的龙卷风。

顾芒一边抚弄着叫小芒的金毛犬的头,一边对夏之洋说:"他们走了,我已经帮你验收了,签了字。"

"谢谢,"夏之洋道,"最后的收尾都是你在帮我盯着。"

"没什么吧,毕竟我是你的姐姐。"顾芒轻轻一笑,"曾经也不是姐姐。"她说这话时,瞟了一眼李庆夏,似乎在示威。

夏之洋的身体微微贴着李庆夏,有意无意地蹭着她的胳膊。他对顾芒道:"那我觉得你还是当姐姐更称职。"

顾芒一甩头发，牵着小芒往前走："我不会留我的狗在这里陪你们过夜。"但是小芒却待在原地，把她勒得一个趔趄。

夏之洋笑了："看来那是我的狗。"

"但是是我送给你的。"顾芒扔下牵引绳，踩着响亮的步伐远去。

夏之洋嘉奖般地摸着小芒的头，对李庆夏说："你不要在意她。"

李庆夏走向落地窗，望着窗外出神。这面窗由天花板延伸到地面，站在室内往外看，是一整面绿油油的山林。很奇妙，仿佛外面的世界是一个鬼斧神工的人造景观，美得不似人间风光，像是被一个精巧的盒子给收纳在此，成了房主的私藏物。

"你生气了？"夏之洋走到她身边，为难地解释道，"我也想给小芒改名字，但是它记不住。"

李庆夏痴痴地感叹："真美。"

夏之洋松了口气，说："还能更美。"他按下手机里的操作键，眼前这面巨大的玻璃竟缓缓抬起，继而消失无踪。顿时，山风扑面，带着土腥味的植物气息灌满了李庆夏的胸腔。她惊喜万分，大口呼吸，感觉就像是在林间飞行。

"好厉害！"李庆夏看得目不转睛，虽然除了绿色就是绿色，但是那深深浅浅、层层叠叠不见尽头的绿，还有那偶尔像墨点一般泼洒而过的一群群鸟，叫她目不暇接。

"还有更厉害的。"夏之洋牵着她往楼上走去。

卧室顶上正对着床的天花板也是透明的，那是一个圆形穹顶的天花板，夏之洋抱着李庆夏躺在床上，云朵在他们的视野里缓缓移动，像是一头悠闲的白头鲸鱼。

"到了晚上，我们看着漫天星星，就好像睡在宇宙里一样。"他的一只手环着她的脖子，牵着她的手，另一只手指着天空说，"李庆夏，如果我们一直在一起，有一天，我们会去火星，你信不信？"

李庆夏一边玩弄着夏之洋的手指，一边仰起脸笑问："那时候我们都多老了？"

　　夏之洋低头以嘴唇抵着她的额头说："所以我们才要一直在一起。这世上，能带你去火星的人可只有我。"

　　李庆夏躺在他的怀里，感觉自己已经飘浮在宇宙中了，随即安逸地闭上眼。

第七章

宇宙弹线

1

　　如果有人问李庆夏觉得自己有什么特别之处,她会说自己的性格很好。这个答案能应付一般的人,但应付爱刨根问底的人就有些麻烦,因为对方会追问,性格很好是怎样一个好法?有好到让她显得特别吗?说一个人性格好,其实就是在说她没什么特别之处。

　　为什么人一定要特别呢?李庆夏很烦这样的问题,世上的人这么多,随便对着任何一条街道按下快门,照片里的人们都显现出一张张普通的面孔,哪有那么多独一无二的人?

　　李庆夏人生中仅有一次为自己的普通感到难过,还是上小学那会儿。当时,妈妈以开玩笑的口吻说,会在校门口等她,却好几次把别的孩子认成了她,因为学生们剪的都是蘑菇头,都戴着红领巾、穿着蓝色的校服,这令李庆夏感到伤心。因为老师说过世上没有两片一样的叶子,每个孩子都是唯一的花朵,怎么自己的妈妈却会说,她看起来和别的孩子几乎没有区别呢?

　　但是她很快就释然了,因为她发现自己的普通是一层保护色。上学时,班主任安排任务从来想不起她,科目老师点名答题也只会反反复复点那几个特征明显的学生。进了社会以后,李庆夏也很享受这种"不被关注"的感觉,这令她活得很轻松,中不溜的成绩、普通的长相,不会有任何人讨厌她、针对她,所以她的人缘也很好。

问起对李庆夏的印象,每一个人都会说:"嗯……她性格很好。"这一声悠长的"嗯",是每一个人的开场前奏,因为他们需要回忆和总结一下:李庆夏是谁?她有什么特别的?

但总的来说,李庆夏性格好确实是大家所公认的。李庆夏觉得这是往正面去说,要她自己客观评价的话,其实她是因为没有什么情绪所以才显得人好,并不是说她不会生气和伤心,而是她觉得没有什么事情值得自己记挂。如果她讨厌一个人,她会尽快忘记和远离他,而不是花更多的时间去讨厌他;如果她喜欢一个人,她也会尽快忘记和远离他,而不是花更多的时间去喜欢他。无论讨厌还是喜欢,一般人都会去追求一个结果,可那太耗费精力了,而她选择"算了"。

也因此,她觉得自己是一个没有青春期的女生。当班上的很多同学情窦初开谈恋爱,她毫无杂念,每天还是吃饭、写作业;当班上的很多同学起了叛逆之心开始和父母大闹小吵,她依旧心如止水,每天跟父母一日三餐,听他们的安排去写作业、不熬夜。

没有谈恋爱的必要,也没有和父母吵架的需求,她的小半生过得顺风顺水,应了老辈人最爱说的那句话——"什么年龄干什么事情",就连男朋友都是老天爷看到时机成熟才给她安排到身边来的。眼下这一切都很好,所以她没有也没必要有什么抗争精神。

必须要跟父母吵架?没有那个必要。就算父母有与她相异的观点和令她不满的安排,那出发点也是为她好。

必须要拒绝何翩的告白?没有那个必要。就算她对他没有激烈的爱意,但也挑不出他身上有任何值得她犹疑的缺点,而且他是喜欢她的。

必须要换一个工作?没有那个必要。就算这份工作不是各方面都令她满意,但是如此轻松、安逸,如履平地……

必须……必须不喜欢夏之洋。

这是必须的。李庆夏迎来了人生中的第一个抗争,她要与自己平淡的情绪为敌了。

她觉得自己喜欢上夏之洋了,她想逃了,不该再睡在他的怀里,要远离他、忘了他。因为她知道,对他的喜欢之情是一个麻烦,她想算了,不要给自己惹麻烦。

她悄悄起身,离开了床铺。回身,她见到月光下的他动了动胳膊,摸了摸光秃秃的床单,似乎在找她,她又好像被召唤一般,重新躺到他的身边。他侧过身,好像找回珍珠的贝壳一般,双手合拢,将她往自己这边卷了卷。

她怎么会喜欢上他了?这么突然!李庆夏从未尝到过波涛汹涌的情感,她以为喜欢上一个人是需要酝酿的,就像天气预报一般,她能知晓:哦,可能要下雨;哦,可能要喜欢上他了。可她哪能想到,喜欢就是喜欢,像是闪电跑过了雷声,突然就晴天霹雳了。

她盯着他的脸,看他的眼睛、鼻子和喉结,因为光线昏暗而显得很不真实,她又纠结又难过。不至于忘记,因为他不是真实的;不至于远离,因为他可能明天就不见了……所以喜欢就喜欢了,仅此一夜、仅此一刻,有什么好抵抗的?

"唉!"李庆夏对着他的脖子叹了口气,呢喃自语,"你有什么好喜欢的?"

2

2月8日,周一。

李庆夏在醒来的那一刻,便已经准备迎接又一个新人生了,然而出乎意料的是:"真的假的?!"她坐在床上,脸上写满了始料未及、难以置信、晴天霹雳、不可思议，"啊——"她惊叫出声，是惊喜，甚至发出喜极而泣的那种尖叫声，其中还透着哭腔。

她回家了！昨天晚上她还睡在夏之洋的身边，此时此刻，她不在任何别的李庆夏的家中醒来，她在她自己的家里，在她从小成长的家里！

"怎么了？夏夏，怎么了？"李志被吓到紧张地从客厅推门进来。

虽然已经见过了六个一模一样的李志，但是他们在发型、着装上还是有细微区别的，眼前这一个，才是李庆夏最熟悉的那个爸爸。她跳下床，激动地在屋里转圈："我回来了！"她对每一处角落打招呼，对着熟悉的桌面、熟悉的柜子，她道："我回来了！"

付冰也探头进来，以眼神问："怎么了？"李志冲她无解地摇摇头。而李庆夏冲过来一把抱住两人，满怀感激地说："天啊，爸爸妈妈，我好爱你们！我希望我们永远在一起！"

在父母错愕的眼神中，她冲去了客厅，跳上了沙发，双拳紧握朝天，发出了一声响彻整个小区的长啸："我——回——来——了！"

关于整个小区都听到了这一声咆哮的事实，是后来何翩告诉她的。

3

回了卧室，李庆夏坐在自己的床上环顾四周，这才注意到自己的书柜被整理过了。妈妈是不会来打扫房间的，爸爸也不会不经她同意就进来，是昨天的李庆夏干的吗？应该是！因为那本日记正平铺着摊开在书桌上，关于明天的自己还能不能留在这里的答案就在其中！

她浑身开始止不住地颤抖，过去的六天是梦，还是现实？随着她一步步靠近，真相就在眼前了。在她的手哆哆嗦嗦地摸到纸面时，她忍不住笑出声，觉得世界这么大，没有任何人在关心她此时的遭遇，宏伟的交响乐只在她的耳膜内轰隆作响。

是熟悉的日记，来自老大的。李庆夏还来不及细读，就在脑内开始尖叫：一切都是真实发生过的！就像一粒小火星被点燃之后，引发了连锁反应，串起了一个又一个火花，形成了一片热闹、跃动的火焰，把李庆夏迷迷糊糊的大脑给点亮了，接连迭起的炸响声把昏昏沉沉的李庆夏给叫醒了，她感觉通透！激动！任通二脉都被打通了。

不过她的心情就好像坐过山车一样，很快便因为日记里的内容，从高处俯冲了下来。

2月8日，周一。
我是老大。亲爱的小一，以及各位妹妹，很遗憾，我没能留在自己的人生里，睡醒之后，我又重新回到了小一的人生线之中。很显然，我需要再继续度过这六天，等到下一个周日到来，我才能回去。现在我很确信七天是起始，我们每一个人或许在今后的人生之中，在每一周里都只有一天能活在自己熟悉的人生里了。如果我找到了能打破这一切循环的方式，我会告知妹妹们的。

读完之后，李庆夏重重地跌落在地，一时间无心回复，对于新来的"周六"也没什么兴趣了，因为李庆夏已经知道她会出现在日记里，七天循环一次的人生，所有的主角都聚齐了。

其他的"李庆夏"刚刚阅读到7号的日记，老大重新找回了人生，让所有人都非常兴奋，所以"周六"虽然很迷茫，但也很开心，她写道：

2月7日，周日。
我是"小六子"，虽然我也是李庆夏，但更是各位姐姐的妹妹，因为你们走在前面，为我劈开了大雾。我醒来的时候，真的一直在大哭，我不知道哪里出了错，而且我的男朋友怎么变成顾杯的哥哥了？这令我好恐慌！还好有姐姐们留下的日记，我才算理清了头绪。所以我只要等到周六，就可以回到顾杯的身边了。

4

虽然知道明天的自己就不在这里了，但是今天的李庆夏感觉浑身是劲，看谁都亲切，即使是绿化带里的一株乱糟糟的植物，她都觉得它在跟自己打招呼。它扭了扭叶子说：Hi（你好）！

她说"我认得你""也认得你""还认得你"。她一路走走停停，觉得每一家店铺、每一根电线杆子都亲切得像自家人一样，令她内心温暖洋溢。终于回归到正常生活里了，她要珍惜这一天。

回到自己在宠物店里的工位上，她感到自己像是被放进凹槽里似的，咔嚓一声，她回来了，回到了一个正确的位置。

但是她的兴奋劲没有持续太久。

很快的，在忙完闭着眼也能完成的工作之后，闲下来的她望着周遭熟悉的一切，缓缓地、缓缓地，感到时间有了身影，它慢了下来，最终仿佛静止了。她感到惆怅若失。

她失去了什么呢？她无所事事地摸出手机来，屏保是自己设置的，朋友圈里也没有陌生人，她翻开通讯录，里面没有夏之洋。她的手指在屏幕上漫无目的地画着，她什么也没失去。比起失去，很明显这个结果是更好的，她找回了自己的生活。

"李庆夏！李庆夏——"店长在外面叫了她好几次，不见应声，于是推门进来，愣了一下后问，"你怎么哭了？"

李庆夏并不知道自己流泪了，她反问一声"啊？"之后，她摸了摸脸，叫道："哎呀！怎么搞的？"不等店长继续关心，她解释道，"可能是眼睛不舒服。"

"好吧……如果你不想动，我叫别人去也行，但是她们都不想去。"店长将手里的一张纸在她眼前扬了扬说，"还是那个难搞的客人，他希望我们这边能有人去他家里接一下狗。"

"难搞？有多难搞？"李庆夏突然聚精会神起来。

"超级难搞，最难搞的那个——"

"夏之洋？"

店长一愣，继而露出"果然你也知道"的表情。

李庆夏看了一眼纸上的住址，不太远，并非是深山里的那一个，看来是他主要活动的家。

5

没想到这么快就要和夏之洋再会了。李庆夏心情忐忑，却径直走进豪华的公寓大厅，像是虽然慌乱却选择长驱直入的斗士！她在思索着该说些什么的时候，被前台穿着西装的安保人员拦了下来。对方对她几番询问，最后还是心有疑惑地打电话给业主确认："先生，请问你是否有一位拜访的客人？哦，宠物店？确实是的。"

保安一边打电话一边傲慢地打量着李庆夏，李庆夏不自在地别开了视线，便见到了镜面里倒映的自己。她扎着凌乱的马尾辫，起球的毛衣外边套着宠物店的围裙，身上沾满了各色宠物毛发，这使得她整个人看起来都浮着一层茸茸的毛，像是一个行走的流浪动物。

大厅里进出的人不多，偶尔有几个人出入，他们那一身一看就很昂贵的打扮和行走时的悠然气质，都与李庆夏是两种画风。她突然感到有些不好意思，于是拍了拍身上的毛，一时间尘土飞扬。保安的神色更嫌弃了，他挥了挥手，示意她可以进去了。

进了电梯之后，李庆夏立刻对着镜子整理仪容。这电梯内部是低调的暗金色装潢，在运行时寂静得仿佛连空气都不存在，是跳脱于世界之外的存在一般,这使得她有一种缺氧的感觉,心脏的跳动声格外明显。很快地,她抵达了顶楼,门悄悄朝两侧展开,突然吸到一口室外空气的她只觉得一阵耳鸣。

距离正前方的门还有三十米的距离,李庆夏站在原地搓了搓手,又待了三十秒才走上前去按响了门铃。开门的人是顾杯。

见到了熟悉又温柔的面孔,李庆夏心里松快了不少,但是对方那看陌生人的眼神,又立刻让她绷紧了神经。

"你好,进来吧。"顾杯礼貌地招呼李庆夏,见到李庆夏站在一尘不染的玄关处局促地寻找着能换鞋的地方,他安慰道,"没关心,不用担心,等会儿阿姨会来打扫的。"

室内的视野很宽敞,是复式结构,有一面两层楼高的落地窗,很美,但是李庆夏觉得没有那座森林里的房子美。她不知道这个世界里的夏之洋有没有拥有那栋房子,如果没有的话就太遗憾了,她真想与他分享那美丽的奇景。

小芒是三条金毛犬里最小的,所以才被夏之洋带在身边。它从楼上跑下来,往李庆夏的怀里钻。她一边撸着它的脑袋,一边双眼紧紧地盯着从二楼走下来的人。他看起来不像是昨天与她相拥而眠的夏之洋,而是她最初印象里的那个他,像是不与人类亲近的野兽。

"是你……"他的眼睛瞪大了,这令李庆夏心里一阵期待,然后他下一句话却是对顾杯说的,"叫保安上来。"

顾杯与李庆夏一样,脸上露出疑惑不解的表情,他问:"怎么了?"

"这个女的去公司里找过我,她说她是我女朋友,有病。"夏之洋下意识地拢了拢自己的睡衣,往后退了一步,戒备地扫视着李庆夏,"你还追到我家里来了,真可怕!我劝你自己走,别再来了,不然我报警,给你留下案底。"

"什么?我,哪一天?如果是昨天……"李庆夏慌张地摆了摆手,她想说：昨天我不是跟你在一起吗？我没有去你的公司啊！可这前后矛盾的两句话一出口，岂不是更坐实了她脑子有病？她一时间百口莫辩。

"这……误会吧！"她拍了拍自己的围裙说，"我不是自愿来的，是你打电话说叫我们来你家领一下狗狗。"

顾杯也替她帮腔："误会吧，我看她不像坏人啊。"

"我确实在店里见过你，但是这不能说明你不是坏人。对了！"夏之洋指着李庆夏说，"你是不是有妄想症？在店里见过几面之后，你就把我幻想成你的男朋友了。"

"你……你也太侮辱人了！我就算喜欢你，现在因为你这句话，也不会喜欢你了！"李庆夏火了，她也往后退了几步，一脸沾上夏之洋就晦气的表情。夏之洋皱起了眉头。

"你这是什么态度？怎么翻脸就不认人了？"他往前迈上几步，见到她更避之不及地往后退了几步，他急了，"你之前摆出一副没了我会死的鬼样子，今天就摆出这种挨了我会死的鬼样子，你还说你没病？"

李庆夏双手交叉在胸前，戒备地喊道："你别过来！我现在就走，而且再也不会出现在你面前！"

"你过来，你给我好好讲清楚。"

"你站住！不要靠过来，我走了。"

"不准走！"夏之洋怒喝道，"你忘了你是来干什么的了？你的本职工作是什么？"

在他俩争吵的过程中，顾杯已经自顾自地走到一边喝了一杯酒。

"是你叫我走的！"

"我现在不让你走了。"

"那我就带走你的狗了！"

"你带走呗，知道我为什么叫你过来吗？"

"知道。"李庆夏摸着小芒说，"它的皮肤有些起皮屑。"

夏之洋一愣，明显对她刮目相看了："你还挺专业的，要是脑子再正常一些就好了。"他挑剔地说，"你们店的香波不行。"

"确实不太行，因为店长一直比较考虑性价比，这也怪不了她，因为我们的收费不算贵。我知道有个小众的药浴牌子很不错，如果我自己开店就会用上——"

"是这个吧？"夏之洋打断她的话，从茶几上提起一个早就准备好的袋子，递给她说，"你带过去，在上面写上小芒的名字，以后就放在你们店里给它专用啊。"见到李庆夏只是伸长脖子看了一眼，却不伸手来接，他疑惑地问，"你这是什么意思？"

她伸出手来，犹犹豫豫地问："你不会觉得我喜欢你吧？"

顾杯此时扑哧笑出了声，夏之洋红着脸吼道："你拿去吧！你走！"

李庆夏飞快地接过袋子，一副很怕挨到他手指头的样子，牵着小芒往门口快步走去。

"等一下。"夏之洋叫住她问，"你叫什么名字？"

她浑身好像刺猬参毛般抖了抖，警觉地问："你想干什么？"

"你这么奇怪，我想知道你的名字会有多奇怪。"他说，"你不告诉我，那我打电话问你的店长也一样。"

她回道："李庆夏，庆祝在夏天诞生。"

他说："这么浪漫？"

"有病。"她翻了个白眼，转身离去。

门外静悄悄的，夏之洋还站在原地傻傻地望着，顾杯又轻轻地笑出了声，惹得夏之洋回头冲他发火："怎么了？！"

6

黄昏时，何翻来接李庆夏了。他坐在人行道边掉了漆的护栏上，穿着墨绿色的冲锋衣,斜挎着一个帆布包,脚上还是那双李庆夏送给他之后他穿了三年的运动鞋。他正低头刷着手机,应该是在等她下班。

李庆夏从店里往外看,是何翮!是何翮!不知为何,李庆夏在心里接连发出尖叫:因为这个是何翮,是她熟悉的那一个何翮,他的发型、着装和他细微的动作,都明白地告诉她,是他!

似乎感受到了注视的目光,他抬起头来,与店里的她四目相对,咧嘴一笑,抬手招了招。

她冲出去,飞扑向他的怀里:"天啊,真的是你!"

"说什么呢?我就是我啊。"何翮抱着她,奇怪地笑起来,但又很奇妙地长叹一口气,"不知道为什么……好奇怪,我也觉得,真的是你。"见到她露出不解的表情,他解释道,"前几天的你都不像你,说了好多我不懂的话,也不信任我,不愿意跟我说话,躲着我,真的莫名其妙,弄得我心里七上八下的,以为你讨厌我了。"

李庆夏能听懂他在说什么,但一时间不知道该如何解释,太复杂了。

"比如说,昨天的你,就好像不是你。"何翮打开手机相册,里面有一张他偷拍的李庆夏,"你看,我跟你打招呼,你掉头就走,我当时觉得你的背影都好陌生。"

李庆夏接过来一看——虽然这只是一个背影,穿着她的衣服,走在她走过无数遍的楼道里,但她一眼就能认出,这个李庆夏并不是她。

她立刻开始聒噪了:"我……我想跟你说我最近经历的一些事情,可能对你来说很离谱,会觉得我疯了,"她抓着他的胳膊,表情惊恐地请求,"但是你相信我好吗?"

他点点头说:"好,你说什么我都信。"

7

两人找了一间安静的饭店，李庆夏想一边吃晚餐，一边把这些天的遭遇缓缓道来。当她刚开始说到自己一觉醒来，有了个男朋友叫许辰时，何翾就忘了吃饭，一直举着筷子，一脸痴痴地听着她如魔似幻的那六次别样的人生体验。

李庆夏越回忆越感到那一切过于逼真，但又好像不是在说自己的事情，像是在讲别人的故事，因为逼真但也失真。说着说着，她不自觉间就眉飞色舞起来，将大部分事情都交代得清清楚楚，当然也隐瞒了一些事情。

"信息量太大了，等我缓缓……"何翾愣了一会儿，才发现自己一口饭都没吃，于是他顶着大惊失色的表情，一口一口咀嚼着已经凉了的饭菜，老半天没说话。

"所以呢？"李庆夏期待着他的反应，她从头到尾都没摸过碗筷，摊开手追问，"你觉得呢？"

"我得想想……"何翾动作机械地吃着饭，为了不被误会，他猛然想起来要表态，于是抬起头看着李庆夏，"我完完全全相信你说的故事，不是，你说的一切。你说不是梦，那就不是梦。"

李庆夏说："我是有证据的，回家后拿给你看。"

"我当然相信是真实发生过的……因为我见过不是你的你。如果说你那是在做梦，难道我也同时在做梦吗？"他吃完了一碗饭，却还端着空碗，盯着碗底的米粒发散着思维，他猛地抬起眼说，"难道！难道……我们都不是活人？"

李庆夏抱紧自己："你说什么呢？天还亮着呢。"

何翾激动地说："我是说我们可能是假人，活在虚拟世界里，你跟我都是代码。在现实世界里，可能有一台超级主机在运营我们的世界，但不知为何主机出了一些乱码问题，"他敲了敲桌子的左端，又敲了敲右端,"所以你一时间在这个服务器,一时间在那个服务器。在你看来,你就是穿梭到了不同的世界里,经历了不同的人生,但实际上,其实只是主机切换了服务器而已。你是属于我们这个世界的李庆夏,我昨天看见的那个李庆夏则是从她的那个世界里来的。"

李庆夏陪着何翩玩过一些游戏,所以她能明白他的意思,但她并不同意,她吃了一口菜说:"冷了,难吃。我是真实的活人。"

"味觉也可以写在我们的程序里啊。"何翩还想继续自己的惊人推论,却被李庆夏用筷子抽了手背,他"嗷"了一声。李庆夏说:"会痛,活的。"

8

在回家的路上,何翩见李庆夏失魂落魄,一路上都牵着她的手,温柔地安慰道:"别担心啦,有我在你身边,你怕什么?"

她苦笑道:"就算你在我身边,也无法阻止我明天的'消失'啊。"

路灯把两人的影子拉得很长,李庆夏一直不敢用正脸看着他说话,因为她此时已经能感觉到,何翩的手指缝和那些男生的手指缝的区别了,如此细微却真切。她羞惭,但又觉得不至于羞惭,因为情况特殊嘛。唉!她内心很矛盾。

"哎!"何翩灵光一闪,举起李庆夏的手晃了晃,发问,"你要不要戴上我送你的戒指?这样就是打个记号咯,以后我见到戴着戒指的李庆夏就知道是你。"

啊!经他提醒,李庆夏才想起来,他是向她求过婚的,于是她的羞惭感更是层层叠叠地累积了起来。可是,这不能怪她呀!她在心中为自己辩解,因为那六个世界线里的何翩都完全不拿她当回事,以致她淡忘了两人的关系。

也因此，此时此刻，她并不想再提及那枚订婚戒指，因为她还没回过神来。

她的反应也快："那你有没有想过，就算是戴着戒指的我也不是我，因为是别人的意识进入了我的身体，所以在我身上做标记也没有用的啦。"

"是哦，昨天的那个你，从外表上看，从头到脚都是你，就连叔叔阿姨都没怀疑。"何翩抬起胳膊，绕过李庆夏的脖子亲昵地拍了拍她的肩，说，"不过就算不做记号，在我眼前放一百个李庆夏，我也能认出你的啦。"

救命！李庆夏感觉自己已经快被堆叠起来的羞惭情绪给压死了。她停下脚步，仰首问他："你要不要亲我？"

何翩一愣，有些羞涩："啊？这么突然的吗？"

"不要算了。"李庆夏甩甩头，朝前小跑了一段，"还是不要了。"

"怎么还反悔？"何翩追上去道，"要，我要。"

"以后再说！"

"什么以后啊？我现在要，以后也要！"

两人嘻嘻哈哈地追闹了一阵，他步子迈得比她大，一把从身后抱住她，边喘气边说："我知道你害怕，但是不要怕，如果世上有一百个我，那每一个我都会是你最好的朋友。不管你遇到什么问题，我都一定会和你一起面对的，知道吗？"

9

回到家之后，李庆夏在客厅里缠着父母一直聊个不停，弄得付冰都觉得诡异了。她奇怪地道："你平时对我们老人家爱搭不理的，说跟我们有代沟，没啥好聊的，今天这是吹的哪门子妖风？怪烦人的！"

李庆夏嬉皮笑脸地以脸蹭着付冰的胳膊，亲热地说："我就是突然开窍了不行吗？这代沟多跨几次就没沟了，我想跟你们拉近距离，你还烦起我来了。"

付冰不住地推她："我的天啊，这距离不拉近还好，一拉近我才发现，原来我一点也不想跟你拉近啊。"

李庆夏对李志撒娇道："爸爸，你看这种当妈的，能拿几分啊？"

李志看着母女俩嬉闹，也是满脸笑容："当妈可能拿不了几分，但是当我老婆是满分。"说着，他把切好的一碟子橙子递过来，不等李庆夏伸手，就被付冰半道截了去。

她轰赶李庆夏说："去，你都刷牙了！明天再继续跟我拉近距离，我哪也不去，天天等着你。"

李庆夏依依不舍地站起来，心里嘀咕：也不知道明天我还有没有机会与你拉近距离。

第八章 与自己的约定

1

李庆夏把日记本摊在何翩的面前,以非常郑重的口吻介绍道:"她们都是李庆夏,我去过她们的人生,她们也来过我的人生,我们都是李庆夏!"

日记本上的内容并不多,但是何翩翻来覆去看了好几遍,最后双手抱着它发出哇的一声。他抬起头看向李庆夏,而她点了点头,于是他像得到批准般再度哇了好几声。

两人待在何翩的卧室里,李庆夏从小就来这边玩,所以对各种摆设都很熟悉。她站在他用来写代码的小画板前,用可擦笔开始涂涂写写。她先是画了一个小人儿,写着"我",然后分出六条线,指向自己去过的其他几个平行宇宙,并写上了一些关键词。

周日的李庆夏:心动宠物店的店长,男朋友是夏之洋。

周一的李庆夏(我):没啥特别的。

周二的李庆夏:爸妈在她小学时离婚,男朋友是许辰,收了他家二十万元的彩礼。

周三的李庆夏：男朋友叫齐辉，还是个大学生，靠她养着。

周四的李庆夏：在盛夏资本当行政助理，男朋友是她的顶头上司卫贤。

周五的李庆夏：很会画画，爸妈正在闹离婚，男朋友是作家孙久全。

周六的李庆夏：也在盛夏资本上班，爸妈也离婚了，妈妈已经移民加拿大，和一个叫保罗的外国人再婚了，男朋友是顾杯。

"哇！"何翩的嘴就没合上过，他感慨道，"看起来好酷。不过……"他在"周一的李庆夏"的后边补充了一句"男朋友是天才程序员何翩"后，满意地笑了，"你也不输啊！"

李庆夏抬腿踹了他一脚，他灵敏地躲开并发问："那以后怎么办？明天你还在这里吗？"

"我也不知道。虽然跟她们交换一下人生，对我来说也没什么大碍，还挺好玩的。"李庆夏说，"但是我比较担心，要是哪天换不回来了怎么办？所以这个问题还是需要解决吧。"

何翩想象了一下李庆夏回不来的画面，抗拒地摇了摇头，表示不能接受。他举起手积极地提出疑问："那这件事的起因是什么？总有一个原因，导致了这一切的发生。就好像船上破了个洞，补起来就好了。"

李庆夏拉开何翩的人体工程学椅，坐下来转了几个圈，边回忆边呢喃自语："是那片极光吗？那天我的记忆特别模糊，也是见过极光之后，我的生活就乱了。"

"啊，还真是！"何翩也想起来了，"确实是第二天你就不对劲了，但是当时我没反应过来。"他跳起来走向电脑桌，李庆夏想站起来给他让个位子，他直接一屁股挤了进来，两人就像儿时一般紧密地贴在一起。他敲击着键盘，搜索着与极光相关的信息："那解决方法，可能需要再经历一次极光,可是天文学家说'箭脉'是千万年一次的奇观,下一次再出现的时间是不可预测的。"

何翩对自己一直是如此亲密无间,但是李庆夏却感觉到自己心里与他有一些疏远了。真奇怪,之前他向自己求婚时,她都没意识到他是男人,她只觉得是何翩在跟她求婚,这意味着以后两人要一起生活,跟现在也没什么区别,所以她才顺理成章地点头。可此时此刻,她才反应过来,他是男人,她是女人。

李庆夏从椅子里站起来,拾起地上的日记本,岔开了话题:"我先把已知的信息整理好给她们,让她们知道现在是什么情况,然后大家再一起想办法。"

2

这天夜里,李庆夏破天荒地写了一篇人生中除了论文之外最长的文章,烧掉的脑细胞也不比写论文时少:

2月8日,周一。

我是小一。当大家阅读到我这篇日记时,一定已经看过了老大于7号留下的日记。我把她的发现和我的思考结合起来,做了一些我能想到的总结。

首先必须明确的一点是:我们每个人的时间坐标是不一致的。更简单地说,我们所处的都不是同一个时间的时空。

当老大已经在2月9日时,我还在2月8日,而我只有在2月9日时才能看见她在9日留下的日记,就像你们在8日时,才能看见我在8日留下的日记一样。

很显然,如果有一张赛跑图的话,老大是跑在最前面的,而我们也没有停止前进，所以在我们眼前至少有七条互不干涉的跑道。你们各自所在的时间点，跟我所在的时间点，不是一个时间点。

而人生线，据我所知，目前也有七条，我们彼此交换和体验着各自的人生。

有一个很关键的点：根据老大于2月1日写下的日记，可以得知，当时我并没有消失，所以她只是来体验了我的人生，而不是取代了我这个人。她和我都经历了极光和何翩的求婚，也就是说，大家在体验彼此人生时，当天会发生的事件是固定的！

那如果老大拒绝了何翩的求婚呢？我不敢设想，那一定会影响我的人生吧？

所以，我们最好立下最重要约定：请小心对待彼此人生中遇到的抉择，不要造成重大影响！

目前已知，我们想要回到自己的人生，是需要经历为期七天的一个轮回的，看起来是一个首尾相接的环，可能有什么玄学在里面吧。我简单算了一下：

以今天2月8日（周一）为例，

此时大家正处于七日轮回的什么阶段？哪一天进入轮回的（第一次去了谁的人生）？

老大　第二轮的第一天（新的轮回开始了）　2月1日，周一（我的）

小一（我）　第一轮的第七天（是一轮回的结束日）　2月2日，周二（22的）

22　第一轮的第六天　2月3日，周三（33的）

33　第一轮的第五天　2月4日，周四（小四的）

小四　第一轮的第四天　2月5日，周五（阿五的）

阿五　第一轮的第三天　2月6日，周六（小六的）

小六　第一轮的第二天　2月7日，周日（老大的）

很显然，日记本是我们大家建立联系的唯一方式，因此：第一，纸张非常珍贵，不要乱涂乱写，尽量把字写小一些；第二，写日记时一定写上日期，以免我们阅读时感到混乱。

之后想到什么，我会再补充。大家不要气馁，也可以集思广益，回忆一下，在一切变得魔幻之前，身边有什么奇怪的事情发生吗？导致时空错乱，令我们的人生线重叠的原因是什么？我这边的话，我认为是极光。我们的目的，都是恢复正常生活，没有人反对吧？所以，我们一起互相配合，共同找回人生吧！

3

2月9日，周二。醒来的李庆夏果然如老大所说，回到了22的人生线，而她的长篇大论也得到了很热闹的回应，大家纷纷以日记本为聚会广场，叽叽喳喳地聊了起来，此后度过了非常和谐的一周。

2月9日，周二。

我是老大。小一，你总结得非常好，不如我们把对于自己最为重要的人、事、物写下来，其他人尽力去维护好，至少别搞破坏，做得到吧？毕竟我们虽然来自不同的宇宙线，但我们都是李庆夏。我先来：夏之洋。此外，在小一的总结上，我还想补充一点：有任何突发事件，请一定要记录在日记上，这样我们才好决定如何去面对。

老大的字写得非常小，看来对李庆夏的提议非常在意，得到重视的她立刻写了一篇回应，当然也是用最小的字体——

2月9日，周二。
我是小一。我没有什么重要的东西不可破坏，我的父母还没有离婚，我也不希望他们离婚，所以大家在他们面前说话时注意点就行。我的男朋友是何翩，你们也都认识了，他知道了我们的事情，所以你们在他面前也可以放松一些。

其他的"李庆夏"在这一天的日记本上都在哀叹自己被困在漫长的轮回里了。

到了2月10日，周三。李庆夏再看时，她们似乎都接受了命运，在看到了老大的呼吁之后，纷纷介绍起来对于自己重要的人、事、物——

2月9日，周二。

我是22。我很羡慕老大，不如说，我羡慕你们每一个人。虽然小一说我们都是李庆夏，但我不觉得你们就是我，因为我实在是太差劲了。我并不喜欢许辰，甚至回忆不起来我是怎么跟他走到这一步的，可能因为我不擅长拒绝，但我又不得不嫁给他，因为我收了他二十万元的彩礼，这钱我还不上。我没有什么看重的东西，就是放心不下妈妈，希望她能因为有了这笔钱而过上好日子吧。

李庆夏不禁发出叹息。她觉得这位姐妹很消极，于是拿起笔来，在下面留言：

别慌，我们都在，你不是一个人，所有的问题，我们一起面对。

写完还不过瘾，她再度补充：

我挺讨厌许辰的，知道你也不喜欢他，我就放心了。

这位"周二李庆夏"的字迹非常娟秀,把下一段的字迹对比得稍显粗糙。

2月9日,周二。
我是33。唯一叫我烦恼的就是齐辉,他太不可靠、太幼稚了,我真希望他能成为一个好男人,在他面前我总有种老妈子的感觉,如果你们谁擅长教孩子做人,就大胆出手吧,谢谢!

就像她的字迹一样,李庆夏感觉她是个很豪爽的人,但从她很小心地压着线写字的这个事情上,也能看出来她有一些细腻的心思。
李庆夏于是也豪爽回复:

当妈不快乐!

李庆夏还在后面画了个愁苦的小脸。

2月9日,周二。
我是小四。我怀疑我是我们之中最没用的李庆夏,我工作不顺心,恋爱也不太顺利。我和卫贤虽然在一起很久了,但我越来越不安,总觉得我们哪里有问题。我想跟他沟通,他却说一切都很好。他一定有什么事情瞒着我,在这样的情况下结婚,我觉得不会幸福的,但是不跟他结婚,我的未来要怎么办?我们一起规划了那么多,甚至决定了孩子的名字。说实话,我没有准备过另一种人生的方案,这些天的离奇遭遇,快把我逼疯了,我接受不了每天都要面对新的生活,你们能快些想办法结束这件事吗?我差点以为我精神出了问题。就像他说的,我太多疑、敏感,迟早有一天会变成精神病人。我真希望自己能活得粗糙一些,最近我的失眠症更严重了。

李庆夏不免发出感慨，这位姐妹确实有些神经兮兮的，但是李庆夏相信这不是她的问题。人是会被周围环境影响的，同样都是"李庆夏"，为什么她是这样，别人又是那样呢？李庆夏留下一句简评：

姐妹！不要姓卫的说什么你就信什么，我看你生活得挺好的！你不是把自己收拾得井井有条了嘛，屋子干净、工作稳定。你不要再为他乱想了！

2月9日，周二。
姐姐妹妹们好，我是阿五。从小我就渴望拥有姐妹，现在得知你们的存在，很奇妙，我感到内心非常充盈，没有任何慌乱的感觉。这令我忍不住想，如果我确实有姐妹，可能家里的气氛不会这么糟糕，爸爸妈妈也不会每天吵架。家已经不像个家了，像一个摇摇欲坠的冰窟。现在能叫我感受到温暖和稳定的只有孙久全，虽然他因为父母早逝有些脆弱，但我们可以互相修补。虽然我知道，我不该把对家的向往寄托在他的身上……如果我和姐姐妹妹们能见面就好了，有后盾的我会比现在坚强不少吧。

李庆夏斟酌了一下，留言道：

未来比过去要重要。

这个"周五李庆夏"不愧是喜欢阅读的文艺少女，她写得最长，而"周六李庆夏"的字迹和行文风格跟她有些相似，都很软，但是简短得很——

2月9日，周二。

我是小六子。见到大家多少都有一些烦恼，我感到有些不好意思，因为我的生活太完美了。虽然爸爸妈妈离婚了，但是他们比起以前都更幸福了，我的男朋友顾杯也是一个好得无法形容的人，我对工作也很满意，所以我没有任何想要改变的地方。如果有什么我能帮上忙的，任何事都可以提出来，我一定会尽力。

通过这篇自我介绍，能看得出来，她真的无欲无求了，于是李庆夏提笔祝福：

真好呀，那我们就一起努力让每个人的生活都尽快回到正轨吧！
Ps：顾杯确实很不错，无可挑剔。

她躺倒在床上，盯着每一个"李庆夏"的笔迹发呆：太奇妙了，活生生的另一个自己。

比起陌生的人生，她现在对陌生的自己更为好奇。如果她们能和她面对面坐下来喝一杯咖啡，那该多有意思呀！她在想，这就是有姐妹的感觉吗？不，比姐妹更亲近，那是双胞胎吗？天啊！她在心里大喘气，比双胞胎更亲密，她们是一模一样的人，有着一样的DNA（脱氧核糖核酸）和指纹，甚至不是复制人。她是李庆夏，她们也是李庆夏，没有谁先谁后，她们同时出生、同时存在。

门外，李志正在催促她吃早餐，她这才依依不舍地合上日记本，道一声："来了！"

4

吃饭的时候,她还在整理线索。已知每一个李庆夏都会把另外六个李庆夏的人生度过一遍,于是便会催生出更多个宇宙的分支线。可时间却不是如流水般往前流淌的,就目前看来,似乎是错序的。此时此刻,她在这条时间线里,而在同一天的另一个宇宙里,身处于此处的却不是她,而是另一个"李庆夏"。

"唉!"她苦恼地抓了抓头发,感觉这已经进入自己理不清的科学领域了。

"怎么了?"李志奇怪地问,"不好吃?"

付冰踢了李庆夏一脚:"你说句话,你爸都要哭了。"

"好吃。"她赶忙点头,咬了一大口包子,却有些食不知味。她无心于味道,大脑正于无数扇藏着答案的门前拼命运转着。虽然想要解答的问题有很多,但她最想知道的答案是怎么让乱序的一切归于正常。

不同宇宙里的李庆夏的言行举止,可能会导致她们所处的那条人生线产生一些变化,形成互相牵制、互相影响的效果,所以大家更要小心行事……思考及此,李庆夏"啊"了一声,从椅子上弹起来,擦了擦嘴巴,喜笑颜开地往屋里冲去,打开手机一顿搜索之后,摊开日记本写道:

2月10日,周三。

我是小一。老大!为了解决22的欠债问题,我打算先试试一个办法!这样,你搜一些明晚中奖的彩票号码,我一觉醒来就去买!

隔天,老大的回复很是犹豫:

2月11日，周四。
我是老大。我不认为宇宙会准许我们这样作弊，但是如果你想尝试的话就去试吧。

拿着老大给的一大串财富密码，李庆夏得意扬扬地外出买彩票，结果到了彩票店后，发现电脑出故障了。她接连去了几个彩票店，发现这些电脑都离奇地统一出故障了！

"什么嘛！"她冲着天空咆哮，"老天爷，你太小气了吧！"

这件事情，也成了李庆夏们时不时拿出来聊天的话题。

5

一周转眼就过去了。2月15日，周一。李庆夏回到了自己的家和人生里，她无论是上班还是跟何翩约会时，都表现得缺乏兴趣、心不在焉。

她觉得跟"自己"通信非常有意思，这个有意思已经胜过了一切七零八碎的事情，这些事情把她平淡的人生点亮了，点得透亮，比世上一切的光都要亮，胜过霓虹、火焰和太阳。

"喂！你听见我刚才说什么了吗？"

何翩的惊呼声让李庆夏回过神来，她扭脸看向他问："啊？你说什么了？"

"天啊，你一直在说其他'李庆夏'的事情，我感觉你爱上她们了！"他抓起她的手，以她的手掌拍了拍她的脸说，"你这个自恋的女人！"

李庆夏不以为意："如果你能遇到其他的你，而且你还能和他们交流，你一定比我还兴奋！"

"才不会呢，我只会觉得可怕。"何翩吐了吐舌头，然后搂紧了她。

两人正走在回家的路上,他遥望着前路说:"你什么时候才能彻底回来?我感到好寂寞。"

彻底回来?和她们告别吗?李庆夏心里一惊,她似乎已经不在意一切能否恢复原状了,她舍不得她们。

6

2月16日,周二。

气味不对,她不在自己的家,也不在任何李庆夏的家。这一天,李庆夏感觉自己醒来得特别艰难,感觉胸腔被挤压着,很难受,呼吸也不太顺畅。她嗅到的是……消毒水的气味?好像是医院的气味。她努力睁开眼,只觉得泪眼蒙眬,视野里的一切仿佛泡在水里,白花花的,是天花板、墙面。她的身体动不了,于是她转动着眼珠子,随即看见了付冰的背影。

她张了张嘴巴,想唤付冰,却发现自己喉头发紧,发不出声音:原来自己戴着一个呼吸罩。

付冰仿佛感应到什么,立刻回过头来,放下手中的物件,紧张地观察了一阵,激动地冲门外喊道:"她醒了!我女儿醒了!"说罢,付冰想抚摸她,但又不敢下手,于是一双手悬在空中,最后捂着嘴,眼里泪光闪烁。

李庆夏竟然看到付冰对自己流露出脆弱的一面。在她的印象里,妈妈总觉得她是一个结实的水泥娃娃,摔不坏、化不开,所以长这么大,妈妈一直都很放心她。

护士领着医生进来,将李庆夏粗略地检查了一番,安慰付冰说李庆夏没大碍,就是失血过多,还很虚弱,再躺个几天就能正常说话、吃饭了。

可能是见到了李庆夏眼里明显的疑惑，付冰坐在她床边解答起来。她出了车祸，大出血，两根肋骨被撞断，医生抢救了她一整晚，她又昏睡了一整晚，刚刚脱离危险期，但还好手脚健全。

"别担心，要不了多久，你又活蹦乱跳了……"付冰边说着，边心疼地以手指捋了捋她额头边的碎发。

这是谁的人生线？李庆夏开动自己此刻运转得非常迟钝的大脑回忆。付冰非常愤怒地提到了许辰，说就因为他跟她在马路上吵架、推搡，才导致了这场意外的发生。答案揭晓，这是22的人生线。

"真晦气！"付冰骂骂咧咧，"我希望你好了之后就跟他分手，你还没跟他结婚就这么倒霉，以后要是跟他过日子了搞不好会更惨。"

不一会儿，李志来了，付冰脸上一阵高兴，但见到赵燕儿也在门口站着后，她立刻又垮下脸来。

线索一：她和许辰在一起；线索二：父母已经离婚。

看来李庆夏确实回到了那条自己已经观光过的人生线里，她松了口气。她虽然躺在病床上，但好过又去开启新的人生线，以免把她好不容易整理起来的线索打碎掉。如此判断，明天，即周三，她就会去下一个人生线里了。那边她的男朋友是齐辉，虽然这不是多么值得期待的事，但至少她能站起来，摆脱这具喘气都困难的身躯。

"要看女儿都不忘带上老婆啊。"付冰酸溜溜地讥讽李志，"你们感情真好，跟连体婴似的。"

李志却看也不看她，扑向李庆夏，眼里的泪花瞬间喷涌了出来："夏夏，对不起啊，爸爸来晚了，我买不着票，坐了轮船又换火车赶来的。你这……你这……我就半个月没见你，你怎么就这样了……"

赵燕儿也灰头土脸的，精神状态看起来并不比李志好多少。她穿着一袭红色大衣，长发束在脑后。她比付冰高半头，但两人的身形很像，都是干瘦、挺拔的,只是她气质更端庄一些。她说话语气也很轻柔:"姐,我听说夏夏出事了之后,放心不下,是我一定要跟着来看一眼的。她小时候,我也抱过她,你看现在我这身份……我这话不是想占你的便宜,但我打心里是拿她当我女儿的。"

付冰不理睬她,自顾自地对李志埋怨道:"你这自驾游游到哪里去了?一把年纪,换了个老婆就开始学时髦,打电话也找不着你!万一见不着女儿最后一面——"

李志一听,急得怒吼:"你别讲这种不吉利的话!"

他过去从来不会吼她,就算是闹离婚闹得最狠的那段时间,他也不会对她说重话,所以这会儿他把付冰惊得一愣。她也急了:"什么话?什么话?我才是守着女儿没合眼的那个人,你见到夏夏当时浑身是血的样子了吗?就剩我一个老太婆面对这一切,魂都吓没了,晕都不敢晕一下,憋着一口气忙里忙外。你倒好,她脱离危险期,刚睁开眼,你就蹦出来装好爸爸了。"

见到付冰一双深重的黑眼圈,李志也愧疚地垂下了头。这时,赵燕儿赶紧走过来缓和气氛,她对付冰说:"姐,你辛苦了!真的不容易,现在我们来了,你去睡会儿?我们给你去买些吃的吧?你吃饭了吗?"

"我哪有空吃!"付冰挥了挥手,因为这屋里有别人了,她才突然散了架般地落回到椅子里,"就喝了些牛奶,吃了两个鸡蛋。"

于是赵燕儿叫李志留下,自己奔出去买吃的了。

李庆夏听着李志跟付冰在聊她的伤情还有医药费,间或听见好几次许辰的名字。他们似乎都想找他算账,李庆夏却急着想"翻篇",赶紧去第二天,因为她想看看自己的计划成功没有。

迷迷糊糊睡了过去的李庆夏,到了夜里又被争吵声给惊醒,是许辰和他妈来了。付冰要求他赔偿,而他一直在叫嚣:"我是最无辜的,当时你女儿跟疯了一样说不认识我，在大街上叫我人贩子、流氓，我好好跟她说话，她对我又是掐又是打的，好像我要对她做什么似的。不信你就调监控！可不是我推的她，是她自己往马路上跑的。"

如果不是赵燕儿和李志拦在付冰身前，她就要扑到许辰身上去抓花他的脸了。她吼道："但是你开车追她！既然她说了不想跟你说话，你还追她干什么？如果你老老实实的，能把她吓到往车堆里钻？你不要以为说调监控，我就怕你了，你调啊！我们也准备好找律师告你了，就让法律来做主，看是谁占理！"

许辰笑了，他是真的觉得自己占理。他指着床上的李庆夏说："她是我女朋友，我跟她讲话有问题？我追她又不是要害她，现在她这个样子，难道我不心痛？我好端端地为什么要害我女朋友躺在医院里？"

付冰冷笑道："绝对没你说的那么简单，如果你只是讲话，没有动手，能把她吓得往车流里跑？我不听你的一面之词。"

许辰指着她道："你就是想讹钱吧？老太婆！"

不等付冰接话，李志上前一步，压着怒火，一字一顿地说："如果你要这么想，我们给你钱，用车撞你一次行不行？"

李庆夏虽然很想弹起来去揍一顿许辰，但是她连翻身、说话都办不到。即使如此，她也试图发出哼哼唧唧的不满声，但是大家都没听见，于是她只能强迫自己再度入睡，好摆脱这场闹剧。

麻药劲过了，各种密密麻麻、层层叠叠的疼痛感穿透一层层的肌理，好像从深处觉醒般，一浪接一浪地袭击着她。这是她人生中最艰难的一夜，纷杂吵闹的人声越来越远，噪声并不会影响她的睡眠，她倒是不记得自己有多少次被一种酸胀感给催醒，原来剧痛的终点是膨胀感。

漆黑的眼帘里，出现一阵一阵、一片一片的白点，有些像她在夏之洋怀里看见的星星。为了缓解疼痛，她开始幻想自己飘浮在宇宙之中。

第九章

与光与风同行

1

2月17日，周三。

李庆夏睁开眼，动了动胳膊、手指、腿和脚。她跳下床，先是上下摸了摸自己，再扑向镜子看一眼脸蛋，确认自己完好无损后，赶忙去寻找摊开在书桌上的日记本。

迎面出现的就是老大的留言：

2月17日，周三。

昨天（16日，周二）我没能写日记，因为醒来的时候我在医院里。我说了，要是遇到突发事件，请一定要留下记录，怎么出车祸这么大的事情，都没人提？意外之所以叫意外，就因为是意外，没有人希望意外发生，所以干吗不敢讲？现在我们是七位一体，无论是哪个李庆夏种下的因，都会结成我们所有人的果，我们是命运共同体，请各位不要逃避问题！

看得出来，老大非常生气，李庆夏只能做个和事佬：

2月17日，周三。

我是小一。老大，你别气了，可能出车祸的姐妹在那瞬间都晕死过去了，写不了日记嘛。不管是谁造成的，你要不要承认都无所谓，你也不想吃这份苦头的，就像老大说的，我们共进退！这肉体的痛啊，谁都逃不了，我们一起承担。

今天的她也只想把这一天应付了事，因为她想快进到明天，看看老大气消了没有，她现在每天满心都是姐姐妹妹们。在地铁上，她百无聊赖地翻开手机信息，看见齐辉发了不少消息，问她怎么不理他，还说感觉最近的她很奇怪。

于是她回消息过去问："怎么了？"

他阴阳怪气地回复："你终于有空了？"

又闲扯了几句之后，齐辉才道出重点，他要交房租了。

李庆夏哧笑出声，于是回复："这就是我不理你的原因。"

对方没料想她会如此回复，半响发来一个充满怨气的问号。

李庆夏这才想起来，七人约好了不要破坏其他人的生活，于是她斟酌了一下，回复："开玩笑的！最近我有点缺钱，过些天给你。"李庆夏把这个问题抛给了齐辉的女朋友：另一个李庆夏。

等她看到聊天记录就会给他钱了吧？李庆夏看了一眼微信里的余额，觉得别人的钱不应该由自己来做主。

她没有再和齐辉继续聊天，也是因为不满：凭什么给他钱啊？

她想，如果能跟这条人生线里的李庆夏聊天，她肯定要劝他俩分手！

这一天她都耗在宠物店里，表现得颇为积极，跟同事抢活儿干，店长看在眼里，很满意。因为她充满了干劲，只想一件接一件地做事，手不停歇、脑没空闲，把这一天快些打发掉。不过在店长晃过来夸奖她时，她顺便提了一嘴加薪的事。一想到这个李庆夏要养那个废物帅哥，自己就忍不住为她操这个心。

店长立刻面露难色："原来你表现得这么积极是有目的的……"

"拜托，我跟你干了这么久也没想过挪地方，你知道多少店要挖我吗？他们给我开的薪水甚至是你给的三倍啊。我的技术你也看得见，多少客人慕名而来，你觉得我要是挪地了他们不会跟着换吗？你这待遇也没好到让我舍不得走吧？你看小红、小青还有那个谁，她们的名字我都记不住，你看她们哪个不是干了三个月或者半年不到就走人了？我留在这里是因为我念旧，可不是因为觉得你这里的待遇好。"李庆夏说着话，手里给狗修毛的动作也没有停下，她已经熟练到眼睛也不用盯着就能干活儿的程度了。看着店长，李庆夏嘴里开枪似的，每一句都直击要害："好像这还是我第一次提加薪吧？你不要一副不可思议的样子，按理来说你早该主动给了。"

"行吧，我核算一下……"店长被她说得无言以对，悻悻地走出门去找计算器。

李庆夏仰起脸对着空气道："不用谢！姐妹。"

由于李庆夏像打了鸡血一般揽活儿，很快，这一天的工作她就提前完成了。她无所事事地坐在店里发呆，从头到尾地翻了翻联络簿，发现夏之洋的名字赫然在列，于是她笑了。这个时候的他还不认识自己呢，这么一想，她的笑就五味杂陈了起来。她想见他。

她这么想着，便在下了班之后，不知不觉地走去了他的公司附近。天色暗了，他应该不在里面。她抬头看了一眼，楼太高了，她只能看见好像米粒大的格子窗户。她看了一阵子，便无聊地往家走去。

2

2月18日，周四。

这次，李庆夏没看见老大的日记，但是看到了阿五的，她字里行间满满都是歉意。

2月17日，周四。

我是阿五，是我的错。当时许辰想与我发生亲密关系，但被我拒绝了，然后我们就开始争吵。他对我动手动脚，我害怕，于是跑去了街上。在拉扯时，我见到一辆车冲了过来，接着我就失去意识了。对于我造成的这场意外，我感到很抱歉，对不起！

众人纷纷安慰，而22则表态：

是许辰的错，是我该向你道歉。

李庆夏也不知道该说什么好，她感觉自己与老大是最亲密的，见老大没出声，她也不知道该说什么。看来，即使面对一群"自己"，也会有亲疏之分呢。

今天的李庆夏在公司里也想一闭眼一睁眼就到明天，她迫不及待地想查收"信件"，可惜时间还是得一分钟一分钟地熬过去。她这回没有很卖力地工作了，因为她并不关心自己在盛夏资本里是否能升职，她只想尽可能地躲开卫贤。事实证明是她多虑了，卫贤根本就没有要靠近她的意思，就连在扫视众人时，他看她的眼神也仿佛在看陌生人一般。

虽然这人之前就很冷漠，但冷成这样也有些令人恶心了。李庆夏忍不住想，是哪个李庆夏跟他吵架了吗？但她也没有很在意，因为卫贤天生就挺令人讨厌的,谁能忍住不跟他吵?

夏之洋一整天都没来公司。无聊的一天,他算是她唯一的盼头了。他在做什么呢?她一边点击着鼠标,一边无聊地滑动着屏幕上的报表。一个一个的表格格子都能被她看成那间林中小楼的天窗,她忍不住想,他在那个房子里吗?和小芒在一起?或是和顾芒在一起?

从一张狗脸突然想到一张人脸,这画面令她不禁笑出声。

"你笑什么呢?"鹿连雪路过她的工位对她打招呼,"终于跟他分手了?"

"还没有,如果哪天分了,我会第一时间通知你,"李庆夏话锋一转,"或者你通知我。"

她说:"晚饭你跟我们一起吃吧。"

"你们?"李庆夏摸摸脑门,问,"还有何翩吗?"

她反问道:"还能有谁?"

"我这日子过得太糊涂了……"李庆夏讪笑。她每天醒来都得整理一下轨迹,看自己是在哪条轨道上。今天她上班差点迟到了,因为她理所当然地跑去了宠物店。见到店长一脸热情地接待她,她吓一跳之后才想起来:她不是这里的员工。

她赶紧往公司跑,踩着点打上卡,差点就给自己姐妹造成了工资损失。

所以,对于何翩在这条人生线上并非是自己的男朋友,而是鹿连雪的男朋友,她还是需要时间反应一下。

3
好奇妙。

李庆夏坐在这边,看着何翩坐在对面,和鹿连雪坐在一起。她忍不住看得出神,因为平时与朋友们在一张餐桌上聚会时,何翩一定会坐在自己的左手边,对自己百般照顾,就像此刻他照顾鹿连雪一样。

　　落座后,他顺手整理着鹿连雪的碗碟,将汤勺放进小碗,与碟子分开,筷子则放在碟子上,跟服务员再要了一个碗以及一沓餐巾纸,放在自己的手边以备不时之需。上菜之后,他会先为鹿连雪盛好一碗汤,下意识地先以汤勺搅一搅散热,在她喝下第一口时,他便递上了一张纸巾给她擦嘴;之后,他把一些滚烫的菜先夹到空碗里,放在她面前,等着菜放凉一些再叫她吃。

　　这是李庆夏第一次以这样的视角去看他。过去,李庆夏对他这一套动作太熟悉也太"身在其中"了,并没有觉得自己曾经被这么细致地关照过。

　　现在,她眼前还摆在一起的碗筷以及空落落的汤碗,都在提醒她,原来何翩是个超级完美的男朋友,她却不懂得珍惜!好在失落之情只是一瞬,她并没有沉溺其中。

　　因为她的何翩还在她自己的世界里,好端端地当着她的男朋友呢,眼前这个何翩本来就不属于她。

　　"你怎么不吃啊?想我伺候你啊?"何翩注意到发呆的李庆夏,调侃道,"三十五元一个小时啊。"

　　她奇怪道:"你怎么得出的三十五元?"

　　"最低薪资啊。"他笑道。

　　"这钱也太好挣了吧。"李庆夏端起碗来,一边准备盛汤一边说,"我自己挣了。"

　　鹿连雪接过她的碗说:"我来吧,你不好够。"

　　"哎,别烫着你。"何翩夺过碗来,帮李庆夏盛了一碗,递回去给她。

　　李庆夏坏笑道:"这可不是我要求的。"说着,她又把碟子递给鹿连雪说:"小鹿,帮我夹点娃娃菜。"

鹿连雪伸手准备将碟子接过来，却又被何翙抢走："哎，我来我来！"他说着，瞪了李庆夏一眼，哼哼抱怨："你很会嘛！"

"就你？小鹿可是在我的手上。"李庆夏大笑，拍了拍身边的空座对鹿连雪说："亲爱的，过来我这边坐。"

见到鹿连雪真的很配合地要动起来，何翙赶紧拉住她，冲李庆夏道："你别太过分啊！"

这种争夺鹿连雪的游戏，三个人玩过无数次了，鹿连雪心情好的时候会自觉参与，但这次她很快就腻烦了，所以发话道："好好吃饭。"

"哦！"李庆夏与何翙不约而同地答应。两人相视而笑。

他俩之间从小玩到大，总是互相捉弄，即使他俩不是男女朋友，那种会心一笑的默契也是化不开的。李庆夏觉得，自己如果有兄弟，就是这样的感觉了。她并不需要无微不至的照顾，只需要彼此能如此轻松愉悦地相处。

也许这就是看到何翙当着自己面和别的女生亲热，自己也不会嫉妒的原因吧。李庆夏觉得他就像是自己的家人，见到家人有个这么恩爱且优秀的女朋友，她只会替他感到高兴。

4

2月19日，周五。

终于又迎来了新的一天！李庆夏睁开眼就扑向日记本。无论是邮件还是手机短信，她从来都没有这么积极地查收过。

没有！竟然没有！这是第一次她发现大家都没有写日记。是因为大家没有发生什么值得记录的事情吗，还是因为车祸的事情，使得大家心生不快了呢？

她认为自己有义务来挑起一个头：

2月19日，周五。

我是小一。大家有没有回忆起来，自己的人生发生变化之前，有什么怪事吗？别忘了，我们还要齐心合力解决问题呢。

然后，她失落地合上了日记本。

来到空无一人的客厅，她才想起来，在这条人生线里，她的父母正在闹离婚呢！那他们上哪去了？她敲敲妈妈的房门，里边响起了付冰的声音："干吗？"
她问："爸爸呢？"
付冰的回答是："一晚上没回来，可能死了吧！"
李庆夏问："哦……要我给你买早饭吗？"
付冰发出怨愤的声音："我也死了算了！"
那就是要买。李庆夏简单地收拾了自己，便走出门去。

迎面遇到何翩也正好要出门，他的气质和昨天的何翩完全不一样，所以令李庆夏恍惚了一下。他的态度倒是没有某一个何翩那么冷淡，他笑笑："这么早？干吗去？"
李庆夏穿着洗得松松垮垮的卫衣，摊开手示意他看看自己这模样，答案是显而易见的："买早饭。"
于是，何翩歪歪头，示意两人可以一起走一段路。
走出小区的路上，两人闲聊起来。何翩最近在公司里得罪了人，他想辞职换一家公司了。
李庆夏笑他："就你这完全不社交的人，也能得罪人？"
"没办法嘛，我就只是存在都惹人厌，从小就这样，我已经放弃去理解了。"何翩在李庆夏面前还是很松弛的，他的手指在空中敲击着，

"如果人跟人之间的交往，也像敲代码一样，输入、回车，谁就成了我的朋友，那就舒服了，我就会成为万人迷咯！"

她表示同意："不错，对于讨厌的人，你再写个代码让他永远离你至少三千米远。"

"有想法！"何翩对着她比出大拇指以示鼓励，他又走了几步，突发奇想，"我有时候会想，为什么我俩没在一起？"李庆夏被他问得一愣，他立刻摆手，"你别误会！我可没有任何暗示，这也不是告白。我只是觉得我俩从小是邻居又是同学，话也总能说到一起去，相处得很舒服，按理来说，我们是可能在一起的。"

何翩在清晨的光照下，呈现出通透却疏离的模样。多么奇妙，他不是她的何翩，竟是这么清晰可辨。她笑了一笑，说："在某个平行宇宙，我们是在一起的。"

轮到何翩愣住了，他想象了一阵，笑了："有意思。"

李庆夏看到他这副傻笑的样子，忍不住继续逗他："你还记得鹿连雪吗？"

他很快就回想起来了："你之前那个好朋友？"

"记得还挺清楚。"李庆夏说，"在另一个平行宇宙里，她是你的女朋友。"

他惊呼："那可是个大美女！"

"对啊，便宜你小子了。"她大笑。

何翩也大笑，但是笑了一阵子才反应过来说："那跟这个宇宙里的我有什么关系啊？"

他们走到了早点摊，他掏出手机来说："我请你吧，当感谢你给了我一场空欢喜。"

李庆夏也不客气，各种包子、饼子的都要了一份，然后将刷了辣酱的芝麻饼和一杯红枣豆浆用塑料袋装好了递给何翩。他惊奇地问："你知道我爱吃这个？"

李庆夏说："你忘了吧？当时我还嘲笑你说你一个男的吃什么补血的红枣，你反问我'男的就没有血吗'。"

"有吗？"何翾瞪大了眼睛，捕捉到了李庆夏眼底的狡黠，他指着她说，"哦，是另一个宇宙里的我跟你说的吧？"两人又相视笑了一阵，"李庆夏，你这人，淡淡的，没啥存在感，却又很有力量。有些像小草，看起来不起眼又小小一棵。大风大浪能把汽车掀起来，把树也连根拔起来，可是你却没事，还稳稳地立着。所以你不管在哪个宇宙，都会活得很幸福的，因为幸福如果有个样子，那就是你。"

李庆夏眨眨眼，说："说什么呢？又是小草又是不起眼的，也不知道你究竟是在夸我还是在损我。"

他挥挥手与她道别，头也不回地朝地铁口走去，没有表露出任何依依不舍。他哪像与李庆夏相爱的何翾呀？跟她分开时，那个何翾总是一步三回头，还说要先看不见她了才舍得走。这个何翾，竟然舍得给她看他的后脑勺。

"活该你在这个宇宙里没跟我在一起。"李庆夏自言自语道，虽有抱怨，却是浑身轻松地往回走。

5

这一天都没什么盼头，李庆夏在宠物店里忙完了之后，觉得时间都快具象化了，像是屋顶漏雨一般，滴答、滴答……直到孙久全来接自己下班。见到他那张俊脸，李庆夏稍微振作了一会儿，又立刻走神。

两人沿着湖边散步时，如果不是孙久全时不时拽一下她的胳膊，她可能三两脚就去湖里喂鱼了。

"你怎么了？"孙久全笑盈盈地看着她，没有责怪的意思，这令李庆夏很羞惭。

虽然是询问句,用的却是祈使的语气,他说:"今晚在我那里过夜吧!"

"嗯……"李庆夏找了个理由,很是笨拙地拒绝了。

之前因为她误以为这是一个梦,所以她和孙久全相拥而眠的时候,没觉得有任何不妥,此刻她却浑身激灵起来了。她知道他是阿五的男朋友,虽然大家都是李庆夏,但从严格意义上来说,她们又不算是同一个人,所以她有种负罪感。

"这样啊。"孙久全露出失望的表情。这个男人周身弥漫的悲伤气息,令他的失望之情比一般人的要强烈许多,仿佛具象成了肉眼可见的乌云和阴雨。

"抱歉啦。"李庆夏在心里发誓:我会尽快把你的李庆夏给换回来的,以后你俩就好好地、踏踏实实地恩恩爱爱吧!

李庆夏对明天是有期待的,因为可以查收姐妹来信;她对后天更有期待,因为那是周日,是她作为夏之洋的女朋友和他再会的日子。如此赤裸裸的期待,令她有一丝羞惭。夏之洋是老大的男朋友,不是她的,有时候,她会混淆这一点,以为她们之间是不分彼此、混为一体的。

但是,当她面对孙久全时,她又能立刻清醒地认识到他不属于她。面对孙久全时,她是"不可以"的,是矜持、抗拒的;可面对夏之洋时,她是"可以的",是热烈、迎合的。如此两套标准,叫她更不敢看孙久全的眼睛。

"李庆夏,李庆夏……"

他叫她的名字,那声音好像距离她有三百里地远,她猛然反应过来:"嗯,什么?"

"我说我的书快写完了。"他满脸委屈,即使李庆夏立刻激动地鼓掌,他也笑不出来,他站在波光粼粼的湖边,像是因受了伤而落单的白鹭,"你是不是不爱我了?"

6

2月20日，周六。

昨天是怎样与孙久全道别的，李庆夏已经想不起来了，但她知道自己看起来像落荒而逃一般。她不知道该怎么办，对于其他李庆夏的男朋友，她不知道该怎么与他们保持亲密关系。孙久全除了人消极一些，还算好了，但如果是许辰、齐辉、卫贤，她跟他们在一起只会不断质疑其他李庆夏的眼光。

顾杯虽然完美，一想到今天可能要与他相处，她也感觉疲惫，不过好在翻了一下手机，发现他最近都忙于工作，没有空与她见面。他的言语里全是歉意："冷落你了，等我忙完，我会好好补偿你。"

她翻看了一下聊天记录，能明显看出来谁是他的"真命李庆夏"，因为其他人全是以表情包在回复他，敷衍之情溢出了屏幕，她不禁笑出声来。可能其他人也是怕回复得不好，影响了人家小情侣的关系吧。

经过一轮话题挑起，她们又在日记本里聊了起来。李庆夏看见她们都说在变化发生之前，生活里没有异常情况。她咬着手指，陷入困惑——只有她和老大见过极光，其他人的时间线里，都没有出现过极光。

这一回附赠的有趣交流是，大家开始讨论彼此的男朋友，基本都在感慨"顾杯是什么神仙"。

阿五留言：

顾杯就好像为你量身定做的机器男友，体贴、温柔，无可挑剔，超越人类的范畴了。

阿五也有些异见：

但我还是偏爱有漏洞的人。我总觉得既然他那么完美，就不会需要我了。

李庆夏笑了，留言调侃道：

但你的孙久全的漏洞也未免太多了，或许他那样子对于你来说反而是完美的吧。

男朋友是许辰的李庆夏说：

真想换一换。

李庆夏留言：

别只是想，行动起来！

同时，她们也提到了夏之洋"感觉有些自大""好像有点幼稚""有时候会觉得他很凶""捉摸不透，不知道在想什么"……最后大家为了给老大面子，好歹说了些好话，"但是他真的好聪明""很博学，经常说一些我听不懂的话"，尤其是"他好像很爱'我'，真羡慕老大"。

对于夏之洋，李庆夏不敢评论什么，她害怕被其他人看穿自己对他动了心。

她有些自责，大家都是李庆夏，为什么她们对夏之洋就没有出格的情感，是她太花心了吗？她不该，她是有何翾的，她们每一个人都老老实实地坐在自己的人生格子间里,她不该探出头去窥视另一种关系的,这对另一个李庆夏不公平,对夏之洋和何翮也不公平。

即使如此,明知道不对,她依旧无法停止思念他。一想到明天可以见到他,她的情绪好像飞机起飞时的震颤,暴雨来临前的阴天。箭在弦上,星火闪烁,她在静悄悄地等待着一场肆无忌惮的发泄。

7

2月21日,周日。

睁开眼,李庆夏反应了好久,竟然发现是在帐篷里。她从睡袋里坐起身来,没见到夏之洋。这是她第一次见到帐篷的内部,帐篷很宽敞,有成套的小桌椅和放杂物的收纳架。她走到镜子前简单梳洗了一番,掀开门帘的瞬间,被湛蓝的天晃了眼睛。她微微眯眼,边适应边往外走。看明白了,她身在山顶,四周全是蓝汪汪的天幕,以至这个山尖像是浮在海面上的一座岛屿。

帐篷外伫立的天文望远镜告知了她来到此处的目的,此外,外面还设置了一个简单的炉灶,一个咖啡壶正被放在上面加热,旁边的餐盘上放了两份早餐,是极简的火腿三明治。

李庆夏极目远眺,耳边是咕噜作响的沸水翻腾声,鼻腔里有干净清甜的山间空气和肆意发散的热咖啡的气味,远处是模糊的城市轮廓,像是用积木拼成的景观。

周围如此辽阔、透彻,云是云,山是山,白的、蓝的、绿的,饱和度对比被拉到了极限。这些景物令习惯了小到看手机屏幕、最大不过是看电影院幕布的双眼感到有些负担,不过是那种甜蜜的负担。眼前的一切美得绝伦,李庆夏朝前伸出手去,抓了团空气后又松开手。比起过去数日的奇遇,此时此刻,她竟像身处梦境。

她四下走着,循着一些声响走去,果然见到穿着一身运动装的夏之洋带着三条金毛犬走过来。狗狗们见了李庆夏,兴奋地扑了过来,一个个像是冲击波般把她撞翻在地,却惹得她大笑,她与它们滚到了一起。

夏之洋见状,不帮忙把狗拉开,反而也扑了上来,大家嬉闹着滚下一段小坡。李庆夏嗷嗷求饶,随手抓起一段木棍扔了出去,狗狗们也立刻被吸引了注意,往远处跑去,争抢那根"狗届权杖"。

夏之洋与李庆夏并肩坐起来,看着三条大狗在远处蹦蹦跳跳。他的手覆盖在她的手上,叹口气说:"你回来了。"

如此意味深长的一句话叫她浑身像过了电,她还以为他发现了什么。他看着她抱怨道:"这些天的你好奇怪,好像不是你了。"

哦……李庆夏松了口气,她逗他:"怎么看出来我是我,我不是我?"

"不爱我就不是你,"他笑,"爱我就是你。"

她故意冷下脸问:"我现在爱你?"

"爱我,很明显。"他抬手以指尖轻抚她的眉毛、眼角、鼻翼、嘴唇和下巴,"这里爱我,这里爱我,这里和这里也爱我,哪里都爱我。"

她被他摸得痒痒的,忍不住笑了,他也笑了。两人对着笑了一阵,最后望着远处的云层发呆,他们的手十指交握,胳膊贴着胳膊。很奇妙,他们即使不说话,也仿佛在用身体沟通。李庆夏感到舒服,从头皮到脚趾,好舒服,就像云卷云舒、波光粼粼那般自然、纯粹,而且永存,如果一定要形容的话,可以说"尘埃落定"。爱情的尽头,还是尽头;和他在一起,就是永远。

爱情……完了,爱情!李庆夏惊觉,她竟然用爱情来形容她与他之间的关系。她像是惊弓之鸟般弹了起来,把夏之洋吓得也跟着弹了起来。

"怎么了?怎么了?"他条件反射地把她护在身后,仔细检查地面,"有蛇吗?"

"我感觉很不好。"李庆夏捂着心口,在原地来回踱步,"我觉得有些难受。不,准确来说,也不是难受,就是这里很胀痛,不是不好的那种痛,我说不上来。我这辈子第一次感觉到这种痛,但我知道这是一种好的痛,是在告诉我活着很棒的一种痛。"

"你在说什么呢?"夏之洋也跟着她来回踱步,远处的金毛犬正叼着木棍跑回来,一条条围着他们转圈,试图吸引他们的注意,于是形成了一幅"人人狗狗狗"的画面。

"我觉得活着真好。夏之洋,我以前活得很好,遇到你之后,我活得更好了。我觉得我爱上你了。"李庆夏说得坦然,这些话语不受任何阻碍地流淌而出,"我对你的爱就好像即使我们不在一起,我也会爱你的那种爱,你懂吗?"

"我不懂。"夏之洋笑了,"你好奇怪,我当然知道你爱我,但是我们是一定要在一起的。不在一起的爱,我不要。"

"但是不在一起的爱也是爱,也是存在的。"李庆夏说着说着,脸上流露出伤感,"如果在另一个平行宇宙里,你不认识我,我也会爱你。"

"不管在哪个宇宙里,我们都会在一起的。因为,只要我们相遇,我们就会相爱。"夏之洋自信满满地说,"我们的爱情,就像是坐标系里的原点,无论外界怎么变化,我跟你的爱都不会受到影响。在每一个宇宙里,我们会一次又一次相遇,一次又一次相爱。我们在这个变化多端的世界里,只有找到彼此才像是扣子找到了扣眼……遇到你之前,我觉得我一直都在飘浮着,现在我觉得落地了,尘埃落定那种,心里稳稳的、满满的,不再空荡荡。"

李庆夏问:"不管在哪个宇宙里,你都会爱我?"

见到两人完全沉浸在自己的世界里,脚边的金毛犬都急了,又上爪子又上嘴地扒他们的裤子。于是，夏之洋一把将李庆夏抱起来，边朝帐篷跑过去边大声说："当然啊，我保证！我替每一个宇宙里的我向你保证。"

李庆夏追问："如果很困难呢？"

"爱你怎么会有困难？"夏之洋回答，"太简单了吧！"

"那我可以试试吗？"李庆夏紧紧地搂着他的脖子，耳边是轻浅的风声，"让另一个宇宙里的你也爱我？"

"你去试试呗！"夏之洋大笑起来，"我肯定不会让你失望！"

8
2月22日，周一。

李庆夏决定跟何翱分手。

她这小半生没有做过什么重大的决定。不知道是过得太顺了，还是真的过于随波逐流。她很少有逆行时刻。无论是读书还是工作，以及与何翱的交往，太顺了，没有任何阻力。所以，由她主动提出分手，算是她人生中第一次"为自己做主"，在风平浪静的大道上掉头，走上另一条路。

他们二人正走在街上，前往预订好的餐厅，何翱还在兴奋地介绍自己这些天的遭遇："我和每一个李庆夏都聊天了，我们聊得很愉快，毕竟都是你。一开始我们可能有些生疏感，但马上就可以当好朋友了，这感觉太特别了！她们都是你，但每一个又都不一样，就是说也不是你。"他摸着自己胸口激动地说，"我有些语无伦次了。"

李庆夏说："那我问你，你会想和她们谈恋爱吗？"

他一愣："说什么呢，你不至于吃自己的醋吧？"

"我才不是吃醋，我没那么无聊。"她说，"我认真地问你，你仔细想想再回答我。"

见到她一脸正经,何翩也真的思索了一会儿才说:"那应该不会。"不等李庆夏追问,他继续说,"我跟你谈恋爱,是因为我和你一起经历过这一切。对我来说,即使她们是住在我家旁边的李庆夏,但是因为我们没有一起玩过、一起成长,所以也算是陌生人。"

李庆夏若有所思地说:"你和我在一起,是因为我们一起玩过,是一起长大的?如果我只是你的邻居,你就不喜欢我了?"

"你看前面的人,那个人,还有那个人。"何翩指着远方的路人,"你知道他们是什么人吗?他们可能是很好的人,但是不认识,不熟悉,你又怎么可能喜欢上他们呢?"

"偷换概念。那都是陌生人。"李庆夏不满意这个答案,"但是住在隔壁的李庆夏,你是认识的,你知道她是什么样的人。"

"那这么说吧,你认识卫贤,你也知道他是什么样的人,那为什么你没有和他在一起,而某个宇宙里的李庆夏却和他在一起了呢?"何翩脸上的表情,写着他认为她绝对无法反驳这句话。

她点点头,表示同意,但是又提出了另一个连锁问题:"所以我不是你的唯一选择。任何一个别的女生,比如鹿连雪,如果是她住在你旁边,和你一起玩、一起长大,你就会和她在一起?"

"天啊,你怎么会这么刁钻呢?"何翩感到奇怪,"你怎么了?以前的你不是这样的。"

"以前的我是怎样的?我感觉以前的我不太喜欢发问,都是在听你说话,现在我可能就是问题多了一些,因为我对一切都有怀疑了。"她坚持发问,"所以,你觉得我说得对吗?你的女朋友,不一定必须是我。"

"在你的假设下,确实不一定必须是你。"何翩双手插袋,李庆夏知道这是他将要拒绝沟通的姿势,他说,"但你的假设实在是太扯了,假设就是没有发生的事情，现在我的女朋友就是你，不是任何一个别的女生，因为我跟别的女生也没有什么共同记忆。就好像你提到过的鹿连雪，在这个时空里，她知道我是谁吗？我走到她面前去说'我知道你是很好的人，我想让你当我的女朋友'，她不会觉得我是个傻子？"

李庆夏停下脚步，站在何翩身前，直视着他的双眼问："爱情应该是指的唯一的、注定的吧，何翩，你爱我吗？"

何翩笑出声："这还用问吗？我当然喜欢你啊！"

她却没有笑："你看，你用的是'喜欢'，不是'爱'。"

何翩的笑凝固了："你有些无理取闹了。这不是一样的吗？我只是觉得说'爱'这个字，有些太隆重，我不好意思。"

"喜欢和爱是不一样的。"李庆夏停顿了大约三十秒，她感觉有一团勇气在胸腔里来回转圈，试图膨胀到可以直接喷涌而出。不要错过了！她这么想着，嘴上一鼓作气地道："何翩，我是因为喜欢你所以才想和你在一起，在这之前，我不知道什么是爱情。现在我可以很清楚地意识到，我喜欢你，但是我不爱你。"

"你凭什么认为我跟你之间的感情不是爱情？"何翩生气了，"你又要怎么证明爱情是什么样子的？"

"爱情是什么样子的，等你遇到你就会知道，在这之前，我们会把一些感情误会成爱情。"李庆夏说，"既然你觉得我们之间的感情是爱情，那你说你爱我吧，只是说出来，很简单啊。"

何翩张了张嘴，最后却气馁地说："虽然我知道你是我认识的李庆夏，但我觉得我要不认识你了。"

李庆夏伸手摸了摸他的脸："我喜欢你很重要的一点就是你不会撒谎。"

他打开她的手，怒气冲冲地往前走："不管你怎么说，我不同意分手！"

李庆夏追在他身后，只见他步伐加快了，她边追边坚定地说："分手不需要你同意，我只是通知你。"

"那我拒收这份通知！"何翙头也不回地往前冲，好像只要冲得够快，就能甩掉她的全部话语似的，"李庆夏，这不公平！我没有改变你的生活，你却要改变我的。"

她急道："不是我在改变你的生活，世上没有一成不变的事情。就算今天不是我跟你分手，明天你也可能因爱上了别的人而跟我分手。再说了，分手而已，能改变什么？你还是你，我还是我，我们还是好朋友。睡一觉醒来，你还是要上班，我也一样，但也可能我会想换一个地方上班，那又怎么样呢？我不过是换一个地方上班而已！天不会塌下来！"

何翙走得更急了，声音也越来越大，惹得擦身而过的路人都不住地回头看他。他冲着前方大声质问："就算我和你分手了，我的天不会塌下来，就算我确实不如你说的那么爱你，可是我这份喜欢你的心要怎么办？我什么错也没有，为什么我要遭受这样的惩罚？我把以后都计划得好好的，我本来这辈子都是要和你在一起的，就像我知道我要写一辈子的代码一样，为什么你要毁掉这一切？就因为我是喜欢你不是爱你，没有更多的理由了吗？"

"有！因为我爱上别人了！"李庆夏也以最大的音量回答，"对不起！我爱上了其他人。"

何翙明显浑身一震，他停下脚步，以背影发问："是谁？"

她毫不迟疑地说："夏之洋。"

何翙是知道夏之洋这号人物的存在的，他沉吟了一会儿，最后欲言又止，再度迈开脚步时，却被终于追上来的李庆夏拽住了衣角。

她大口喘着气："你别再跑了，我追不动了。"

"我没有跑。"

"你的腿比我长。"

她绕到他身前,抬首见到他的眼圈红通通的,眼眶里蓄满了泪水。这张脸,是她从小看到大的,这张脸上的所有表情,她都见过。很小的时候,他受了别的孩子欺负却要强不肯告状的时候,脸上就是这样委屈的神色。

"对不起,真的对不起……"李庆夏也红了眼,她伸手捧着他的脸,以拇指不断揉拭着他的眼角,擦去他不断溢出的眼泪,充满歉意地哄着他,"你什么错也没有,我也从来没想过要伤害你。你应该知道我真的很爱你,不是喜欢,而是爱你,就像爱我的爸爸妈妈一样,你就是我的家人。我答应了你的求婚,是因为我觉得我们本来就该是一家人,但其实,不是非得结婚才能成为一家人的。我不能想象我的人生里没有你,认识你,和你成为朋友,和你谈了恋爱,对我来说都是好幸运的事情。你对我真的很重要,我情愿伤害自己一百次,也不想让你难过一次。"

他太生她的气了,原本他是想成为利剑或是盾牌,却因为她这无遮无掩的无限温柔而缴械投降,所以他整个人都好像即将溺水却又突然被捞起来一般,又痛苦又欣慰。他哀怨地问:"那个夏之洋爱你吗?他不是别人的男朋友吗?"

她抹平他紧皱的眉头,苦笑道:"说实话,我不知道,但我爱不爱他,都是我自己的事情,和他其实没有关系。"

何翩忍不住轻哼一声:"我真羡慕他。"

见他又要撒开腿了,李庆夏严肃地喝止道:"等等!"

"又怎么了?"何翩不禁跺脚,"就算你想要我接受分手,这么具有冲击感的事情,你难道不该让我一个人先静一静吗?"

她抬手指着一边的餐厅,原来两人不知不觉间已经走到了目的地。

她羞涩又扭捏地笑起来，小心翼翼地询问："那什么，这家店很难预约的，我也真饿了，要不，我们还是吃个饭？"

9

店里满满的情侣气氛令何翩有些坐立难安，但是李庆夏只关心菜单上的食物，她在和服务员很认真地探讨点套餐和单点哪个更划算。

周遭的情侣们都颇为甜蜜，有的在说悄悄话，有的在深情对视，还有的已经是老夫老妻了——他们讨论孩子上幼儿园的话题时并没有控制音量。所有人都隐没在昏暗的光线之中，一张一张桌子之间的距离很远，每一张桌子上都有一盏蜡烛，使得大家像是漂浮在海面上。

何翩刚刚经历了分手，身处这一对一对爱侣之间，竟然觉得悲伤被冲淡了许多，好像打开了"上帝视角"。确实啊，如同李庆夏所说，其实他们也没有什么变化，他看着烛光里的她，李庆夏这不是还在眼前吗？只是换了个身份。

她不再是他的女朋友了。

点好菜之后，李庆夏一边滔滔不绝，一边将带着包装盒的订婚戒指放在了桌上："这个还给你。"

"唉……"何翩把手掌覆盖在盒子上，似乎在隐藏什么见不得人的东西，他叹气道，"你在这场合掏这个出来，不知道的人还以为你在跟我求婚呢。"

"真的对不起！"李庆夏双手合十，满怀歉意，"这顿我请你。"

何翩笑了："你看你这分手分得多贵呀。"

这家餐厅是两人看上了许久的，吃一顿要花掉何翩半个月的工资，对于李庆夏来说则是要花掉两个月的工资。何翩认为吃一顿没什么，但是李庆夏替他心疼钱。回忆起何翩对她无尽的宠溺和耐心的陪伴，她不好意思地挠了挠耳朵，说："你这么好的男生，我却给'放生'了。"

"心疼钱了？"何翱逗她，"你认错还来得及。"

她摆摆手，说："人一辈子总会有犯错的时候，但只要是自己选的，我就不后悔。"

何翱用手指无意识地抠着戒指盒的表面，似乎还在消化这件事情："你为什么要这么着急跟我说。"

李庆夏回答："明天的话，我就不是我了。"

何翱恍然大悟："对哦，那我可以和明天的那个你继续在一起吗？"见她瞪大了眼睛，他笑道，"我开玩笑的。"

"我会把跟你已经分手了的事情写在日记里。"

"这都要广而告之吗？跟发喜帖似的。"

"我们说好了会把一些重要变动记录下来，避免大家互相'串门'时因信息盲点而惹出误会。"李庆夏说，"她们不会来打扰你的，放心，我们约好了不去影响彼此的人生。"

"我不在乎，不，我巴不得她们来打扰。我可以跟她们每个人都做好朋友，因为她们都是李庆夏。"何翱凝望着她，情绪复杂地说，"你今天好强硬，很像是那个'李庆夏'，就是我周日见到的那个。你们真的很像，我感觉你们的表情、说话的样子都重叠起来了，毕竟都是你吧。"

"是不好吗？"

何翱边思索边说："是好吧。以前我只觉得你好相处，开朗、可爱、没有缺点，但是我好像不太清楚你到底是谁。我认识你，又不了解你；喜欢你，只是因为和你在一起没有负担。你就像是一种百变家具，可以是床也可以是椅子、桌子，谁都需要你、喜欢你，但是你没有特别的轮廓。今天的你突出了、立起来了，从模糊变得清晰了，变得尖锐了。"何翱的语气从犹豫渐渐变得肯定，"我觉得我会爱上这个你，但是反正也轮不上我了。"

"哇……"李庆夏感叹,"你给我的评价真高!"

他问:"那个夏之洋,你要跟他在一起吗?可是他在这个世界里还不认识你吧?"

被问到了关键点,李庆夏的那份淡然与坚毅便消散了不少。她局促地扭了扭身子,很不好意思地说:"认识倒是认识,但是谈不上好的认识,可能他还挺讨厌我的。"

"那就最好了,这世上不能只有我受委屈。"何翩看她这模样,刚想心疼又立刻收敛,最后变成坏笑。前菜上了,他一边吃,一边又红了眼眶,他以掌心揉了揉,说:"我还是不习惯。"

第十章 加速、上下风逆转

1

跟何翩分手后,李庆夏觉得自己有资格去坦荡地喜欢夏之洋了。何翩起哄要看李庆夏跟他告白的热闹,亦步亦趋地跟在她身后,赶也赶不走:"我还没见过他是什么样的人呢,就这么把你交出去,我不放心。"

李庆夏调侃道:"你刚才还说不习惯,我看你这心态转换得够快的啊!"

何翩伸出手去,却没像往常一样拉住李庆夏的手,而是一巴掌拍在她的胳膊上,跟她胡闹起来。他从肢体动作上就做出表态了,今后他们就只是好朋友了。他说:"不然呢?以后我跟你还是抬头不见低头见的,要是哪天你跟他结婚了,你俩还住我对门,那滋味,光想想我这心口就火辣辣的,我还不如趁早调整。现在,我就拿你当我妹,我是你哥,替妹妹把关是哥的责任,你开心我就开心。这么想,我这心里就好受多了。"

他俩朝着夏之洋的住所走去,但李庆夏的脚步拖沓得很,她恼道:"那你也别催着赶着我去跟人告白啊,他现在对我还没意思呢。"

何翙不悦地道:"他对你还没意思呢,你就把我给甩了,有你这样做人的吗?"

李庆夏笑了:"要等到他对我有意思了,我才跟你分开,这叫'无缝衔接'你知道吗?叫拿你当备胎。不道德!"

"李庆夏。"何翙指着她严肃地警告道,"我才是你的初恋,非要说备胎,那也是他不是我。"

李庆夏投降:"随便你怎么理解,反正是我错,你说我是备胎都行。"

"所以我就要看看你能有什么好下场!"何翙仿佛反派般大笑,"不是说他爱不爱你无所谓吗?你爱他就行了,怕什么呢?言行要统一啊,小李子,上!"

"我可没想逃避,但是太突然了,我没准备好,他也没准备好。你叫我去见他,我说什么?"

"就说你爱他!"

"然后他问我为什么呢?"

"爱没有理由!"

"他要是报警了,以后你就给我送牢饭。"

"不至于就去监狱了吧,可能去的是精神病院呢?"

李庆夏抬腿踢在他的臀上,何翙一扭身子以胳膊圈住她的脖子,往后一仰身,箍得李庆夏求饶。两人打闹了一阵,何翙脸上的表情舒缓了不少,他确实意识到:他和她之间,其实什么也没变。

"李庆夏,我觉得现在这样挺好的。"何翙抬手抹去李庆夏脸上挂着的一颗汗珠,感叹道,"比起失去你,我觉得还是失去你更可怕。能和过去一样,像现在这样,咱俩能一直在一起就挺好的。"

李庆夏听明白了两种"失去"的区别,她笑着以脚尖踢他的脚尖:"你傻啊,你怎么样都不会失去我的,除非你搬家,搬了我们也能做网友,每年见一次。"

"有些少,至少每个季度见一次吧。"

"每个月都行。"李庆夏试探性地问,"我们可以回去了吗?"

何翩的气也消得差不多了,他点点头说:"今天先饶了你,下个礼拜一我可不会就这么放过你了。"

于是两人掉头往回走。因为沿着滨江道,今夜的风不像风,像是丝丝缕缕的水线,撩过人的皮肤时,感觉润润的,很舒服,使得他们的心也如江水一般轻轻荡漾。一时间,他们无忧无虑。

光线柔和的路灯把眼前的一切都点缀得令人心旷神怡,李庆夏放下了心里最重的一块石头,现在处于一种无事一身轻的状态,但是这种状态很快便被夏之洋的出现打破了。她怔在原地。

见到原本一副微醺状态的李庆夏突然像醒了酒又见了鬼的样子,何翩顺着她的视线望过去。远处,有两个男人牵着三条狗往这边走来,很是惹眼。

宽肩个子高的男人穿着一身剪裁讲究的西装,外面搭配着风衣,发型一丝不苟,气质尊贵得让他看起来像是一头狮子。

而走在他身边的男人,则是完全的反例。男人头发蓬乱,穿着毫不讲究搭配的羽绒服和松垮的棉麻裤,脚上更是套着一双靴子,足以见得他出门时是抓到什么穿什么。因为太热了,所以羽绒服大敞着,能见到里面竟然是件短袖T恤,但是他步伐轻盈、双眼犀利,加以傲慢的气场使得他看起来像是目空一切的豹子。

奇妙的是,从两人的相处姿态看起来,狮子像是豹子的随从。

何翩问:"夏之洋是哪个?"

李庆夏回答:"穿得随便一些的那个。"

"我能要求你换一个吗?"

"恕难从命。"

何翩见到狮子贴着豹子耳边说悄悄话,看起来颇为亲密,他担忧地皱起眉:"小李啊,我怕你是要……"

李庆夏道:"别怕,他们是兄弟。"

"那就更可怕了!"

"一边去。"她扬起手作势要揍他。

何翩往后跳出一步说:"本来我就要到一边去,你上吧!"

"上?上什么上?"李庆夏想装傻,却被何翩堵住了后路。她已经被迎面而来的夏之洋发现了,对方跟她的反应一样,似乎想要退却,却撞在了顾杯的胸膛上。

"这么巧!"顾杯举起手来跟李庆夏打招呼,夏之洋还瞪了他一眼,示意他不要跟她搭话。

李庆夏尴尬地笑一笑,也举起手摆了摆。既然已经对上眼了,两班人马只好继续前进。李庆夏每迈出一步,都在给自己打气,于是眼神里难免冒出了……杀气。她决定要豁出去了!

眼见着对面的人气势汹汹,夏之洋在心里打鼓,他每一步都迈得犹豫,想扭脸换个方向走,又觉得在顾杯面前逃避一个女生,很失颜面。

最后,他心一横,昂首挺胸大步走,步子迈得比李庆夏还要快,显出一副要压对方一头的气势。

李庆夏见他这样子,以为对方也有话要对自己说,便更加快了脚步。夏之洋一看,对方这是下了决心要压自己一头,男子汉大丈夫,无论是个头还是年龄都长出人家一截,怎么能输?于是他也快马加鞭了。

这两人一个劲往前冲,把何翩和顾杯都甩在了身后,终于,他们短兵相接。两人隔着半米的距离,脸对着脸,呼吸形成了两柄利剑,锋芒相对。李庆夏瞪着眼,夏之洋也瞪着眼,只是她气势如虹,他有些虚张声势。半晌,夏之洋沉不住气了,先发制人:"你——"

她喝道:"夏之洋!"

他一哆嗦，气焰被削了半截："疯女人！你想干什么？"

她继续道："我喜欢你！"

他一愣，短暂的沉默后，他的气焰回来了："我就说！我就知道你喜欢我，上次你还不承认。我告诉你，你这属于骚扰行为，我不管你是不是真的疯子，如果你是就去治病，如果你不是，从今天开始我希望你知道你已经给我造成了困扰，不要再来烦我了——"

"好。"李庆夏没等他把话说完，点点头答应了。

夏之洋又愣住了，他没反应过来："等下，你不是说你喜欢我吗？"

"对。"

"你喜欢我，我叫你不来烦我了，你就不来了？"

"你不是说我给你造成困扰了？"

"嗯……是。"

"我喜欢你就希望你好好的，不想让你感到困扰。"

"你对我的喜欢就只是这样吗？"夏之洋惊呼，"这叫什么喜欢？你完全不接受任何挑战！"

李庆夏微微皱眉，有些困惑了："你是说叫我继续让你感到困扰吗？"

夏之洋意识到自己在踩雷，立刻摆摆手："我不是这个意思。"

"我不会再来烦你了，今天我就是来做个了断的。"

"什么了断？"

李庆夏指了指身后正走来的何翩，说："那是我男朋友。"她继续道，"在我意识到自己爱上了你之后，我就和他分手了。"

这女的，果然不简单！夏之洋警备地退后半步，眼底浮现出一丝轻蔑："你这疯子，不是想叫我对你负责吧？"

李庆夏摇摇头说："我只是想告诉你，我爱上你了，这就是我心里目前最重的事,现在你已经知道了,我就可以放下了。我以后不会再来打扰你了,你放心吧。"

夏之洋被她弄得一头雾水,已经不知道该用什么态度面对这个奇怪的女生了,他那轻蔑的眼神变得困惑:"你这话不是前后矛盾吗?"

何翩这时候也走到了跟前,他问:"你跟他说了吗?"

"说了,"李庆夏回首看向何翩,一脸轻松地说,"也说了我以后不会再打扰他。"

"啊,这是告白失败了啊。"何翩对着李庆夏说话时,却挑衅地看着夏之洋,"那你要跟我复合吗?"

夏之洋感受到敌意,一改被李庆夏惊得一惊一乍的状态,换上日常的一身冷气,对何翩说:"请你不要打扰我们说话好吗?"

何翩被盯得发毛,附在李庆夏的耳边说:"他长得好凶。"

"只是长得凶。"李庆夏嘟囔道。

顾杯走得悠闲,也快过来了,李庆夏再当着他的面与夏之洋纠缠就更不好意思了,毕竟在某个宇宙线里,他也算是她的男朋友,于是她匆匆道别:"那就这样了,我走了。"不等夏之洋的一口气松完,她一声"对了",他又浑身警戒起来。

李庆夏是能保证自己不再来找夏之洋,但是之前周日是来找过他的,还有周四是在他公司里上班的,所以她不能保证其他人不再出现于他眼前。她在脑子里一番思索,决定换个简要的方式来做出说明:"我是个有多重人格的人,具体来说有七个人格。现在这个我是周一的人格,此外还有一个周日的人格,就是你叫她疯女人的那一个,我和她是爱着你的,其他五个对你没有兴趣。今天我向你保证我再也不会来找你了,可其他人格,我管不了。假如她们来烦你,你就说周一的李庆夏说过不会再来找你了,我相信她们会走开的。"

这一番话，把夏之洋给说得更困惑了。这个女生说话神神道道的，实在是令人觉得莫名其妙，但是由于她一脸义正词严的表情，使得她的话语颇有说服力，换句话说，她看起来很诚实。

"你……"夏之洋不知道该对她如何评价了，"你的大脑皮层要么特别复杂，要么特别光滑。"

"说完了吗？"顾杯终于也走了过来，他见到聪明的夏之洋很难得地露出一脸遇到谜题的表情，不禁好奇道，"你们在说什么呢？"

"没什么，再见了！"李庆夏对顾杯说罢，一边向夏之洋郑重地道别，一边拽了拽何翩，示意何翩可以跟她走了，"虽然分别有些难受，但毕竟这是我自己做的决定，以后我们不会再见面了，至少在这个时间线里不会再见了。我们在另一个宇宙再好好相处吧。"

随着李庆夏走出去三百米，夏之洋的脑内也跑了三百米的路程。他的大脑可以计算出成千上万家大小公司的增值预期，有时甚至能将数值精确到个位数，可他此时此刻却解读不了这个李庆夏说的话是什么意思。她是太聪明，还是太傻？她是在装神弄鬼，还是真挚坦荡地在说这些？他没遇见过这种令他心烦气躁的人，一想到她从此不再在他眼前出现，他就更是无名火起了。那这岂不是成了他人生里的一个谜团？说谜团有些太抬举她了！他在心里换了个称呼：痘印吧。就这么由着她消失，那她就会成为他的一个痘印！虽然痘不见了，但是留下了痕迹，他没法看不见，装作它不存在。

"等等，李庆夏！"他转身叫住她，"我觉得你把我搞糊涂了，我不同意你就这么走了。你让我很生气，我恨所有让我生气的人和事情，我必须要解决掉，不然我睡不好觉。"

李庆夏转过身问："你想怎么解决？"

她看着他，不知为何，他和昨天的他似乎没有区别，从头发丝到眉尾，他下一刻会是什么表情，她都知道。和他并肩坐在山顶上时周边的露水和青草的气息,此刻似乎还在她的鼻尖,咖啡的回甘也还在她的喉头。她现在就想走过去拥抱他,告诉他可以不用眉头紧锁、浑身绷紧。她知道他是可以很放松的,松弛得像一朵没有重量的棉花糖。

夏之洋被她问住了,他别过脸去看着在霓虹灯下波光粼粼的江面,似乎想隐藏自己烦乱的表情。身后被顾杯牵着的金毛们发出催促他继续散步的声音,他回头看一眼弟弟,这小子一脸看好戏的样子。

他更烦躁了,扭脸看向正在等待答案的李庆夏。过去他见过她几面,但没仔细打量过这女生的脸。

李庆夏长得很清秀、柔和,没有什么攻击性,像一粒躺在湖底的安逸石子,风吹不动,水冲不走。看她看得久了,会令人心里有种安宁感,像是看溪流、看云,不像看海,因为海有波涛,而她属于润物细无声的那种,轻轻的、永恒的⋯⋯

很奇妙。夏之洋没有特地去记她的相貌,但就是能一眼认出她来。他甚至不需要这样正面向她,只是在人群里擦肩而过,他也能认出她。

"既然你对我这么执着,我觉得你在我面前晃来晃去,对我来说其实也没什么损失,要不⋯⋯"对于自己将要说出口的下一句话,他也感到难以置信,"我们先交往试试,看我能不能忍受你。"

谁都没料想他会说这样的话,在场的人一时沉默,大家都是一脸没听明白的样子。

见到李庆夏一动不动,夏之洋觉得脸上有些烫,吼道:"不答应?我给你三秒钟的时间考虑,你不答应就算了,三、二⋯⋯我已经开始后悔咯!"

还好没等他数到"一",李庆夏动了,她冲他奔来,他下意识地张开双手迎接。她扑进他的怀里,激动得甚至有些带着哭腔道:"不愧是你！你真的没有让我失望！"

没听懂她在说什么，但她欣慰的语气还是令夏之洋骄傲地挑起了眉毛。

他很久没和人拥抱过了，尤其是像这样抱个满怀的状态。她与他贴得这样近，他竟不觉得生疏。

李庆夏抱到心满意足才撒开手，兴奋地红着脸说："那我下周一再来找你。"

"行……嗯？"夏之洋眨眨眼，不明所以，难以置信地问，"难得跟我谈恋爱了，你竟然要忍一周再来找我？你很忙吗？比我忙吗？"

"如果可以选，我当然希望每天都能见到你。"李庆夏说，"但是明天的我就不是我了，下个周一的人格才是现在的我。"

夏之洋嘀咕："多重人格是真的假的……"

"如果你有机会撞见其他几个我，你就知道了。"李庆夏与他挥手说再见，"那今天就先这样，我的收获太大了，我要通知好多人。"

眼看着她毫不眷恋地远去，夏之洋还一副如在梦中的恍惚样子，他皱起眉头埋怨道："搞什么，如果是下周一才能见面，现在她不是该争分夺秒地跟我相处吗？"

"你的意思是，要邀请她一起过夜？"顾杯探头询问，"需要我帮忙吗？"

"不需要！"夏之洋转身，"走。"

他差点条件反射性地回头，但忍住了，他才不要好像舍不得她似的回头张望。他只是好奇，她说的"喜欢"到底有多喜欢，她怎么说走就走了。他真想刨根问底，以他这样的急性子，不想一道题竟要等到一周之后才能解。

李庆夏倒是坦然地回头了好几次，虽然她很想和他待在一起，但是这会吓到明天醒来的另一个李庆夏的。她要赶紧在日记里通知所有人，她的人生有了惊天动地的新进展!

2

2月23日,周二。

李庆夏是在疼痛中醒来的,她能坐起来,也能动了。她照了眼镜子,脸色还行,脸上的刮擦痕迹都只留下了一些还未散去的淤青和结了痂的疤。她身上穿着复健腰带,身体状况比上一次见到的样子要好很多。上一次来到这条人生线里时,她因为车祸一直躺在床上,没有进行任何其他的活动。

李庆夏吃痛地站起来,见到卧室门敞开着,可能是付冰怕她晚上有事叫自己,自己会听不见。在客厅里,李庆夏很难得地见到付冰在餐桌边忙碌。付冰手忙脚乱地把平底锅里的一张鸡蛋煎饼扒拉进碟子里,说:"没等我叫你就起来了?粥马上就好了,你再等等,这饼烫。"

"哎?这……我小学五年级之后,就没见过你做饭了。"见到她这阵仗,李庆夏心里泛酸。付冰在家里一直被伺候着,如今没有爸爸在家里了,她这个唯一的女儿又伤成这样。李庆夏不想被她瞧见自己掉眼泪,弄得本来就心酸的场面更心酸,于是话锋一转,故作紧张地问:"这能吃吗?"

付冰翻了个白眼:"车都撞不死你!"

李庆夏立刻挤出讨好的笑容:"嘿嘿,"她搓着手打算跟付冰进厨房,"我帮你端粥。"

"别了,你一个伤员,老老实实坐着,别添乱。"付冰嫌弃地摆摆手,叫她回去坐着,不自信地说,"饼要不好吃,你就随便喝两口粥先填下肚子,我等下给你煮两个鸡蛋,煮鸡蛋总不会错。"

见付冰开始怀疑起自己的厨艺了,李庆夏赶忙夹起饼来咬一口:"好吃!怎么会不好吃?你做别的我还能评价两句,做这饼我无话可说。我从小就奇怪你怎么不开店,我就没吃过比你做的更好吃的饼。"

付冰满意地笑了:"你是从小就爱吃我做的饼,后来我不做了,你还跟我一直闹。"

李庆夏边夹起一块饼边说:"是我爸舍不得你开火了,但是他做的也差点味道,外边那一圈炸得不够脆,我就喜欢有些黑的焦边。"

提起了前夫,付冰脸上有些不悦了,她轻叹一口气,但还是洒脱地接话:"那在做饼这方面,他是我的徒弟。"

"我爸呢?"李庆夏脱口而出后,就意识到自己问错话了,李志能在哪里都不会在这里,他们都离婚了。她立即换了一个话题:"你没想过再找个老公?"

"再找个人来气我?"付冰盛好了粥,把糖罐子放在李庆夏眼前,"自己加糖。"

"我也觉得没必要,刚从婚姻苦海里脱离,干吗再回去?"

"那我倒没觉得是苦海,可能因为我就是苦海吧,所以李志才跑咯。"

李庆夏听到这句话不知道要笑还是不笑,所以"哈"了半声,见付冰瞪了她一眼,赶紧咽下后半声。

付冰边喝粥边说:"你也别老想着把我嫁了,我现在跟姐妹们玩得可好了,每天搓搓麻将、跳跳舞,没空想男人。"

"你也别总是搓麻将、跳舞了,这日子过得太单调了,你可以出去旅游啊。"

"你想得倒是美,这钱从哪里来啊?"付冰摊开手,"你跟许辰那狗东西这婚是没法结了,我们可欠着人家二十万块钱啊,售房中心可不管退。接下来咱娘俩得一起吃糠咽菜把这钱给还上咯。"

李庆夏把筷子重重往桌上一摆,大声道:"退?退什么退?房子是我买来给我们改善居住环境的,以后你叫上姐妹来我们新家搓麻将、跳舞!这钱你别操心了,我找给他。"

付冰比起一个大拇指:"好!那你说说,你买彩票中了,还是你其实背着我存了几十万私房钱?"

李庆夏拿起筷子,继续吃饭,心虚地嘟囔道:"这你就别管了。"

两人陷入一阵沉默,屋子里只有咀嚼和吞咽的声音。付冰再度开口问:"你今天真能去上班?"

"啊?"李庆夏疑惑地抬起头,她没想到自己这模样还得去上班。

"要不你还是在家里休息两天吧?"付冰欲言又止,"还……不至于这么急着回去。"

李庆夏听出其中意思了。妈妈还没到拿退休金的年龄,没了爸爸,现在这屋里能挣钱的就是她,而她已经在家里躺一个礼拜了,再这么下去,家里就要"断粮"了。

"要去啊,当然要去,店里没我可不行。你知道的,我可以说是灵魂支柱。"李庆夏喝下最后一口粥,抹了抹嘴,"反正钱的事情你别挂在心里,我跟你讲我能处理就能处理。我可不是在吹牛,至于怎么弄,等我弄完你就知道了。"

3

该怎么弄到二十万块钱?李庆夏边走进店里,边跟众人打招呼。店长对她怨气颇深,碍于她有伤在身也不好发作,就只好阴阳怪气地说几句:"你这十几天没来,我们的客人都跑了快一半了。祖宗,你不会不知道你是我们店里的王牌吧?客人以为你跳槽了,都跑到我们的竞争对手那去了。"

李庆夏没听出这话里的责备,倒是很认真地点点头。她知道自己是王牌,于是真诚地说:"确实,我不在的这段时间里,你们一定很迷茫吧？没关系，我现在回来了，虽然我浑身都还疼得不行，但我知道你离不开我。"她看着店长的双眼，一本正经地说，"现在你更意识到我的重要性了，该给我涨工资了。"

由于她说的是事实，一时间，店长哑然无声。

"看看今天有什么安排？"李庆夏接过预约本翻开。只见起初密密麻麻指定了要她"洗剪吹"的预约都被划掉了，之后几页就没有再约她的客人，但是夏之洋的名字一直执着地出现。在最近的这几页里，每一页上都只有他在指定她，今天也只有他。

她不禁笑了，没想到最认可她专业水平的竟然是他。

李庆夏坐在自己的工位上，开始整理落了一层薄灰的"吃饭家什"。她是发自真心地喜欢做宠物护理这一行，曾经也想过要考兽医证，家里堆了不少书，后来她发现兽医并不是自己想象中那样只给小狗小猫打点滴，还要给牛开膛破腹做手术，这才放弃了。

也不知道做兽医赚钱不赚钱，能不能尽快还上二十万块钱。李庆夏在琢磨该怎么尽快赚到这笔钱。自己最擅长做宠物护理，如果是开店不是拿工资的话，也许几个月就能把钱凑齐了。对哦！李庆夏想起了老大周日，她是店长，这家店是她的，每天的盈利都进她的口袋——可是自己也不可能隔着平行宇宙跟她借钱吧！

如果自己也能拥有一家店就好了……想到这里，李庆夏感觉自己抓到了重点，周日是怎么买下这家店的？是靠炒股。

她缓缓地瞪大眼睛，心中自问：我也可以吗？手中已经滑开了手机屏幕，她搜索起了"自学炒股"这几个关键词。

夏之洋的登场就像被精心设计过一般，他牵着小芒走进来，大声质问："那个什么李庆夏来了没？"

店长立刻冲出去迎接:"来了来了,让你久等了!"

夏之洋道:"她再不来,我的狗就要得皮肤病了。"

"李老师,现在有空吗?"店长一边招呼一边吹捧她:"对对,别人洗的澡肯定是没有我们李老师洗得精细。"

"那倒不至于,就是我习惯了用她,不想换,我的狗容易起应激反应。"店面很小,夏之洋带着狗两三步就走进了洗澡操作间,"我路过,顺便来的,狗放在你们这里,洗完了帮我送回我家里去——"他的目光在见到李庆夏时明显一顿,"你……你是李庆夏?"

在李庆夏的记忆里,两人已经见过无数次面了,所以她不太记得在这个平行世界里,他们有没有见过,于是她问:"我们没见过吗?"

夏之洋摇摇头。

李庆夏咧嘴一笑。由于她的面色过于惨白,所以笑容也显得凄楚。她想逗他一句,出口却是气若游丝,仿佛跟交代遗言似的:"我给你的狗洗了这么多次澡,剪了快八百次的造型,你都没见过我?"

"我也没见过所有给我做饭的厨师。"他沉吟一会儿,认真地问,"你是癌症病人吗?"

她一愣,继而挑起眉毛反问:"如果我说'是',你会给我加钱吗?"

夏之洋说:"那你挺不容易的,身残志坚,以后我承包你的所有工时了,你只管给我服务,不用管别的客人。"

见到他一脸当真的样子,李庆夏赶忙掀起衣摆,展示了一下里面的复健带,实话实说:"谢谢夏总的好意,但我只是被车撞了,断了几根骨头而已,快好了,不耽误以后的工作。"

"难怪我好一段时间都约不到你。"夏之洋扫了一眼,脸上没什么波澜地说,"但我也还是想叫你当我个人的宠物美容师。要不你别在这里做了,只要固定时间上我家帮我的狗洗澡和剪毛就行。"

店长听了这话,三步就跨了进来,急道:"哎,等下!夏总,你这……你这是挖人来了啊。没了李老师,我们这店还干不干了?"

夏之洋问:"她走了,你们店就要关门了?"

"关门倒不至于,客人肯定得少一半。"

"你给她多少工资?既然她这么重要,钱应该不比你拿得少吧?"

"这……这不能比吧,我是老板,她是员工。"

"既然有一半客人是冲她来的,她为什么不自立门户?"

"这……这大概是因为她没有开店的钱吧……"

"她要自己去开店,你不拦着?"

"这是她的自由,我也拦不了啊。"

夏之洋总结道:"那她要去哪里打工不也是她的自由?她可以选择在你这里打工,也可以选择在我那里打工。"

店长被夏之洋这一连串的问题给问住了,哑口无言。

夏之洋指着门外说:"所以这是我跟她之间的事,你无权过问。要怎么做,选择权在她自己那里,请你出去。"

店长无言以对,竟真的脚下不自觉地倒退着出去了。

夏之洋继续与李庆夏说话:"你觉得怎么样?"

"我确实缺钱,但只靠打工是凑不出来的……"

没等李庆夏说完,许辰来了。他从门外就开始嚷嚷,像极了来要债的,虽然他也确实是来要债的。许辰见了她就开始责问,问她为什么不接电话,为什么不见他,说她既然还没还二十万块钱,那她就还是他的未婚妻。

"我这医药费都还没找你要,你还好意思找我要钱?你有脸吗?"李庆夏被他闹得伤口生疼,指着他的鼻子说,"你这脸是假的吧?"

夏之洋好奇地问："是他撞的你？"

李庆夏道："是他导致我出车祸的。"

许辰对夏之洋表现出敌意："你是谁？"

他回答："客人。"

原来是无关人员。于是许辰理直气壮地道："我是她的未婚夫。"

"不像。"夏之洋摇摇头，对李庆夏说，"不像你的眼光。"

"你是谁啊？轮得到——"

"行了你，我可不敢跟你结婚，怕死。"李庆夏打断许辰，"希望你以后做自我介绍时，别再说跟我有关系了。"

许辰开始吼起来："李庆夏！你可拿了我们家二十万块钱，现在说不嫁了，是在搞诈骗吗？小心我告你！"

李庆夏冷冷地说："我才要告你。现在马路上全是监控，是不是你把我推到马路上去的，监控拍得清清楚楚。我倒要看看法院会判你有多少责任，说你是谋杀未遂也不过分吧？"

"你……"许辰眯起眼来，似乎要看穿什么真相似的，"你变了，李庆夏，你以前不是这样的人，你变得好冷酷，你完全不爱我了吗？"

"可能被车撞了一下之后，我脑子里的水被倒干净了，就活出自己来了。"李庆夏点点头，依旧冷言冷语，"既然我活出一个新的自己来了，肯定要抛弃旧人生跟旧对象了。"

夏之洋围观着这一切，眼神渐渐从事不关己变成了饶有兴味。他觉得这个李庆夏有点意思。

"我听不懂你在说什么，你别跟我绕弯子，我妈叫我给她个交代。"许辰拍着桌面，一时骂骂咧咧，一时又缓和了语气，软硬兼施，"你就两条路，要么还钱，要么回家跟我孝顺爸妈，把我们之间的矛盾翻篇，选个日子办婚礼。你要知道，我妈对你没有任何意见，虽然你问我们家要什么医药费，但她觉得那是你父母的问题，跟你无关，她还是很喜欢你的——"

夏之洋打断了他的话:"别说了,我替她还这个钱。"

房间里一时陷入寂静。门外,一早便贴着墙的店长和店员们也不敢大声喘气,这个剧情进展得有些离奇,他们互相交换着"谁都不准打扰他们"的眼色。

许辰又问了:"你到底是谁?"

夏之洋不耐烦地道:"都说了是客人。"

许辰怒道:"那你管我们的事情?你是谁啊,这二十万块钱说拿就拿?"

"我也不想管你们的事情,可我正在跟这位李庆夏聊雇佣问题,而你却为了区区二十万块钱打扰了我们这么久,我觉得没有必要。"夏之洋说罢,掏出手机说,"账号?"

许辰半信半疑地也掏出手机来。

李庆夏抬手拦在两人中间,对夏之洋说:"不需要你帮忙!我自己来还这笔钱。"

夏之洋说:"你不要自作多情,我只是先借给你。"

许辰插嘴道:"既然他都这么说了——"

"你闭嘴!"李庆夏瞪他。

"有人替你赎身,你还不赶紧的?你赶紧还了钱,我跟我妈也有个交代。"许辰急了,"我告诉你,要不是我妈非要我娶你,你以为我想啊?你哪点配得上我?"

夏之洋眉眼间颇有些不屑,他看了会儿许辰,又看了看李庆夏,那神色,李庆夏是解读得出来的:他觉得她和许辰之间的这场闹剧"很低级",对他来说属于猎奇的范畴了。

她也恼了,她可不想被夏之洋看轻。她竟然跟这种低级货色纠缠不清,于是她对许辰道:"我以前确实挺伺候你们一家子的。"

这句话令夏之洋不禁笑了，但是许辰还得花三秒反应。反应过来后，他怒了，伸手把李庆夏从桌子那边往自己这边拽，另一只手高高地扬起来，似乎要打人。

夏之洋一把抓住他扬起来的手，问李庆夏："你没事吧？"

许辰被他掐得生疼，急道："她能有什么事？我还没挨着她呢！"但是李庆夏确实脸色煞白。他见到她摇晃了一下，似乎要倒下了，刚想发难说她装什么装，就见到她腹部有血渗透了衣服，应该是刚才那一下被他拽到了伤口。见状，他立刻心虚地松开了她，说："这可不怪我。"

"我带你去医院。"夏之洋不由分说地拉着李庆夏走出店外，上了自己的车。也没人敢拦着，他们生怕不小心磕碰到李庆夏，怕负责任。

他的车虽然很昂贵，但就是很普通的四座轿车，不是李庆夏在另一个夏之洋那里见到的概念车。她上去之后就说："没想到你会开这么普通的车。"

"你一个病号还嫌弃我的车？"夏之洋觉得又好气又好笑，"你想我开跑车，这会儿你也躺不开啊。"

李庆夏说："我以为你会开有科技感的车，新能源、全自动的那种。"

"你……"夏之洋眼底浮现惊奇，"你怎么知道我买了台那样的车？"

李庆夏没回答，摸着腰腹说："应该是线开了，你随便找个门诊，让医生帮我缝一下就行。"

夏之洋边开车边用语音方式找到最近的医院。他瞟了一眼李庆夏，说："我没见过你这样的人，借你钱都不要，我看你挺急需的样子。"

"我可以自己挣，而且我……我知道姐妹挣到过。"她说，"我想炒股，你是行家，能介绍一些书给我看吗？"

夏之洋觉得奇怪："你知道我是干什么的？"

"我去你公司楼下接过狗，差不多知道你是干什么的。"李庆夏胡诌了一句，跟事实也差得不远，她聊到重点，"二十万块钱，在股市里多久能挣到？"

夏之洋没去细究她的话，回道："这要看你的本金是多少，如果是十万块钱的话，想翻倍，选到一支处于主升浪的票，很快就能挣到。"

"我要是有十万块钱，那就不愁二十万块钱了。"李庆夏问，"我不想辞掉工作，但是也想跟在你身边学炒股。这样，每周二我去你家里免费给你家的三个狗狗洗澡、修毛，你给我上上课，行吗？"

"为什么是每周二？"他觉得这个女生处在自己无法梳理的谜团范畴内，不是说她有多难懂，而是她每一句话似乎没有前因后果，没什么逻辑。像是录像带被随手抽出来了一段胶片，她自顾自上演着，不管他有没有看到前情。

李庆夏最近组织起胡话来可是越来越顺畅了："因为今天是周二，是我跟你相识的日子，很有纪念意义不是吗？"

夏之洋张了张嘴，最后也只是说："行吧，我只有傍晚之后有空。"

第十一章 万千星星终将汇聚

1

　　李庆夏在日记里通知大家，她决定帮22甩掉许辰，帮22还掉二十万块钱，方式、方法她也说明白了。

　　她在日记里说，如果大家愿意参与这次的行动，可以阅读书柜里第二层那一排她新添置的书籍，学学金融知识，她会在每一个家里都摆上，方便自己和每个人随时阅读。

　　她之所以阐述这么做的理由，是因为她们每一个人都会被许辰纠缠。也不知道这轮流上线的日子还要持续多久，不如她们齐心协力甩了他。

　　通过炒股来赚钱，是老大给的启发，毕竟老大是靠炒股赚下一间门店的人。老大在她这个新手看来已经是大师了，她请老大有什么能提点大家的，务必留在日记里。

　　接下来，她还在日记里以一张图简单介绍了一下，在股市界面里能看见的红色柱子和绿色柱子，还有它们头上的线代表什么意思。那幅图是夏之洋画给她的，非常简单易懂，她完全照着画下来了。

　　最后，她提到这条人生线里的最新变动是：她答应了每周二下午去夏之洋家里帮他看狗。

其他人也留下了一些最新变动的通知，乍一看还挺杂乱的，像是一片因为调色盘被打翻在地而溅射成的乱七八糟、难以形容的混合色，其中包括：

齐辉跟我提分手了，理由是他需要钱才能生活，以前他一直是依赖我的，现在我却不管他了，这让他感到心寒。我说我需要时间考虑。这是谁的男朋友，麻烦你自己处理一下。

我怀疑卫贤劈腿了，但是我没有证据。他对我很防备，姐妹们平时留心一下，看有没有机会查一下他的手机。公司真的会加班到凌晨两点吗？我因为这个跟他吵了一架，不如说是他单方面冲我发火。我不在乎他出轨，我只是心疼姐妹们，不想小四和我们嫁了个不该嫁的人。

你们跟孙久全的关系都还好吗？我感觉他在躲着我，有些奇怪。他挺悲观的，你们找一下他看看，他没出什么事情吧？我有些担心。

顾杯带我见他姐姐了！还说下次带我见他哥哥夏之洋，大家注意一下。

虽然这看起来好像课间操场一般乱哄哄的，但是凭着这些纸上的文字，李庆夏感到被隔空拥抱了一般，四肢都暖洋洋的，心里非常充盈。都说孤独是人类永恒的命题，无论是和多么相爱的恋人、亲密的家人在一起，无论身处于多么涌动的人群之中，每一个人出生自带的孤独属性，都难以排遣。但是她现在感到前所未有的热闹。真热闹！自己与自己团结在一起的感觉，是任何人与人的关系都无法比拟的。

关于李庆夏与何翩分手，与夏之洋在一起的戏剧性消息，大家也都向她表达了恭喜。虽然她们对什么也没做错的何翩表达了同情，但主要内容还是："恭喜！无论如何，选择了自己想过的人生、想喜欢的人，都是很勇敢的，恭喜！"

她们还表示会好好安慰何翩。

李庆夏笑了，她要等下周一好好问问何翩，她们是怎么安慰他的。

和所有人不同的是，老大没有很诧异，她觉得李庆夏爱上夏之洋是合情合理、理所当然的事，所以并没有"恭喜"她，而是留下一句反问句：

竟然只有你爱上了他？

李庆夏回复：

你跟他好像哦！近墨者黑，都很嚣张。

2

2月24日，周三。

齐辉来宠物店里找李庆夏了，她看着他，满脸惊讶："你来干什么？"

他皱起眉头，反问道："我不能来？"

"你不是要跟我分手？"她问完话之后，反应过来了，33应该是给过他钱了，所以两人又和好如初了。她忍不住遗憾地自言自语："搞什么？真是的。"

齐辉举起手中的一碗臭豆腐问："你还不下班？"

"你还给我带了小吃？你这是长大了？"李庆夏接过来，咬下半块，像老母亲一般如此说。

"不是说好了今天跟我去买鼠标和键盘？我真的等不了了。"齐辉继续说。

"好贵的臭豆腐！"李庆夏放下碗，惊呼。

齐辉催促道："快些吧，商场十点关门，我还得挑一下，不是随便买哪个都行的。"

"知道了，知道了。"李庆夏嘴上答应着，手里慢悠悠地收拾工具，"你的战队怎么样了？"

"这次很有希望打进决赛。"齐辉倚着墙壁，双手抱在胸前。他头发蓬乱，脸上因为刮得不够干净，所以有一层青色胡茬。他骄傲地咧嘴说："然后我就可以签约了。"

他还是有些可爱的。李庆夏可以理解33喜欢他什么。他有一丝丝像夏之洋，有那种年少气盛的感觉，他的狂，因他的无知无畏而显得有些讨喜，让人能够原谅他。就好像一个成绩不好又顽皮的小孩，说自己将来是要研发火箭的，虽然他连作业都写不好，但你却会觉得他可爱。

"那我恭喜你啊，以后能独立行走了，不需要我咯。"李庆夏说，"你还记得之前你说过，签约后要把我为你花的钱都还给我吗？"

"斤斤计较的女人很不可爱，我们之间要分那么清楚吗？反正我会对你好的。"他不耐烦了，也是为了转移话题，又催一遍，"好了吗？"

李庆夏边把台面上最后一撮碎毛拢进垃圾桶里边说："你站在那里半天，看我没好，也不知道帮把手？不知道养你干吗用的。"

齐辉仔细端详着她，说："你怎么一天一个样？有时候特别爱我，有时候理都懒得理我，现在又这么嫌弃我，你该不是有精神分裂症吧？"

"那也是你害的。"李庆夏摘下围裙,一边穿上外套一边发号施令,"走。"

齐辉对她的态度感到不悦,一伸手把她逼到墙角,弯下头试图用一个吻给她施压,让她知道谁才是这段关系里的主导者。由于她的阻拦,齐辉吻在了她的手上。他困惑地看着她双手捂着嘴:"你……"他眯起眼,"我是你的男朋友。"

李庆夏点点头说:"我知道,但我现在没心情,你别碰我。"她依旧捂着嘴,从他腋下钻过去,边往门外挪边说,"商场可是十点关门。"

3

齐辉在电竞设备店里选键盘鼠标时遇到粉丝了。那是三个还穿着校服的高中女生,她们路过店外时,偷瞄了一阵,最后发出尖叫,冲过来道:"哇!你是End(恩德)吗?"

齐辉老早就注意到她们了,因此一直注意着自己的微表情,保持着一种不冷傲但也不亲切的偶像姿态,对于突然扑过来的她们,他也只是云淡风轻地点点头,这惹得小女生们叽叽喳喳地互相推搡起来。她们正处于性格外放的年纪,很夸张地说:"你好帅!比直播里看着更帅,我能跟你合影吗?"

配合她们合影的过程中,齐辉有意无意地撇了两眼李庆夏,似乎在炫耀自己的人气。而李庆夏在她们离去后,只是笑眯眯地问:"End?"

他脸上略显尴尬:"是我的网名。"

"挺酷的。"李庆夏只关心一个问题,"是直播打游戏?赚得多吗?"

他回答:"我播得少,有时候赚个几百,有时候几十。"

她调侃道:"播勤一点嘛,一套键盘鼠标总能赚出来。"

他瞪她:"我还要吃饭吧。"

李庆夏觉得他有小金库,肯定自己的钱都存着,平时就花33的钱过日子。这男的,年纪小小,心眼贼多。她不爽极了,如果他是自己男朋友,已经被自己甩了八百次了,甩来甩去!现在这小子竟还敢摸两千块钱的键盘。她随手拿起一块五百块钱的键盘说:"看起来都差不多,反正是敲字的,要这个吧,也不便宜了。"

齐辉急道:"差很多,轴不一样。"

不想听他废话的李庆夏一抬头,竟然看见了顾杯,她惊喜地对他打招呼:"顾杯!"

顾杯正在挑耳机,他犹豫地问:"我们认识吗?"

"啊!"李庆夏这才反应过来。她立刻解释说她给夏之洋洗过几次狗所以就认识了他,说自己曾经远远见过他,知道他是夏之洋的弟弟。这番说辞被顾杯所接受,于是两人很随意地聊起天来。顾杯说他是来给亲戚家的孩子挑礼物的,夏之洋一个人在楼下看车。

"他也在?"李庆夏瞪大眼睛。真是不可思议,就像是被作了特殊的安排一般,命运之神一次又一次地把夏之洋送到自己面前。

她不打招呼就把齐辉留下,自己去了一楼。又可以再一次认识夏之洋,她觉得好有趣又百感交集。一次又一次重新认识还是陌生人的他,听他问她叫什么名字,她说"李庆夏",然后她看着他,企图掩盖震惊说"我知道你,夏之洋",这和他们已经相熟、相爱的感觉不一样。

4

到了一楼的新能源车展示位,李庆夏见到许多人在围观。四个穿着西装、挂着工牌的男人正在和夏之洋吵架,她旁听了一阵便知道了事情的来龙去脉。展示位上的车是一家由传统燃油车大厂最近开发的新支线品牌，夏之洋路过这边时，推翻了他们许多夸大其词的宣传点，比如充电需要的时长和能跑多少千米在数据上的虚报，追问了智能系统的缺陷，等等，导致原本一个有购车意向的客人离店了。他惹怒众员工了。

他们拽着夏之洋不断地怒吼道："你懂什么？乱多嘴！"

李庆夏完全能理解他们的愤怒，因为夏之洋在说起自己感兴趣的领域知识时，那神态确实目中无人，仿佛是来挑事的。实际上，他对于"他人"是没什么兴趣的，他既不关心别人的反应，也不关心自己会给别人造成什么后果，完全沉浸在自己的世界里，说想说的话，做想做的事，但他没有恶意。她刚想上前拉架，为夏之洋说两句好话，却见一个店员端着一杯滚热的咖啡打算朝夏之洋泼去，她来不及思考，便站在夏之洋身前，替他挡下了这一泼。

众人都愣住了，还好是泼在外套上，没伤及李庆夏的皮肤。她边抖着水珠边说："你们怎么还动手呢？如果你们觉得他说得不对，可以一条一条驳回去，而不是在这里大呼小叫。"

"你是谁？他家里人？"店员抬着下巴，一脸没错的样子，用嘴巴朝夏之洋那边努了努，嫌恶地说，"他是不是脑子有病？买不起就别在这里丢人现眼，赶紧带走！"

李庆夏这一回头，就看见夏之洋穿着人字拖。不愧是他！不等她再确认他穿着什么，他突然一拳打在店员身上。

夏之洋用另一只手拉着她就往外跑。

这也太突然了！李庆夏只能由他拽着跑。那群店员花了三秒时间反应，才扒拉开人群追他们："站住！站住！"这令李庆夏跑得更快，几乎要快过腿比她长一截的夏之洋了。最后，她反客为主，在前边领路："这边！这边！这栋楼我熟，我们去消防通道，那边通到后面的商住楼，一般人都不知道。"

果然如她所言，两人顺利地甩掉了那群人，从商场隐蔽的后门来到了大街上。由于奔跑的惯性，他们疾走了几步才缓缓放慢速度，最后停下脚步。现在不算深夜，路上行人不少，他们很快便融入人流，看起来像是一对普通的情侣。

"你是谁？"夏之洋问，"为什么要帮我？"

李庆夏看着他的脸。由于生活轨迹不一样，这个夏之洋和那个夏之洋的样子是有一些细微区别的，但是，都是他，是非常鲜明、生动的他。看着这张自己再熟悉不过的面容以困惑又带着防备的神情问"你是谁"的样子，她笑出声，说："李庆夏，我是李庆夏。"她一字一顿地说着自己的名字。

她为什么要笑？她这笑容令夏之洋更困惑和防备了，他问："我们认识吗？"

她说："你仔细回忆看看。"

在朦胧夜色与斑斓霓虹的光照之中，他看着她的笑，有些晕乎乎的。很奇怪，这个陌生人，为什么自己感觉不太陌生？他犹豫地说："我不记得我见过你，但是你的名字，我觉得有些熟悉，好像不是第一次听说。"

天啊！李庆夏在心里呼喊，他这好像兔子在试探陷阱般的无辜模样，令她好想吻上去。这行为有些变态吧？也许他会报警！她为了抑制冲动，倒退了数步，与他保持距离："我给你些提示吧。你的比特、法拉第和小芒都是在心动宠物店洗澡和修毛的，都是我经手的，你点名说只交给我。"

"那我可能见过你……"夏之洋顿了顿，又说，"不会，如果我见过你，肯定记得你，但是我也无法解释我脑海里为什么会对你有印象。"他指了指李庆夏身上的污迹，"总之谢谢你，我赔你一件衣服。"他打开手机，加上李庆夏的微信转账给她之后，一时陷入沉默，因为好像到这里为止，他们就该道别了。

"那……我先走了？"李庆夏以为他不知道该怎么说再见，于是主动打破这尴尬的氛围。

夏之洋似乎自己也不知道为何要挽留她，别扭地望着远处说："你忙吗？如果你接下来没事情，我陪你去买一件新衣服？"

"你已经给过我钱了，衣服就不用陪我买了。如果你无聊，我可以陪你走走。"李庆夏看了一眼手机，未接电话都是齐辉打来的，于是，她把夏之洋赔的钱转给齐辉之后，打开了手机飞行模式。她甩开胳膊往前走，冲夏之洋道："走吧！我们朝着月亮的方向走。"

夏之洋抬头看，今晚的月亮很大，夹在楼宇之间冰冰凉凉、圆滚滚的，被城市景观衬得像是贴在空中的圆形镜子，仿佛朝着它走，真的能走向它似的。他笑了："月亮那么远，走不到吧？"

"不好意思！我忘了，你是开车来的吧？"李庆夏回首大笑，"那我们开车去吗？"

风把她不算长的头发卷起来，有些发丝钻进她的嘴巴里，使得她整个人看起来乱乱的，却又生机勃勃的，夏之洋看得有些出神。他摇摇头说："不了，我们走着去吧，这样用的时间可以久一些。"

两人肩并肩走了一段，沉默像是无数尾小鱼般在他们之间游窜，这沉默像是有声的，令夏之洋感到惬意。他享受这种彼此没有给对方施压的感觉，但终于忍不住问："你没有话和我说？"

她问："你觉得现在买什么股票最有行情？我猜你会说新能源。"

"你好奇怪，一般女生会跟刚认识的人聊这个吗？"夏之洋觉得李庆夏很有趣，他调侃之后，认真地回答，"更具体来说，是锂电池，再具体一些，是锂矿。"

她继续问："你觉得每天做T降低成本有必要吗？"

"没有必要，你想玩可以玩，但是不要动底仓。我认为任何时间买入都是对的，然后多看少动，吃鱼身不吃鱼尾，蹲到一个主升浪就撒。"他问,"你怎么对我不好奇?"

"因为我认识你,了解你。"李庆夏说,"你什么事情我都知道。"

"你这么说就有些恐怖了,我不认识你,也不了解你。"夏之洋说,"你就像是凭空出现的人,但我又觉得你的出现,一点都不让我感到意外。"

"你想知道什么,可以问我,但我是一个很无聊的人,没什么大的志向。"李庆夏说完这句话,脸上有一闪而过的失落。在她遇见其他的"李庆夏"之前,她确实活得没什么方向,不过现在好了,她感觉有许多事情要去做,有更多未知等着她去探寻,因此她又很快笑起来:"应该说是在遇见你之前没什么大的志向,现在嘛,我忙起来了。"

夏之洋听得糊涂了:"遇见我?就是刚才。你是说,你在刚才之前还很无聊,刚才遇见我之后,开始忙起来了?"

"差不多是这个意思吧。"李庆夏回头,已经看不见走过来的街道了,她担心顾杯还在商场里等夏之洋,于是说,"你要不要给顾杯打个电话,让他来接你?"

"你连顾杯都知道?"

"我说了我很了解你。"

"你是什么人?"

"不是坏人。"

"坏人都说自己不是坏人。"

她想想觉得也对,于是往边上走了几步,贴着墙举起双手说:"那我是坏人,这样你就可以得到反证了吧,说自己是坏人的人一定不是坏人。"

夏之洋笑着贴上去,双手握住她的双手:"我觉得我见过你,我认识你。"他的双手无意识地揉搓着她的双手,为什么就连她皮肤的触感自己都这么熟悉？他问，"你有男朋友吗？"见到她默认，便说，"你可以和他分手吗？"

李庆夏被他逗笑了，他问："笑什么？会有比我更好的男人吗？"见她笑得更厉害了，他也笑了，同时不由自主地亲吻了她。

5

这是一个意外的吻，可无论是触感还是气息都过于熟悉，所以李庆夏没有拒绝。她倍感愧疚地在日记本上向33道歉，同时强调齐辉不知道这件事。果然，暴脾气的33大发雷霆，她认为在她还跟齐辉交往的情况下，李庆夏却未经她的同意，擅自和别的男人接吻，导致她处于一种被动出轨的境地。即使齐辉不知道，她也会有心虚感。

她最后留下一句：

你还不如不说！我不知道更好。

其他的李庆夏对此持反对意见，她们你一句我一句地表态：当然要说！所有"变动"都要说，为了七个人的人生都能顺利走下去，她们彼此之间不该有任何隐瞒，因为大家都是李庆夏，目的都是让每一个李庆夏生活得越来越好。同时，也有人责备起33：像齐辉这样的男生，有什么好的？在未来只会让大家生活得更为难。

于是33表示，那许辰、卫贤和孙久全有什么好的？大家谁也别说谁！夏之洋不就是一个自大狂？就算是最完美的顾杯，她也没觉得有多好，自己要喜欢谁，难道不是由着自己高兴？如果每个人都可以指手画脚、发号施令，那她也可以替其他人做决定，决定跟谁分手、跟谁在一起。

这是第一次，大家吵成一片。虽然只是纸上的争论，李庆夏也看得头疼，但是她觉得，这是迟早要发生的事情。七个李庆夏的生活轨迹不一样，所面对的未来也不一样，她们各自都有自己的打算，必然要发生冲突。

劝架的是老大，正如大家叫她"老大"一般，她很像众人的姐姐。她说人生本来就是充满着各种不可控的意外，如果可以按照大家理想的剧本进行，谁都想事业顺利、家庭美满，活得无忧无虑。然而，现实就是总会上演各种意外，总有意想不到的问题轮番诞生。人生就是这样，只能一路走着，一路迎难而上。

她觉得老天既然让不同生命线里的她们如此交集、相逢，一定是有原因的，大家在一起，不是产生更多的问题，而是获得更多解决问题的方案。

好会讲！李庆夏对着这一段字迹鼓掌。李庆夏还看见她留下了一些股票代码，她说这是她最近正在观察的股票，其中就有夏之洋提到的锂矿股。她说她会和小一一起帮助22还掉二十万块钱，尽早摆脱许辰。

李庆夏在下面补充：

我们还要帮妈妈重新振作！她和爸爸离婚后就很消极。我们多赚一些钱，就可以让她不操心，到处玩，或者……

"或者"这两个字，她犹豫了一下，涂掉了。她想说，或者，她们可以想办法让妈妈和爸爸复婚。

可她忍不住想，他们真的相爱过吗？会不会离婚才是他们最好的结局？人只有一辈子，妈妈和爸爸或许该试试不与对方在一起的人生，也许很意外地，他们会都感到满意呢？

6

为了不给小四添麻烦,所以周四这天,李庆夏提醒自己在公司里一定要躲着夏之洋。好在整个上午,他根本就没出现,这又令她有些失望。她一整天都黏着鹿连雪,请鹿连雪给自己恶补金融知识。鹿连雪挺欣慰的,觉得她终于不满足只是做一个行政助理了。

因为鹿连雪倾囊相授,所以李庆夏在疯狂做笔记。鹿连雪在这一行也是小有名气的一把好手了,大学毕业之后,她就卖掉了家里给她的一套小房子,做融资融券,把七十万变成一百四十万,买了套大房子。

"讲慢一些,慢一些。"李庆夏咬着笔杆子说,"你是价值投资,不是趋势投资,所以就不用看K线形态,可我要短期挣大钱,就要做短线技术派?"

她们俩趁着午休时间,在公司附近的咖啡馆里聊天。对比起正在疯狂吸收知识而显得有些慌乱的李庆夏,优雅得仿佛艺术品的鹿连雪放下手中的咖啡杯,轻描淡写地问:"你为什么要挣大钱?不是几百万的话,我可以借给你,你可不要当赌徒。"

"不要挣那么多!"李庆夏惊呼,"虽然挣这些钱对我来说可能有些困难。你别管了,这是我们的家事,我们决定要一起面对的。"她提起"我们"时热情洋溢。

"你们?你该不会是……"鹿连雪立刻变得警惕,"想帮卫贤还他欠的债吧?"

"什么?"李庆夏被问得一愣,然后惊呼,"怎么可能!我管他干吗?"

"你吓死我了。"鹿连雪抚了抚心口,同时疑惑地说,"你这人一时一个样子,你前不久还跟我讲卫贤欠了几百万,叫我别跟人讲,说你们会同甘共苦。"

"我不是那种——什么?"李庆夏抬起头来,难以置信地瞪大了眼，重复道，"什么？"

鹿连雪脸上的疑惑更深了，犹疑地说："他玩期货赔了四百万……"

"真的吗？"李庆夏从座位上弹了起来。

"什么真的吗？这不是你告诉我的？"

"好哇！竟然瞒着我！"李庆夏愤恨地捶了捶胸口。明明姐妹们之间约好了不要有秘密，这个周四竟然敢背着大家藏一个这么大的雷！她恨不得现在就冲回家去写日记来揭发这件事，"及时止损都不知道，这什么脑子？"她拍了拍自己的脑门。

鹿连雪脸上的困惑已经深得堪比黑洞了，她奇怪地问："你在骂自己吗？"

"也算是在骂自己。"她重新落座，双手撑着自己的脸，"我想问问自己，都这样了，为什么还不跟他分手？等着结婚一起承担债务吗？我是什么圣母？"

鹿连雪保持困惑的表情已经到了令她感到疲惫的程度，所以她换上了面无表情："你说，卫贤也没犯什么原则性错误，如果只是因为他一时落难你就跟他分手，这会使你良心不安。"

这回轮到李庆夏戴上困惑的面具了："我不理解……"她低头沉吟一会儿，突然开窍般抬起头来问，"你觉得，卫贤可能犯原则性错误吗？"鹿连雪挑了挑眉毛，摆出愿闻其详的样子。她继续说："我怀疑他有出轨，至少有勾搭其他人的嫌疑，他挺防备我看他手机的，我需要证据。"

鹿连雪点点头说："我可以帮忙。"

李庆夏振作起来："好，我觉得他很明显在偷偷摸摸地干什么，多一双眼睛更容易抓他的现行。"

砰的一声,她的左侧传来声响。那是一面玻璃,李庆夏和鹿连雪坐在沿街的咖啡馆桌子旁,玻璃外面是街道。李庆夏见到鹿连雪面露惊讶,这才缓缓转过头去。她看见夏之洋正双手贴着镜面,眯着眼瞪她。两人四目相对了一会儿,李庆夏抓起自己的包,一副准备落跑的样子,而夏之洋也发现了,于是以视线恶狠狠地锁定她,同时跟着李庆夏快步移动。最后,两人愣是在大门口处相逢。

"你!"夏之洋指着她。

"我?"李庆夏指着自己。

他问:"你为什么躲着我?"

她震惊道:"没有吧!我不是就今天躲着你?"

"你一直躲着我。"

"是吗?"她们竟然都达成了自觉躲避夏之洋的默契!李庆夏张了张嘴说,"也是……情有可原。"

"什么情有可原?你为什么躲我?叫你给我买咖啡,你让别人给我送;叫你来我办公室,你也叫别人替你来;叫你,我只是叫你一声,没让你干任何事情,你也假装没听见。"夏之洋说,"我是你的老板,我没见过你这样的员工。"

"那你为什么老叫我?"李庆夏反问,"服侍你好像不在我的工作范围内。"

"你是我的员工,处于我的管辖范围内,我让你干什么你就得干什么。"

"就算你是皇上,我是一个衙门前面守门的,也轮不到我去侍寝啊。"

"你……我也没想叫你侍寝。"夏之洋被李庆夏回击得有些瞠目结舌,但他立刻找回了老板的架子,"既然你说服侍我不在你的工作范围内,那我把你调岗吧,以后你就是我的助理了。"

"凭什么？你不问问我的意见？"李庆夏惊道，"我不适合吧！"

"我看你之前照顾我照顾得挺顺手的。"夏之洋昂起头，有些扬扬自得地挑起眉毛，"跟着我是有好处的，可以学到很多东西，多少人想——"

"好！"他说得对，跟在他身边是利大于弊的，李庆夏打断他，"那你给我涨薪吗？"

"当然要涨，我的助理那能是一般的身价吗？"夏之洋说，"以后你的办公桌就在我的办公室里了。"

李庆夏持续惊呼："我们要这么密切吗？"

"你以为助理是干什么的？"

她突然捂住嘴说："你可绝对不要突然亲我。"

"有病。"夏之洋连连后退数步，转身边朝公司走边说，"美式咖啡，三包糖，等会儿给我送到办公室来。"

李庆夏指着边上的咖啡馆，大声冲他的背影道："咖啡馆就在你眼前，你还叫我给你带咖啡？"

7

买了咖啡走进公司的李庆夏，一眼就看见卫贤正在跟女同事有说有笑，而当卫贤与她对上视线时，那种明显的一怔、嫌弃，然后从假正经到假笑，接着露出一副无事发生的样子，令李庆夏敏感地捕捉到了什么：他绝对有情况。

她用双手指了指自己的眼睛，再用食指指了指他，笑了笑：你就等着我抓到你的漏洞吧，小子。

卫贤被她盯得毛骨悚然，抬手挥了挥，似乎要把空气中的火辣视线给挥散开。

李庆夏冷冷一笑，继续边瞪着他边往夏之洋的办公室移动。就在这时，夏之洋走了出来，李庆夏说："你去哪里？"

"我临时有事，给你放半天假吧。"他端过她手里的咖啡杯，继续朝前走，见到她习惯性地跟了上来，他问，"一起？"

来到楼下，顾杯正在车前等待，他见到李庆夏也没多说什么，直接拉开了后座的门。夏之洋倒是介绍了一句："这是我的新助理。"

顾杯笑笑："我记得她。"

和夏之洋一起坐在后座的李庆夏，看着汽车很快就拐上了高速公路，顾杯一脸严肃，而夏之洋一脸跃跃欲试，她问："我们去哪里？要去干什么？"

"你有福了。"夏之洋摩拳擦掌，"今天我们要做一点刺激的事！"

第十二章 夏共海之诗

1

　　以前看了那么多的关于商战的电视剧，李庆夏从来没有想过自己也能参与商战，就是参与商战的方式方法没有她所了解的那么恢宏大气。目标公司欠夏之洋高达两千万元的债务，夏之洋方久催无效，于是夏之洋决定亲自去会会他们。

　　到了对方公司，夏之洋带着李庆夏进了董事长办公室，发现只有秘书在场，夏之洋心里顿时明白应该是董事长又战略性撤退了。看着眼前瑟瑟发抖的秘书，夏之洋不断地拿报警和上法庭来警告秘书，还说如果董事长一直不在，那他就只能一直找秘书询问董事长下落了。

　　而秘书为了自保，竟然直接到抽屉里翻出了公章，颤抖地说道："你们拿公章吧，拿了公章，董事长就会出现了。因为没了公章，公司的业务全部都要停摆。公证丢失，再重新制作怎么也得花四十五天，这损失，我们公司承受不起……董事长自然就会出来想办法还钱给你们了。"

　　夏之洋愣了愣，试探性地往两边看了看，顿时他想到什么似的，接过公章拉着李庆夏就往前跑。

果然，刚跑出大门，他们就听到身后突然出现董事长训斥秘书的声音，扬言擅自动用公司公章是犯法的，要报警让她进监狱，随后他们又发现一群保安向他们这边追过来。

两人在众人的追逐下一路狂奔，上了车之后，车子都开出三千米了，后边还有人在追。

得手的夏之洋在车里大笑，而李庆夏还在忙着调整自己的呼吸和乱糟糟的心跳。电话铃声响起，对于她来说也好像枪声似的，吓得她一哆嗦。是夏之洋的手机响了，他掏出来对着开车的顾杯说："他们来找我了，现在知道来找我谈了，晾着他们。"

顾杯说："估计等会儿你去了公司，他们已经在等你了。"

"这回该还钱了。"夏之洋把玩着手里的公章，对李庆夏说，"你是个合格的助理。"

"当你的助理要买太多保险了。"李庆夏瞪着他，"如果我被抓起来了，你得替我照顾我妈。"

"放心吧，他们理亏，不敢声张。"夏之洋挑眉道，"但是你放心，你妈我是可以照顾的。"说罢，他敲了敲驾驶座的椅背："顾杯，先不回公司，把小助理送回家去。"

顾杯问："然后呢？回公司吗？"

夏之洋思索了一会儿说："不回去，我不想这么快被他们找到，也让他们着急一会儿。"

于是，很诡异地，这两个男人便出现在了李庆夏的家里。

他们在超市里买了肉、菜、蛋、奶和许多保健品，热热闹闹地敲响了李庆夏的家门。当付冰和李志打开门时，李庆夏就好像看见了电视里那种"过年啦"的广告，唯一的区别是广告里的女儿只带着一个男人回家，而李庆夏则一左一右带着两个抱着满满当当的年货的仪表堂堂的男人。两个男人冲着付冰和李志灿烂一笑:"阿姨好!叔叔好!"

这令付冰一时间陷入两难:该选谁?好在李志拍了拍她,她才立刻从梦里醒过来,侧身将两人往里请,同时对李庆夏竖起了大拇指。

顾杯和夏之洋都争着下厨,最后两人决定一起做饭,这叫习惯掌管厨房的李志坐在沙发上很是不知所措。令人意外的是,他们的厨艺都很不错。在餐桌上,两人一直叫李庆夏母女猜哪道菜是谁做的、哪道菜更好吃,最后顾杯因为比夏之洋高一分而险胜,弄得夏之洋又开始阴阳怪气地说话:"挺不错嘛,你以后不用靠脸吃饭了,靠手也行的。"

付冰还真以为夏之洋生气了,赶紧哄他:"你也很帅啊,就是穿衣服有些随便。你看你弟弟,你要是也穿一身西装,可不一定谁更帅。"

夏之洋笑了:"阿姨,那你说,我跟他,究竟谁更帅?"见到付冰认真地沉思,他说,"我可是你女儿的大老板。"

付冰立刻一拍筷子:"你,当然是你帅!夏之洋,跟我们家李庆夏——名字里带'夏'字的人,都天生丽质。"

众人都笑了起来,气氛其乐融融。李庆夏感到很不可思议,她要将今天这神奇的一幕给仔仔细细地写进日记里。

夏之洋走的时候竟然有些依依不舍,他站在门口对李庆夏说:"你有很好的爸爸妈妈。"

"打扰你们了,晚安。"顾杯也礼貌地点头、挥手。

两个大高个一前一后走在狭窄的楼梯里,那两双修长的腿很是局促地找着落脚点。李庆夏看着他们那两颗在感应灯下被照得毛茸茸的后脑勺,也有些不舍。她觉得自己和这对兄弟已经很熟悉了,以至他们坐在家里的餐桌边吃饭时,她都想问,为什么不早这样呢?

他们走之前还帮忙把碗刷了,不过主要是顾杯在收拾,夏之洋有些仗着自己是哥哥的身份耍赖皮。付冰对这兄弟很是喜欢,搂着李庆夏聊天:"那个姓卫的,没有夏之洋级别高吧?"

李庆夏笑出声:"公司都是夏之洋的,你说谁的级别高?"

"我看那个顾杯挺稳重的。"李志插话道。

"夏之洋有些淘气,但是怪可爱的。"付冰认真地说。

"你俩喜欢就好!"李庆夏当然听得出来他们话里的意思,但是否要跟卫贤分手,又轮不到她做主。于是她躲进了卧室,任由这老两口回味那兄弟俩,争论哪一个跟他们的女儿更合适。

躺倒在床的李庆夏见到手机亮了,是夏之洋发来的一张照片,他偷拍了她嘴角沾着饭粒的样子。

"幼稚。"她嘀咕着,却久久地盯着屏幕出神。她想尽快去周日,和彼此相爱的夏之洋在一起;也想尽快去周一,和刚刚与自己交往的夏之洋在一起;但同时,她认为,被困在这里,和这个夏之洋在一起,也很不错。

她愿意和任何一个宇宙里的夏之洋在一起,一想到自己这么喜欢他,她竟有些微妙地恼羞成怒,于是发了一个"微笑大便"的表情符号过去。

因为这表情符号实在是发得莫名其妙,所以对面的人久久没有反应,结果她等来一张照片。原来夏之洋刚才在修图,他把那个"微笑大便"的表情修到了李庆夏的嘴角上,取代了那一粒饭粒。

李庆夏大笑,在床上滚了好几圈,每一圈都是在表示:好喜欢啊,好喜欢啊。

2

周五对于李庆夏来说是非常难熬的,因为七条时间线里,唯独周五这一条里的她和夏之洋没有建立任何联系。李庆夏翻开手机,手机里没有他,关于他的消息是一点也没有。

她是从争吵声中醒来的,门外,付冰在骂李志:"你回来就是为了做贼！你真的是没有心，整整一个礼拜没见，偷偷摸摸回来就是为了彻底离开我们？我们母女是造了什么孽，遇到你这种人，好好的爸爸不当，要做贼。"

李志压着嗓音说话，似乎怕吵醒屋里的女儿。他唉声叹气："你这话怎么说得这么难听？我动你一分钱了？我回来拿两身换洗的衣服也不行？这是我的衣服、我的箱子、我的文件。"

付冰道："你出了门就不是这家里的人了，你还敢进来，这叫私闯民宅你知不知道？我家的东西，你拿了，你就是小偷！我要报警！"

"你报！你报！"李志也急了，一屁股坐在沙发上，"就让警察赶紧把我抓起来、关起来！离你远远的。"

"李——志！"付冰尖叫道，"你怎么不去死啊？你死了就再也不用看见我了，要不你把我杀了吧，这样你爱去哪里去哪里，就不用再见着——"

"别——吵——了！"李庆夏打开门，一顿怒吼，"嗓门这么大，是要让何翻他们家里人和所有的邻居都来问候我们家吗？你们都这么恨对方，不是挺'志同道合'的吗，有什么好吵的。"

一时间，室内陷入了寂静。穿着睡衣的付冰扭脸看着她，眼里泪光闪烁，而李志则被一个行李箱、两个大包围绕着，他苍老了许多，眼眶也是红的。在另一个宇宙里还算相亲相爱的父母，如今在自己眼前却是如此两败俱伤的模样，这叫李庆夏心里难受得翻江倒海。果然，她冲去洗手间吐了，因为压力太大，一时间，肠胃都拧成一团。

这下把付冰和李志都吓着了，他们齐声问："你没事吧？"

"别过来！"李庆夏吐了个干净之后，洗了把脸，漱了个口，等整个人清爽了许多，这才从洗手间走出来。

她拉开餐桌旁的椅子坐下来，招了招手示意付冰也坐下来，她的语气是不容置疑的："爸爸，妈妈……"她疲惫而又真诚地看着他们，

"你们离婚吧。"

付冰张了张嘴，见到李庆夏漠然地瞥了她一眼，于是又把嘴里的话给吞了下去。

"你们闹到了这样的地步，我也不知道你为什么不愿意离婚。爸爸已经不愿意待在家里了，你把他的名字留在那张证上还有什么意思呢？"李庆夏劝她，"你才五十岁不到，人生少说还有几十年，之后你准备怎么过？就每天待在家里生气？直到把自己气死？我呢？你准备怎么安排我？就每天看着你生气？"

付冰抬起眼，委屈地看着李庆夏，看得李庆夏的心都要裂开了。

"妈妈，我不知道你怎么看，但我觉得人生好长。如果说我还有几十年好活，我会觉得时间好长啊，我还可以度过好几段完全不一样的人生，所有能过上的不一样的生活，我都想试试看。我舍不得难过、生气，我要多看看、多走走，多去尝试没做过的事情。"李庆夏握着她的手说，"你觉得呢？"

3

李庆夏还要去上班，把付冰和李志留在了屋里面面相觑。到了宠物店之后，她先看了看今天的预约表，表上没有夏之洋，于是她百无聊赖地完成了所有工作。之后，她和店长打招呼说，都完工了，要提前走人，店长嘴上说着"我感觉你越来越嚣张了"，却不敢阻拦。

因为大家都说孙久全不见了，所以李庆夏决定去他的住所找找人。她从屋门口的小花盘下摸出钥匙，自顾自地进了他的屋子。屋子里面有股很淡的蒙尘气味，似乎很久没通风了，她一边干咳了几声，一边四处走动把窗户打开。风涌进来之后，她听到了纸团子被吹得四处滚动的声音，循声望去，书桌底下有许多被揉成团的废纸。

她拿起一个垃圾桶将它们归拢好，有一些纸直接被撕碎了，仔细看是孙久全最近写的新稿子。风继续往里灌，一些瓶瓶罐罐滚动的声音隐约从浴室那边传来，她站起来往那边走，走近时闻到丝丝缕缕的酒气从门缝传出来。她推开门，见到孙久全满面通红，双目紧闭，屈膝躺在对于他的体型来说尤其狭窄的浴缸里。浴缸周边堆满了啤酒瓶和罐子，这使得衣衫不整的他看起来像是已经死去了。

"孙久全！"她紧张地扑过去，闻到他身上的酒气才知道他喝醉了，于是，她恼怒地一拳砸在他的胳膊上，"你喝这么多，找死啊？"

他蒙眬地睁开眼，看见李庆夏的脸就开始哭，一遍一遍叫她："老婆，老婆……"

"怎么了？"她抱着他，一遍遍地轻拍他的后背，一遍遍地问，"怎么了？你说啊，怎么了？"

他不住地抽泣，脑袋枕在李庆夏的怀里，语无伦次："不舒服，难受，哪里都……"

她试图把他从浴缸里拉起来，但是他的块头太大，她挣扎半天只拖出来他半边身子，一松懈，他又滑落回去了："你先出来，你躺在这里面多久了？会着凉的。你前些天去哪里了？我都找不到你。"

"去……去出版社了，我跟他们……讲道理。"他哭得眼泪一串一串地挂在胡子上，已经被泪水冲得泛红又干燥的脸，这会儿正蹭着李庆夏的脖子，那触感像是磨砂纸一般。他嘟囔道："我……的书出不了了。怎么这样，他们明明……合同也签了，说不出就不出了……"

"吓死我了，我还以为发生了多大的事呢，你起来！"李庆夏拼命地拉扯他，"这家不出，我们换一家出嘛。你起来！"费了老半天力没能把孙久全拽起来，她索性打开莲蓬头，脱了他的衣服给他洗个热水澡，边洗边抱怨，"好臭啊！"

浴室里全是被热水激发出的酒精味道，熏得人眼睛疼。李庆夏在给孙久全搓头发的过程中，似乎也渐渐把他这个人给搓醒了，他停止了哭泣，在李庆夏给他洗后背时还知道帮忙举着莲蓬头。

把孙久全完全收拾干净之后，李庆夏打开冰箱，用里面仅剩的鸡蛋给他煎了个荷包蛋，又给他做了一碗热腾腾的面，一边监督他吃完一边安慰道："有很多成功的作家也是一直被出版社拒绝，直到年纪很大了才出书，甚至有死了以后才红的。你这么年轻，而且已经出过书了，也算小有成就，不要这么消极嘛。"

孙久全却不领情，只是低头机械地吃着面。也不知道他多久没吃东西了，他端起碗把汤也喝得干干净净，最后站起来朝卧室走去，随手把门给带上了。

"也不说谢谢，真没礼貌。"李庆夏起身收拾碗筷。

她一边看着窗外的绿树，一边洗着水槽里的餐具。初见孙久全的时候，她还是有些喜欢他的，毕竟他长得真的很帅。虽然他是个大个子，但是温温软软的，像是离不开人的大型犬，因此她理解周五为何爱他。只是，当她满心满眼都是夏之洋之后，她对孙久全就只剩下不耐烦了。原来喜欢并非是五分和十分的区别，而是真正喜欢上一个人之后，就不会再分出任何心神给其他人了。

把屋子收拾干净后，李庆夏坐在餐桌前无所事事地翻看着手机，翻来覆去，里面也没有夏之洋。她走去卧室，轻轻推开门，见到孙久全睡着了。他宽阔的后背和空余的半张床形成了一幅寂寞的画面，如果她是他的女朋友，现在应该会在他身边躺下，搂着他一起睡吧。而李庆夏只在心里庆幸：自己也算对阿五有交代了，她没有对阿五的男朋友放着不管。现在，她可以走了。

4

现在才刚刚过了正午，一整个下午和晚上的时间该怎么打发呢？李庆夏在心里想着。她肯定不能去找夏之洋，现在的自己对他来说还是个陌生人。她打车去了那座边郊的山上,她想看看那座几何形的房子是否存在。如果不存在,那么那里是什么样的呢?她很好奇。

她沿着山间小道往上走,林间的清风令她回忆起山顶上的帐篷。当时的她靠在夏之洋的肩上,双手握着一杯热腾腾的咖啡,嗅到的也是这样的泥腥味,树叶摩挲声也像极了篝火噼啪作响的声音。

在另一个宇宙里相逢的夏之洋和李庆夏,也会相爱吗?"你去试试呗。"夏之洋看着她时,微微眯起盛满了笑意的眼,嘴角因为自信满满而轻轻扬起——他的脸,他说话时那种慵懒、含混的嗓音,好像不曾远去,"我肯定不会让你失望。"

"夏之洋?"

李庆夏恍惚地看着前方。是幻觉吗?夏之洋竟然出现在她正走着的阶梯上方。他依旧穿着一身胡乱搭配的衣服,带着他的那三条狗。阳光穿透层层交叠的树叶,落在他的身上,使得他看起来有些像一个半透明状的幻影。

他听到动静,转过身来看见李庆夏,脸上露出意外的表情:"你怎么在这里?"

她愣愣地说:"啊?"如此人迹罕至的无名山林,一时间,李庆夏确实无法解释自己为何身在此处。可夏之洋下一句却叫出了她的名字,这令还在编织理由的她以为自己听错了。

"李庆夏,"他脸上满是惊喜的笑容,"你怎么来了?"

"啊?"她迟缓地抬起手指着自己,"你认识我?"

"你是李庆夏啊。"夏之洋被她的反应逗笑了,他走下来牵起她的手,三条金毛犬也围绕着她雀跃起来,"你看,都认识你。"

于是,李庆夏被夏之洋牵着手,在三条金毛犬的包围下,一级一级上着台阶。阳光像金色叶片般洒得满地都是,柔润的风吹拂在她的脸上,在如此祥和的氛围之中,看着浑身被光芒包裹的他,李庆夏忍不住发问:"这是去天堂的路吗?"

夏之洋被她逗笑了:"你在说什么?"他大笑一阵之后,沉醉地说,"不过这里确实像是天堂,是我舍不得分享的秘密,"他指着如云般聚拢的树尖,那座奇形怪状的房子好像浮在云端般显现了出来,他回头对她说,"但是可以分享给你。"

"哇!"李庆夏惊呼出声,"我就是想来看看这个房子还在不在!"她快速跑了几步,不时朝夏之洋招手,"快,快!"

他们走的不是主干道,而是从侧面的人行小道来到了房子的后门。这栋房子外观与她初见时一模一样,就是外面的花园和一些绿植、装饰等细节不太一样,她没见到什么建筑材料和正在施工的工人,可见这栋房子伫立在此有一段时间了。

夏之洋走到正与狗狗们嬉闹的李庆夏跟前问:"你今晚留在我这里吗?"

今天是周几?李庆夏很想问他。她有太多的问题想问他,但是又不想破坏这如梦似幻的气氛。她点点头。

他们一整个下午都头贴着头陷在沙发上看电影,墙上的屏幕接近三百寸,他们真正是在看电影。这栋房子的四面都是全景落地窗,自动窗帘有四五层,此时只落下了第一层,阳光还能薄薄地透进来,这使得房子仿佛一间坐落于日光中的电影院。

他们看了一部科幻爱情片和一部文艺片。中途,夏之洋为了接工作电话起身了好几次,顺便拿了一些气泡酒和零食过来。他每一次落座,都会很自然地抬起胳膊,然后李庆夏就会很自然钻进他的怀里。两人如此度过了四个多小时。

迷迷糊糊地在沙发上睡着,又在沙发上惊醒过来的李庆夏,以为自己又来到全新的一天了。

她慌张地望向四周，发现自己还在老地方，这令她松了一口气。她摸了摸身上的毛毯，应该是夏之洋给她盖上的，这时从厨房那边传来声音，是他在说话："去，叫姐姐过来吃饭。"

于是，那边传来吧嗒吧嗒走路的声音，李庆夏猜到是比特来了，果然，它过来舔了舔她的手。比特是最乖巧听话的，小芒则最淘气，法拉第是最有主见的老大。

夏之洋做了两份简单的西餐，主食是牛排、培根和烤土豆，配菜是水煮西蓝花和煎小西红柿，他还准备了红酒，使得这一桌看起来像是烛光晚餐。由于桌子是非常长的八人桌，他们俩为了离得近一些，选择一起挤在桌角。

这些食材很新鲜，只是稍微煎一下就很香，五分熟的牛排完全没有腥味，每一口都很软嫩，咽下去之后会泛起淡淡的奶油甜香。李庆夏吃得满嘴是油，夏之洋抬手用纸巾给她擦了擦，这么温柔的动作，令她先是羞涩，继而觉得奇怪。她定睛看着他。

他吃得很少，一直在看着她笑，手里抓着纸巾，似乎一直在等着她是否需要擦嘴。

她呢喃："你和平时不太一样。"

"哪里？"夏之洋摸了摸自己的鬓角，"头发吗？"

李庆夏说："哪里都不一样，怪怪的，好像，是变成熟了一些。"

夏之洋从鼻子里重重"哼"了一声："在你眼里我是有多幼稚？"

"这才像你。"李庆夏笑起来，抱着他的脸，用还沾着番茄汁的嘴巴蹭了蹭，把夏之洋给嫌弃得哎哎叫唤，于是她哈哈大笑。对方不甘示弱，抱着她的脸与她嘴贴嘴。她还没来得及为这突然的一吻做出反应，他立刻换了阵地，用嘴滚了她半张脸，把她给蹭得嗷嗷叫："你恶心不恶心，你恶心不恶心呀！"

两人闹了一阵后，开始收拾残局。因为只有两个碟子两套刀叉，所

226

以夏之洋不准备用洗碗机洗碗。他站在水槽边冲她招招手,李庆夏一边挽袖子一边说:"知道了,知道了。"

"不是叫你洗碗,你站在这里。"夏之洋把李庆夏圈在自己的怀里,一双长长的胳膊从她身后穿过去,让她看着自己洗碗。在她困惑地抬起头时,夏之洋笑眯眯地亲吻了她的额头:"这样我就不无聊了。"

于是,李庆夏转过身抱着他说:"那我当你的围裙。"

夏之洋笑得合不拢嘴,他的下巴抵着她的头顶,两个人不自觉地轻轻左右摇摆着身体,以好像在共舞一般的姿势在厨房里收拾餐具。

走出餐厅的时候,李庆夏也舍不得松开他,甚至双脚都踩在了他的脚面上,似乎整个人都要融入他的身体里。月亮升起来了,幽蓝色的光取代了日光,犹如海水漫过沙滩一般淹没了客厅。两人继续抱在一起,轻轻摇摆。在一次次转圈之后,李庆夏越过夏之洋的肩膀,注意到一整面墙的夜色犹如立起来的海面一般,近在咫尺又远在天边,她哇地惊呼出声:"真美。"

夏之洋立刻又吹嘘起来:"我这玻璃是专为适应这座山的气候、湿度而定做的,考虑了水密性、气密性、抗风压和机械力学强度,保证子弹都打不穿,而且高通透,肉眼看好像不存在一样……"

"好好好,你最厉害。"李庆夏做出嘘声的手势请他收声,让他不要破坏此刻的浪漫静谧。

"送给你呀。"他说。

"嗯?"她闭着眼,枕在他的胸口,没听明白,轻哼一声。

"这房子,送给你。"

她睁开眼,瞪着他问:"啥?"

他很满意她的反应:"我说真的,房产证上改成你的名字。"

"为什么?怎么了?凭什么?不是,我凭什么?"李庆夏蹦开,得出结论,"你疯了。"

他把她拉回来，重新让她贴着自己的胸口，轻描淡写地说："对我来说，一栋房子而已，不算什么，只是这房子倾注了我不少心血，是我自己设计的，花了我三年时间呢。"

"对我来说很算什么！"李庆夏不住地摆手，试图挣脱他的怀抱，给他比画着解释，"你有所不知，我是一个欠了二十万块钱都还不起的人，可不是什么'白富美'。我没见过什么钱，你突然说这种话，要吓死我，你就是为了吓我吧？别开玩笑了！"

夏之洋搂腰把她抱起来，使得她双脚悬空，无法挣扎。夏之洋仰起头看着她说："不是白得的啊，如果我不在了，你要替我照顾我的狗。"

李庆夏说："你才多少岁？现在交代这个也太早了吧。"

夏之洋笑了笑，说："你不懂，我们有钱人都是一年更新一次遗嘱的，因为钱太多了，得做好万全准备嘛。"

李庆夏认真地思索起来："是这样的吗？你们有钱人不会觉得谈这些不吉利？"

"生老病死，那都是自然规律，不谈这些就不会死了吗？大家都坦然一些。因为知道生命无常，所以有些话、有些事情，才要及时说、趁早做。"夏之洋把她放下，做出思考的样子，继续说，"那这样，不是现在给你，而是要等我死了才给你。作为交换，你可以跟我约定如果你比我先死，我要做些什么，比如照顾你的父母？"

这话一提起来，李庆夏的双眼就亮了。李庆夏确实没考虑过，万一自己比妈妈先走一步，以付冰那不会安排的性子，她一个人该怎么办。于是李庆夏点点头："确实，你考虑得很全面。"

"那我们就这么约好了。"夏之洋把李庆夏打横抱起，朝着楼上走去，"先去试试你家的浴缸好用不好用。"

5

　　睡醒的李庆夏没有看见夏之洋，她一愣，环顾四周：是自己的卧室。她看了一眼手机，是周六。她感觉思绪混乱，双手搓了搓脸，又揉了揉头发，跳到书桌前，打开日记本，想记下昨天的神奇遭遇。她先是落笔写一横，想写"夏"字，意识到自己怎么总是在写夏之洋，又把笔收了起来。

　　她该怎么形容？昨天是周五，她的日子已经过得糊涂了。她昨天遇见的那个夏之洋是哪个夏之洋？是曾经见过面的吗？她没办法梳理明白。她无法将每一个夏之洋都分门别类，因为在她看来，那都是他，所以说奇怪，但也不奇怪。

　　怎么会奇怪呢？一想起他，李庆夏就觉得犹如刚从温泉里站起来一般，浑身热烘烘、软绵绵的。她翻开手机一看微信消息，今天竟然是要和顾杯一起见他哥哥夏之洋的日子！这才叫奇怪吧！她不禁打了一个寒战。为什么自己要以别人女朋友的身份去见昨天晚上还与自己在月下共舞的人。

　　这就是平行宇宙的玄妙之处了，她突然有些好奇其他人都在做什么。

　　反正上午有空，去看看吧。她想。首先，她最关心孙久全，希望他没有再寻死。

　　她去了孙久全的家门外，备用钥匙竟然没有放在花盆下面，她四处摸索，很快就在地毯下找到了。他还是这么随便！她并不准备进屋去，所以又放回了原处。她试探性地敲了敲门，没有听见任何声音，无聊地站了一会儿便离去了。

　　但在往回走的路上，李庆夏碰见了孙久全。他一个人提着超市的袋子，一直低着头在刷手机，与李庆夏擦肩而过时，眼皮子也没抬一下，李庆夏倒是盯着他看了好久。他脸上的胡子剃掉了，头发长到扎了一个小辫子，体形没什么变化，着装风格也还是那样子，甚至她觉得他脚上那双靴子就是跟另一个宇宙里的他借的。

真奇妙，他和她之间就是明显的陌生人关系。

接着她想去看看齐辉。

至于许辰是什么样子，她则一点也不关心，撞见他都觉得晦气，怎么可能特地跨越宇宙去他看一眼？

她坐地铁来到齐辉的住所，想着他不是在家里就是在附近的网吧里，爬楼梯之前可以先去她知道的那家网吧碰碰运气，结果还真见到了作为常客的他。

他看起来没她认识的他那样单薄，要更壮实一些，留着寸头，有些像体育生，实际上也许真是，因为他穿着一整身的篮球队服和专业球鞋。他依旧在打游戏，有个女生坐在他的左手边。

看来这个齐辉没有要做电竞选手的打算，但谈了一个与他同龄的女朋友。李庆夏看得有些出神，直到网管追问她："上机吗？上几个小时啊？你好？找人呢？"

注意到这动静的齐辉转过脸来，面无表情地看了一眼李庆夏这边，又若无其事地转了回去。

李庆夏百感交集地走出了网吧，齐辉和孙久全都没认出她来，也对她并不感兴趣。他们哪知道，在另一个宇宙里，她与他们之间是那么亲密的关系。

真有意思。李庆夏感觉自己像是一条河流或是一棵树，存在于万千世界里，只是存在着，而所有的人，有的曾经路过她，有的永远也没见过她，他们都各自好端端地生活着。真应了她小时候就听说的话：地球离了谁都照样转。

还有卫贤呢,她在琢磨,也去看一眼他吗?但是今天不是工作日,他应该没有上班。

等等!她灵光一闪:这是一个好机会,可以看见他休息日都和谁在一起,搞不好她能找到他犯原则性错误的线索。

她想着碰碰运气,因为卫贤家门口经常被扔着几个快递。她过去一看,果然,还真有!她捡起其中一个,开始敲门:"1109室有人吗?有快递!"

"扔门口吧!"是卫贤的声音。

她坚持敲门:"你好!快递,你家门口堆满了。"

卫贤继续不耐烦地道:"叫你扔门口!"

与此同时,有个女人的声音伴随着拖鞋声由远及近:"来了,来了。"

对方把门一开,李庆夏愣住了。与她同龄的女人穿着睡衣,脸上有一颗正在眉心的痣,这是一张过目难忘的脸,她觉得非常熟悉,一时间却又想不起在哪里见过。

"给我啊。"女人伸出去的手在空中举半天了。

"哦,哦,还有。"李庆夏弯腰捡起其他的快递,堆在一起放在了屋内的地板上。

坐在沙发上的卫贤漫不经心地探头看了一眼,又继续拿着遥控器在那里换台。

女人把门关上之后,李庆夏走进电梯,对着里面的镜子一直在回想那张女人的脸,直到耳边电子屏上的广告响起,一句"上班真是太累了"的台词令她猛然想起来:那女人不是自己的同事吗?!就是每次自己走进公司,看到卫贤正跟她谈笑风生的那一个!每一次他们在看到自己之后,就会若无其事地散开。就是她啊!

李庆夏感慨万千，掏出手机想告状，又意识到这个卫贤跟谁好都是他的自由，算不上出轨！"唉！"她拍了拍自己的脑门，在各个宇宙里穿来穿去，界限都变得模糊了，时常忘记自己身处何处。
　　不过这也算是线索，她决定等到了和卫贤在一起的人生线上时，与鹿连雪一起捉奸！

　　如此奔走忙碌了一番，也差不多到了和顾杯见面的时间了。想到今天要去见夏之洋，李庆夏决定去理发店洗个头发。因为父母吵架的关系，所以她出门有些急，没有太打扮自己。但是她也不太在乎，这么多次与夏之洋碰面，她也没有哪一次是特别漂亮的模样。他偏偏喜欢她这样朴素又普通的人，审美真是有够奇怪的。
　　这么一想，她的步伐更是轻盈，一时间忘了自己现在是顾杯的女朋友。

第十三章 地球倒转

1

　　身边坐着顾杯，而对面坐着夏之洋，这令李庆夏需要花费很大的力气克制自己坐过去的冲动，又因为顾杯的姐姐顾芒也在，所以她更需要表现得端庄。

　　他们身处高档酒店的包厢里，这间以鎏金为装饰主调的房间大得能容纳下十七八个人，不过因为灯光只专注于照亮他们眼前的这张桌子，倒也不显得空旷。

　　只是这种过于正式的场合令李庆夏有些窒息，她可没有穿什么礼服。她非常喜欢的且只在重大场合拿出来穿的白色毛衣，在这种场合之下，怎么看都不对劲：不够白，又微微起球了，毕竟是穿过的衣服。就算这是一件崭新的毛衣，在此刻也与其他三个人穿的那种贵气的衣服相违和。

　　细心的顾杯注意到了她的局促，伸手在桌子下方握着她的手。李庆夏与他对视一眼，看着他温柔的眼眸，她感到羞愧，觉得自己不该享受他的好，因为她的心已经飞到了桌子的另一边。

　　"哥哥，你有什么想问的吗？"顾杯在暗示夏之洋可以与李庆夏多聊几句，缓解他女朋友的紧张。

夏之洋凝视了李庆夏一阵，眼神有些涣散，像是看向了很远的地方。夏之洋没有说话，他身旁的顾芒在打圆场："小夏，你不用怕他。我们夏之洋吧，话少，看起来凶，对人防备心重，你们多见几次面，等彼此熟悉了，他的话就会多起来。他很好相处的。"

顾芒穿着一袭黑色长裙，锁骨分明，雪白的胸口点缀了一条钻石项链。虽然她看似在向着李庆夏说话，但是李庆夏能感受到，自己在她眼里是无足轻重的存在，是透明人。她看似非常接纳李庆夏融入他们，也是因为她知道李庆夏融入不进来。

别的李庆夏在日记里提到过，顾芒觉得李庆夏是远远配不上顾杯的，但是她也不会阻拦弟弟谈恋爱，因为她觉得等他腻了之后，他们总是会分手的，他还不至于要和这样普通的姑娘结婚。顾芒轻视李庆夏，是不需要出言不逊了才能被察觉的，这种轻视是从她每一句礼貌用语里毫不遮掩地流淌出来的。

好在李庆夏并不在意，她认为自己不会与顾芒这样的"上等人"有过多交集。然而，顾杯的下一句话却令李庆夏大出所料——

"今天我带她来见你和哥哥，是正式通知你们，她要成为我们的家人了。"

和李庆夏一样没反应过来的顾芒，却是最先发出疑问的："你说什么？"

她的音调明显没有刚才那么平稳了。

顾杯说："我想和李庆夏结婚。"

"为——"顾芒刚想要问为什么，夏之洋却先说话了："我不同意。"

"为什么？"顾杯很惊讶，因为夏之洋向来不管他的私事。

"没有为什么。"夏之洋喝一口酒，也不再多话，自顾自地吃起菜来。

顾杯一时沉默,突然站起身来,走出了包厢。

因为他脸色实在是难看,李庆夏担心地站起来,却被夏之洋叫住:"你干什么?"她看一眼他,最后还是扭头跑了出去。这形势很好判断,目前的夏之洋只是她男朋友的哥哥,而这个男朋友是自己姐妹很珍惜的男朋友,为了自己的姐妹,她得把他哄回来。

2

"顾杯!"李庆夏在走廊里追上他,这条走廊很狭长,两边都是黑色的壁纸,墙上每隔半米都有一盏幽暗的仿烛光灯,她问,"你这是要去哪里?"

"洗手间。"顾杯回过身时已经整理好了情绪,脸上带着平常的笑容。

她松了一口气:"我以为你生气了。"

"我当然生气。"顾杯说,"他只是我的哥哥,却摆出好像爸爸的样子来,仿佛我只是一个不能做主的三岁孩子。"

"他可能是没反应过来。这太突然了,我都没反应过来。"李庆夏有些生气地说,"这么重大的事情,你也没问过我……"说着说着,她愣住,该不会他已经求过婚了,但是其他人没有在日记里提到。这些李庆夏真是的!

还好,她错怪了她们。顾杯脸上露出愧疚的表情,他说:"对不起。"

"你确实该道歉。"李庆夏走上前去,牵起他的手,"结婚这么大的事情,你该问一下我的。"

顾杯有些惊讶:"我以为你会很开心。"

"你问一下我,不会耽误我开心的。"李庆夏说,"你现在是单方面宣布我们要结婚。"

"我没懂，难道你不爱我吗？"顾杯脸上的疑惑是真实的，他太疑惑了，"你不想嫁给我？"

她也疑惑了，是为他的疑惑而疑惑："你问一下我的意思，和我爱不爱你并不冲突啊。"

顾杯似乎不满意她的答案，他好不容易恢复的脸色又变得难看了，他问："怎么你也和我唱反调？我觉得至少你是会无条件支持我的人。"

她迟疑地说："我感觉我们在说两件事……"

顾杯不再接话，掉头就走。李庆夏急坏了，赶紧冲上去拽住他问："我们没事吧？你还要跟我结婚吗？"她可不想搞砸这一切！这是"周六李庆夏"的人生。

"没事。"见到她一脸急切，顾杯又舒服了一些，看来她还是看重他的，他缓和了语气，"你要跟我一起离开吗？"

李庆夏问："你要走？为什么？不是刚开始吃饭？"

"我怎么可能吃得下？"顾杯说，"我们换个地方，就我俩吃。"

"那我去拿一下外套和包。"

"嗯，我在楼下等你。"

李庆夏刚要离去，顾杯为了确认什么般拉住她的手亲了一下她，这才放手。

3

李庆夏在返回包厢的途中，遇到了夏之洋，他似乎有意在门口等她。今天的夏之洋和她过去见到的不一样，他没有穿松垮肥大的上衣和宽松舒服的裤子，而是穿着正装和皮鞋，整个人在视觉上变得挺拔锋利了许多，站在那里像是一柄锋利的剑。

李庆夏看着这样的他，觉得有些陌生，甚至有些害怕。为了缓解自己的紧张,她找了一些话题:"你为什么不同意顾杯和我结婚?"

"我觉得你不爱他。"夏之洋说,"我很好奇你们怎么会在一起?"

李庆夏代替身体的主人做出回答:"我当然爱他!"李庆夏心想,可千万别因为自己,把这对恩爱情侣给拆散了。她据理力争:"不过就算你不同意,这也由不得你做主,不关你的事。"

"怎么不是我做主了?"夏之洋冷笑道,"如果你们一定要结婚,我就把他赶出公司,还要收回他所有的股份,通知所有我能做主的单位,都不可以聘用他。"

李庆夏急了:"你不能这样!"

"看,你对他也没信心。"夏之洋双臂抱在胸前,傲慢地仰起头,"他不是爱你吗?做出一点牺牲是应该的。"

李庆夏更慌张了,她可别拆散了这对情侣,还坏了顾杯的事业,那她可就成大罪人了。她走上前去,双手不自觉地握在一起,仿佛在乞求:"你不是这样的人,你现在就像是故意在扮演坏人。我知道你的,你不是这种人。"

夏之洋也迈近一步,犹疑地问:"你……知道我?"

李庆夏解释道:"顾杯经常提起你,我知道你是个很厉害的人,聪明又善良。"她同时为自己辩解,"可能你不了解我,可我绝对不是坏人,和顾杯在一起也不是贪图他什么。如果要结婚,我可以签婚前协议,保证顾杯的财产和我一毛钱关系都没有。我和你才第一次见面,你不要看我不是有钱人家的孩子,就判断我是要占便宜的人。"

"不,我们不是第一次见面。"夏之洋打断她,"我见过你。"

李庆夏一愣,与此同时,顾芒敲了敲门,从里面发问:"你在外面做什么?"

李庆夏回想起来,她曾经在公司里撞见过夏之洋和顾芒接吻,她立刻面红耳赤:"我不是故意偷看的。"

"你看到什么了?"夏之洋笑了,他低下头,以嘴唇靠近她的嘴唇,"是这样吗?"

他这一举动把李庆夏吓了一跳,条件反射地推开他。夏之洋的后背撞在门上发出声音,顾芒赶紧从里面把门打开问:"怎么了?"

"我来拿我的衣服和包。"李庆夏冲进去,匆匆忙忙地拿上东西之后补充道,"顾杯好像有急事,我陪他先走了,下次我们再一起吃饭吧。"

顾芒一头雾水,但也不忘优雅一笑,做出"再见"的手势,而李庆夏离去时没敢再看一眼夏之洋。

她觉得这个夏之洋有些凶,也不是凶,但她有些怕他,感觉他心思很深,或者说他看得很远,眼神有些像是一望无际、深不见底的海。他唤起了她的深海恐惧症。

她已经迫不及待地要去见明天的夏之洋了,那个像正午烈日般明朗灿烂的幼稚鬼。

4

见到李庆夏一脸通红地跑出来,顾杯心疼了:"怎么了?他们为难你了?"

"没有。"李庆夏抹了抹眼角,发现自己竟然微微泛着泪。她说不上来为什么会有这样的反应,立刻强打着精神说:"我们去哪里?"

"上我家去吧,我做饭给你吃。"顾杯把她往怀里拢了拢,掏出一条围巾给她围上,轻笑着哄她,"我做的饭可能和那些餐厅大厨做的没差别。"

非常温馨的回忆即刻浮于李庆夏眼前,她笑了,肯定地说:"我也觉得。"

顾杯拉开副驾驶座的车门，做出"请"的手势："走，我们去买新鲜的大龙虾。"

顾杯的家很宽敞、奢华，在李庆夏的想象中，她以为他的家是以白色系为主的冷色调北欧风格，结果却是实木、砖墙、故意外露的水泥为主的粗犷工业混美式风格，乍一看有些复古，似乎房子的主人是一位很守旧又随性的中年人，而夏之洋的房子却都是未来风格的。

一顿豪华的晚餐之后，李庆夏端着红酒坐在皮质沙发上，看着燃烧的壁炉在心里感叹：可能她误会了这对兄弟，其实顾杯是个外表精致但内心狂野的人，而夏之洋则是个外表粗糙却内心细腻的人。

顾杯正在给壁炉添木材，实木在投入火焰之后噼啪作响，散发出燃烧后的木香。他回身见到李庆夏正在拨弄茶几上的一个木雕，坐到她身边说："这是古董。"

李庆夏只是无意识地在抚摸这件狮子造型的木雕，一听便缩回了手："对不起！"

"不是的，你要喜欢，我送给你也可以。"顾杯见她误会了，赶紧说，"我只是想告诉你，这屋里有很多古董。我喜欢有时光沉淀的老物件，实际上，我非常向往二十世纪九十年代的生活，恨不能穿越到那时候去。"

她问："那你会想回到古代去吗？"

"没那么远。我觉得一九九五年左右就挺好的，那是一个一切都处于起飞前期的黄金时代，抓住任何一个机会，我都能飞得很高。"顾杯拿起酒杯喝了一大口酒后，若有所思地说，"夏之洋常常让我感觉疲惫，他走得太快了，他是个很向往未来的人，我有些追不上。虽然他就是这一点很吸引人，但我一旦追不上，他就会嫌弃我，这让我不得不时刻跑起来,我只有跑起来,才能追上他那漫不经心的步伐。有时候我会想,如果给我多一些时间,从过去就开始积累,再到今天,我应该能和他平起平坐吧。"

见到顾杯一口又一口地喝着高度数的威士忌,李庆夏拍了拍他的后背说:"你不要这么想,在我眼里你也是光芒万丈的人,是我追不上的人,你不比夏之洋差。"

顾杯的双眼喝得有些微微泛红了,他苦笑道:"你也认为夏之洋比我强很多,所以才说我不比他差吗?"

"你这人怎么喝醉了也这么能挑刺呀!"李庆夏一巴掌重重地拍在他的后背上,"振作一些,你为什么一定要和别人比?我也认识又厉害又漂亮的朋友,无论哪方面都甩我百十来条街,我可从来没跟她比较过,她是她,我是我。你看,就算世上有好多强过我的人,但是你却选择了我呀。"

他侧过身子,抓着她的手腕。他是真的醉了,语气里竟然有些哀怨与哀求:"所以说,如果夏之洋和我,你选我?"

"当然选你,我和夏之洋都谈不上认识。"虽然是违心的答案,但是李庆夏一直提醒自己,现在的她不是自己,是在替小六子说话。

顾杯满意地笑了,他是一个紧绷的人,似乎只有借助酒精才能松弛一些。平时的他一丝不苟到连每一根头发丝都很老实地待在自己该在的地方,此刻他的头发终于乱了,整个人散发着犹如炉火般的躁动感。他把她拉近怀里,以一只手将她的双手扣在自己的胸前。

李庆夏能感受到他的胸膛好热,起伏得厉害。

他的呼吸更加急促了,"我们……"他意乱心迷。

原本李庆夏该大方配合的,再说了,此时此刻她可是他的女朋友,这样的发展是合情合理的,可她浑身不由自主地抗拒。她扭动着身子挣扎起来,但是眼前这个人浑身的肌肉仿佛一座钢铁浇铸的牢笼,她的挣扎显得像是在欲拒还迎，于是她不得不咬了他一口，以此表态：她真的不愿意。

口腔里的血腥气并不能叫顾杯清醒，他放开她，抹了一把自己的嘴角，手心里有一丝鲜红。他震惊又愠怒地瞪着她，脸上大写着"为什么"。

李庆夏也有些尴尬，因为眼下的火焰、红酒、暧昧的灯光和已经眼神迷离的英俊男人，似乎恰到好处，但是她并不想再进行下一步，她含糊地说："我今天不太舒服，不想……"

顾杯再度伸出双手，抚摸她的脸庞时小心翼翼地说："你知道我爱你啊。"

李庆夏真的希望此刻坐在这里的不是她，其他的姐妹也许能轻松应对吧，但她不行，她现在脑子里很乱，时时刻刻都在牵挂着夏之洋。她推搡道："今天不行——"

顾顾杯不理睬她，一直重复着"爱你"。他轻而易举地把她压倒在沙发上……

这一瞬间，李庆夏感觉自己被狠狠地压进了地面，深深地陷了进去，手脚都被沉沉地压制住了，她无法动弹。

万分焦急的时刻，李庆夏的右手抓到了花瓶，为了保护自己，李庆夏破釜沉舟般，手握着花瓶向顾杯的头砸去……

5

顾杯打算强迫我做我不愿意的事，未遂。小六子和他是情侣关系，可我不是。我明确说了我不想，可他还是想强迫我，我逼不得已，只能自卫。

他受伤后，我赶紧逃离了，哪怕是一秒钟我也不想再待在他身边。

和大家说这件事情，是我认为我有必要说。

我不是要改变你们对顾杯的看法，而是希望大家能理解，我以后不想再接近顾杯了。

我会回避有他在的场合，不再与他接触，请大家理解，尤其是小六子。对不起，我不是有意让事情变得这么尴尬，但我保证我没有破坏你们的感情。

顾杯还向我求婚了，我真诚地祝愿你们百年好合，不要因为我而产生什么顾虑。

李庆夏写下了这样一篇日记。

她当时已经破釜沉舟了，她不想就这么被一个自己不爱的人强迫，以后也确实无法面对一个曾伤害过自己的人。

众人在日记里纷纷安慰李庆夏，她们都感到震惊——顾杯竟然是这种人？也忍不住找理由说是不是因为他喝醉了。而小六子则备感抱歉：

你不要道歉，应该是我替顾杯向你道歉！对不起。

李庆夏以前有安慰自己的方式，欺骗自己不过是在梦里。可现在她清楚地知道这并不是梦，而且现在心里有了夏之洋，她似乎无法释怀了。

她只能不断地哄骗自己：这不是属于她的宇宙，不是属于她的人生，在她的时间线里，夏之洋还在等她。

闭上眼，再睁开眼，她又能见到他了。

6

周日醒来，李庆夏看着清晨的阳光，她心里对自己的哄骗更深了一层:昨天确实是一场梦。虽然才早上八点,但她忍不住发了信息给夏之洋:"我可以来找你吗?"

她没有期盼他立刻回复,捏着手机起身去洗漱,不一会儿,却收到了他的回复:"你别动,我过来接你。"

李庆夏感到惊喜,忍不住再撒娇:"那你带早饭给我,还有我爸妈的,你跟我们一起吃。"

对面那可是夏之洋,换作在从前任何一个时刻或是任何一个宇宙里,她可能都不敢如此放肆,但是不知为何,对于这个夏之洋,她感觉自己可以为所欲为。

那边的人回复了,是一个搞笑的表情包,她扑哧笑了出来。知道夏之洋会给她带早饭了,她对在厨房里正要煮粥的李志说:"爸爸,别忙活了,等会儿我男朋友带早饭上来。"

"啊?你这孩子,这一大早的,这样麻烦人家?"李志双手还在围裙上,有些不知道该摘还是不该摘,"他难得来一趟家里,应该我们招待啊,人家是客人!"

付冰边打呵欠边从卧室走出来说:"怎么,还不开饭?"

"等会儿就有了。"李庆夏抽出几张纸擦了擦本来就很干净的餐桌,"不算客人,是我男朋友,属于家里人。"

李志笑着故作生气:"唉,你这孩子,爸爸还没同意他成为家里人呢!"

"谁要来?"付冰发出尖叫,冲进洗手间,"也不叫我赶紧收拾一下,我总不能穿着睡衣见人吧!"

"你还想学别人树立爸爸的威严是吧?"李庆夏大笑,指着李志说,"那这样,我可以给你半个小时装装样子,别把他吓跑咯。他这么好条件的大鱼,你女儿我以后可是钓不上了。"

两人打哈哈了一阵,然后收拾屋子。其实也没啥好收拾的,李志是个做家务狂魔，平时就把家里清洁得好像要做民宿生意似的。夏之洋来的速度比他们料想的要快，敲门声响起时，父女俩还趴在地面研究一块擦不掉的污渍是什么东西，而付冰已经穿着一身新衣服，站得好像迎宾小姐一般了。父女俩慌忙站起来，边捋了捋衣服边去开门。

先进门的是三个穿着不同饭店制服的外送员，他们每个人都是直接提着外卖箱上来的。

外卖箱里塞满了食物，在父女俩的注目礼下，三箱各种风味的早餐被摆满了桌子。由于桌子上放不下，那些一屉一屉的粤式茶点便被堆了起来。虾饺、烧卖、脆皮肠等早点把李庆夏给看傻了，她不理解，外卖是可以连同这种蒸笼也送过来的吗？西式早点有热烘烘的黄油华夫饼、煎培根配鹰嘴豆、鸡排汉堡包、三文鱼三明治等等。此外，还有最传统的中式早点油条、大饼等，其中，大饼又分酱香饼、芝麻饼、鸡蛋饼，而包子则更是细分了不同种类……

喝的方面：豆浆、芝麻糊和咖啡都有，豆浆有红枣口味的，分甜的和不甜的，咖啡则更夸张，从拿铁到卡布奇诺一字排开。

等外卖员离开后，夏之洋就像要故意闪亮登场一般，缓缓地出现在门口。他穿着一整身四件套西装和擦得闪亮的皮鞋，一低头一仰头，字正腔圆地道："叔叔阿姨好！"

站在丰盛的早餐旁，付冰和李志一时间不知道做何反应，付冰点点头："你好。"

夏之洋迈进家门，郑重地将手中两挂四瓶的酒放在茶几上说："也不知道叔叔爱喝什么，这里是两瓶白酒和两瓶红酒，如果你不喜欢可以告诉我喜欢什么，我马上叫人送来！"

李志摆手："不必了，不必了，我平时不爱喝酒，只喝点茶。"

夏之洋立即眉头紧锁："是我考虑不周，"他掏出电话，"我马上——"

"好了！好了！"李志和李庆夏一起摆手，他们拉着他坐下，"先吃饭吧！你买这么多——"

"阿姨的礼物我也准备了。"夏之洋从怀里掏出一个华美的天鹅绒盒子，郑重地用双手捧到付冰的眼前，惹得她娇羞地一扭身子，就差说"我愿意了"。打来一看，是一条闪着光芒的钻石项链。

在付冰伸手的同时，李志"哎哟"出声："这么贵的东西你也敢收？"

付冰白了他一眼："跟你有啥关系？又不是送你的！"

"哎呀！"李志摇摇头后，拿起筷子，面对一桌的食物，一时间不知道往哪下筷子。

"因为我不知道叔叔阿姨想吃什么，第一次登门拜访，还是要表现得好一些，不能给李庆夏丢脸。"夏之洋转过脸对李庆夏一挑眉毛，一脸得意的意思，等着她的表扬。

李庆夏说："Too much（太多了）."

付冰和李志对夏之洋很有看不够的感觉，他们对他太满意了，甚至开始主动爆料李庆夏从小到大的糗事，一副"我可把她的缺点都告诉了你，你做好心理准备，我是不接受退货"的态度。夏之洋也一副百分百认定了李庆夏、不愿意撒手的意思，这就叫付冰与李志更为激动。三人竟然开始交流李庆夏的大小缺点哪一个最令人不堪忍受，最后仿佛共同见证了李庆夏从出生到今天的成长历程。

两老一少三位家长一起欣慰地含泪的样子，把李庆夏看得一愣一愣的。

李庆夏和夏之洋匆匆吃了几口就打算离开。付冰说吃不完，要邀请楼上楼下的邻居来家里做客帮忙消耗，其实她就是为了炫耀，李志使劲憋着不张嘴拆穿她。

出了单元门后,雄赳赳、气昂昂的夏之洋这才解开衣领,脱下外套、卷起袖子,露出了他撒泼打滚甩赖皮的真面目:"你都不夸我!你看我这表现,挑不出一丝毛病。"

"夸你,好!"李庆夏敷衍地竖起大拇指。

他道:"我们的约法三章呢?刚才当着咱爸妈的面,我才没问你呢。"

于是李庆夏抱着他的头亲了响亮的三大口:"够不够?不够再亲!"

夏之洋笑了:"够了,太多就显得不珍贵,我就不惦记了。"他牵起她的手走向自己的高科技小汽车,"今天我们去游乐园。"

7

昨天和夏之洋在游乐园疯玩了一天,走的vip(贵宾)快速通道。他们把每一个项目都玩过之后,夏之洋把最喜欢的极速光轮项目又玩了三遍,李庆夏则拉着他把自己最喜欢的加勒比海盗项目也玩了三遍。此外,他们还吃了造型别致、价格昂贵但味道堪忧的城堡套餐,最后看了烟火,在周边店里买的玩偶堆满了夏之洋的小汽车。

可以说是如梦似幻的一天,而今天,这一切还在延续。

周一的夏之洋出现在李庆夏工作的宠物店里。当时,她正在给一只不太老实的猫洗澡,他穿着一身名牌运动装,一手撑着墙面,一手抱着一束鲜花,营造出闪亮登场的气氛,对她说:"现在可以跟我走吗?我带你去游乐园。"

"游乐园?"李庆夏一惊,随后淡淡地说,"不去。"

"啊！"夏之洋惊呼，"为什么？你们女生不都喜欢这个吗？约会不就是去游乐园吗？"

"你……你可以明天问问我，看我要不要去，可以带明天的我去。"李庆夏说完，又补充，"你记得先打电话问问，别吓着她。"

夏之洋沉吟："你……的人格还分成喜欢游乐园和不喜欢游乐园的吗？"

李庆夏说："不是，是分成刚刚去过的和还没去过的。"

"跟你谈恋爱好麻烦。"夏之洋拖过一把椅子坐下，开始玩手机。

"你在干什么？"

"我在搜索约会还能干吗。"

"也可以什么都不干啊。"

"这样啊。"夏之洋把手机收起来，抱着花束，像一条乖巧小狗般盯着忙碌的李庆夏。

"你在干什么？"

"不干什么。"

李庆夏被盯得发毛："你不用上班吗？"

"不用，他们有处理不了的事情才会找我。"夏之洋说。

她冷哼一声："不需要挣钱的生活挺无聊的吧？"

他点点头："确实啊，所以我才跟你谈恋爱。"

李庆夏一时噎住，她瞪他："那你真的很不会谈恋爱。"

"你指导我啊。"夏之洋站起来，贴近她，露出恶作剧般的坏笑，"先从接吻开始。"

李庆夏也露出坏笑，突然以还带着泡沫的手一把将他拽过来，给了他一个深吻。

没料到夏之洋没来得及体会这个吻，就结束了。他被放开之后，过了半秒才反应过来，涨红了脸，语无伦次："你这个女的！"

李庆夏一挑眉毛："你干什么？装什么纯情啊！"

"我没有在装，是太突然了，把我吓了一跳。你太随便了吧！"夏之洋不住地用手搓自己的脸，试图掩盖自己发烫发红的脸颊，在屋里转了三圈后，回到李庆夏面前，以理直气壮又一副勇于挑战的样子说，"再来一次？"

"可以。"李庆夏把手里的莲蓬头递给他，"帮我把它的泡沫冲一下。"

夏之洋举着莲蓬头看看猫，再看看李庆夏问："然后再来一次？"

"看你表现。"李庆夏的手一接近猫，这只膘肥体壮的猫就冲她哈了一口气。

夏之洋开始嗷嗷叫着洗猫。他唉声叹气，觉得自己这辈子没受过这种委屈，就连他最心爱的三条金毛犬也没被他伺候着洗过澡。眼看着他的一双手快被猫抓得开花了，李庆夏被逗得直笑，她心疼他，这才过来帮忙。

顺利将猫洗完又烘干之后，李庆夏坐在自己的工位上给坐在自己对面的夏之洋消毒，在他伤痕累累的手上贴创可贴。因为空间狭窄，所以两人坐得很近，四条腿相互交错着。虽然隔着裤子布料，但彼此都能感受到对方身体的温度。

距离这么近，李庆夏的睫毛就在夏之洋的眼皮子下面，她的呼吸覆盖着他的手背，他忍不住开始抖脚，她瞪了他一眼，说："你还有这种毛病？"

"我忍不住了。"

"你忍什么了？"

他吻上去，碰翻了她手边的医药箱，惊得笼子里的小狗发出短促的吠叫。正在发呆的小猫们无聊地往这边扫视了一眼，又无聊地把头转了回去，打了个呵欠，它们都对这间屋子里正蓬勃的人类爱情没有兴趣。

　　但是,这一双人类却全神贯注于这一个吻。对于他们来说,就像第一次见识到宇宙大爆炸,亚当和夏娃走出伊甸园,所有的文明都只是为了证明爱情的存在。

第十四章 春夏秋冬的故事

1

李庆夏和周一的夏之洋之间感情升温得很快，才经历了三个月，他们就好像已经彼此熟悉到能闭着眼从人山人海里精准地拉住对方的手了。

李庆夏和周二的夏之洋还没有太多发展，因为每周他们只有一个下午的相处时间，她很认真地跟他学金融知识。在老大的指导下，她买了两个板块的两只潜力股，要还给许辰的钱累积到快四万多了，中途曾经到过六万，这令她惊喜万分，但很快又跌到了三万，她无比沮丧。还好夏之洋和鹿连雪一直给她做"心脏按摩"，告诉她在股市这都是常态，莫慌！

和周三的夏之洋之间，她一直保持着礼貌的距离，因为齐辉还是她男朋友，她不能做出过分的事，所以夏之洋联系她时，她总是找各种借口说自己在忙、没空。应该要不了多久，他就会没耐心了。不过，他好像也没有要强行与她拉近距离，只是经常丢一些链接给她，有些与宠物相关的，有些与投资相关的，还有一些与社会治安相关的。他偶尔会说"你看一下"或是"你注意一下"，但大部分时候他都不太说话，她回以"哈哈哈"或是认真地写读后感,比如"这个有关生产量扩大但是收益不及预期的分析,也不一定是利空消息吧,因为……",这些消息都没有得到他的回复。李庆夏觉得这样也好,她已经拥有了周一和周日的夏之洋,不要贪图更多。

和周四的夏之洋的相处算是最累的。他好淘气,当他的助理真的很疲惫,感觉他一时有一个花招,制造的问题犹如天女散花一般,等着李庆夏去收拾。有时候她忍不住会叫他先暂停,她没有章鱼般的多条触须,没办法同时收拾太多摊子,而他则一脸无辜,说她能力越大责任越大,夏总的助理本来就应该是半个超人。各位姐妹都在日记里轮流哀号:"轮到我面对他了!"但是他给的薪水实在可观,能大大改善李庆夏家里的生活质量,所以大家也只能忍气吞声。她们一致决定休年假的时候带父母去冰岛旅游,也算是犒劳自己了。

她和周五的夏之洋也没有太多接触,毕竟这一天是工作日,如果李庆夏不刻意去找他,就见不着他。然而奇妙的是,一旦她去到那间山上的房子,他一定早已经在里面等着她了。她和这个夏之洋相处起来很舒服,他话少,身上有一种云卷云舒的气息,可他又很黏人。虽然他不主动寻找李庆夏,但只要她在身边,他就仿佛盘在了她的身上。和他在一起时,李庆夏的负罪感很重,感觉是在背叛孙久全,所以她尽可能不去找他,但也不想耗时间在孙久全身上。

至于周六的那一位,因为她想避开顾杯,就不得不远离夏之洋的生活圈,所以她对周六那一位感到最陌生。挺有意思的,周日的那一位是和她关系最亲密的,一朝一夕之间,自己好像从冰山一步跨越到热带岛屿了。

2

股市里的盈利达到十五万块时,李庆夏卖掉了两只股票三分之二的仓位,在降低成本价的同时,提取了十万块钱出来,准备拿去还给许辰,还余下五万块在里面囤着,等下一波逢低补仓。

由于许辰是个败家子,李庆夏不太相信他会把钱拿去还给他妈妈,所以她把现金取出来装在包里,决定亲自登门拜访。她邀请夏之洋同行,理由是能赚到这笔钱也算他教导有方,他作为师傅应该旁观一下徒弟反客为主的光辉一刻。

夏之洋认为只是十万块钱不足以营造出"反客为主的光辉一刻",还在他家里时,他向她展示一捆一捆的钱,举起两大坨说:"这是十万块钱,算我借给你的,你既然要轰轰烈烈地打他们脸,就应该一口气还完。"说罢,他打开李庆夏的包,把钱放进包里。之后,他又举起一捆钱说:"这个五万块钱,就算给他们的利息。"说罢,他又塞进包里,再度举起一捆钱,"而这五万块钱,才是真真正正打他们的脸:老娘,不差钱。"

"有病。"李庆夏掏出这多出来的二十万块钱扔回他怀里,然后拉上包的拉链,转身欲走,却被扯住,一回首,是他拽着她的包带。

"只还一半,我觉得太丢脸了,一点都不帅!我看不下去。"夏之洋认真地瞪着她说,"我命令你。"

李庆夏拽了拽包,无法动弹,两个人就以拔河的姿势僵持着。夏之洋沉吟一会儿,严肃地说:"我求你。"

最后,李庆夏不得不妥协,先跟夏之洋借了十万块钱,打算一次性还掉这笔钱。即便如此,夏之洋还数次企图偷偷再塞十万块钱在她的包里,理由就是只有二十万块钱的话,打开里面还有空余,没有电影里那种满满当当、金钱溢出的视觉体验,没有那种很酷的效果。

"如果你嫌钱烧得慌,你可以送给我,或者捐掉。"李庆夏是这么说服他的,"你觉得许辰一家人,配得上平白无故多赚十万块钱吗?"

夏之洋恍然大悟,表示同意了。

然而，在李庆夏面对许辰和他的母亲，一边说"这是我还你们的钱"一边骄傲地拉开包的拉链，看见里面还是塞得满满当当的，数额有三十万时，她愣住了。

许辰和他妈似乎也看出哪里不对，探头往包里瞧。

"哎哟！"这时候，夏之洋做作地惊呼，伸手从里面拿走一些钱，说，"不好意思，不小心多放了十万块。"

众人都倒吸一口气，千言万语实在是不知如何说起。在如此硝烟弥漫的场合——"你是来搞笑的吗？"许辰吐出了仿佛电视剧旁白一般的台词。

李庆夏狠狠地瞪了夏之洋一眼，然而他却只顾着满足自己的表演欲，很是满意地对她挑了挑眉毛。

许辰全程没怎么说话，一直是他妈在发言，大概意思还是不愿意解除婚约，她认为大家能成为幸福和谐的一家人。未来的日子，她都替李庆夏安排好了，李庆夏不用再上班，生个一儿一女后在家里陪伴她这个老太太，一起当富太太，尽享天伦之乐。而李庆夏嫁过来，对于李庆夏来说也是一次阶级飞升，她实在不理解李庆夏为什么不情愿，一些争吵、一次说不上谁对谁错的交通事故，还不至于叫两家人放弃婚约。

"阶级飞跃？你是认真的吗？"夏之洋做出震惊的样子说，"如果是为了飞，显然她跟我在一起才叫飞好吧？跟你儿子在一起那叫骑单车。"他伸长胳膊，搭在李庆夏身后的沙发背上，得意地跷起二郎腿，"要问她为什么不要你儿子了，答案显而易见，她爱上我了呗。"

李庆夏扭脸看他，而他抛回去一个媚眼。

气氛更为紧张时，许辰的父亲回来了，他一边脱下外套一边往里走，见到了客厅里的众人，刚要发问，却见夏之洋扭过脸来。许辰父亲那张疲惫但依旧充满威仪感的脸上，先是惊讶，其次是一层层绽开的笑颜，他亲热地伸出手去，中气十足地叫道："夏总！"

255

夏之洋一时间没想起来对方是谁:"你是……"

许父自顾自地握着夏之洋的手,激动地上下摇晃,回忆道:"我们一起打过高尔夫呀。你真是贵人多忘事,我们的子公司曾经跟你申请过A轮融资,当时你还分析过我们总公司的财报,直戳要点,大挫了我们的士气,但一个回马枪,你又同意投资,我们又是惊吓又是惊喜的!"

"哦!哦哦哦!"夏之洋看样子似乎想起来他是谁了。

"你这大驾光临,是为了什么?我们家蓬荜生辉啊。"

"为了跟你儿子解除婚约,这是我的女朋友。"夏之洋搂着李庆夏的肩膀做出介绍。

"你是?"

面对许父眯起眼的困惑表情,李庆夏感到好笑,无奈地说:"叔叔,我们见过,我差点成为你的儿媳妇。"

"哦!哦哦哦!"许父似乎想起来了。

夏之洋点点头,做出带歉意的样子:"她跟你儿子分手后,就是我的女朋友了。"

"夏总就为了这事特地上我们家一趟?"许父一副感动的样子,他鼓掌道,"夏总真是个性情中人,你们结婚那天,一定要请我吃酒!"

困扰了李庆夏这么久的难题终于交了答卷,走出许辰家的时候,她还觉得不可思议。她看了看夏之洋说:"谢谢。"

他问:"你谢的是哪一部分?钱还是我?"

她回答:"谢谢你借我钱,我会尽快还上。"

他晃了晃他的手说:"急什么?反正我是你的男朋友,一时间你也跑不了。"见到李庆夏一脸疑惑地看着他举在半空的手,他不耐烦地补充,"牵你男朋友的手。"

她震惊道:"我没答应你吧?"

他说:"我以为咱俩之间不用点明了吧?那你……同意我做你男朋友吗?"

她说:"这样,你明天再问我,后天也问我,一直问够六天。我今天暂且答应你,之后要是每天都答应了你,咱俩就算成了。"

夏之洋张了张嘴,又合上,再度张开嘴,决定还是问一下,因为他一时间确实没能解开这道题:"你……这是……什么情况?"

李庆夏一本正经地说:"你就当我是在考验你吧,这中途有任何一个我拒绝了你,咱俩就成不了。"

"这……"夏之洋再度晃了晃手,"那至少今天的你是答应了,对吧?"

李庆夏笑了,牵起他的手。

"纪念我们第一次约会。"他问,"你想去哪里?"

她说:"不去游乐园。"

3

"夏之洋跟我告白,我同意跟他交往了,不过我不知道大家同意不同意,所以叫他再问问明天的我。"——这句话,在日记本上反复出现,原来大家都在担心下一个李庆夏不同意。李庆夏笑到有些不知所措了,因为她想象得到夏之洋不知所措的样子,他该不会以为她在整他吧?没想到他竟然这么执着,真的一次又一次告白,也是个好胜心很强的人。

而这个宇宙的主人是22,她才是关键人物,众人是无所谓,只看她的态度了。李庆夏紧张地期待着她的字迹。

我是22,夏之洋对我告白了。他说他数着数,对我做了七次告白,这一次他准备了鲜花和戒指,他问我还有几次。我当时情绪比较低落,就反问他是不是不耐烦了,他说没有,反而觉得很好玩,他愿意每一天都对我告白一次,就怕我不给他机会了。说实话,我当时真的就爱上他了,我觉得很不可思议,也很丢脸,明明我前不久还要和一个我根本搞不懂爱不爱的男人结婚,现在就很着急地爱上了他,这让我觉得自己是不是太过分了?太着急了?我是在用他来疗伤吗?但是我管不了那么多了,我答应了他,我甚至开始后悔,为什么我没有早一些爱上他。这就是我的最新情况。

"哇……"李庆夏长舒口气,她仿佛身在现场,恨不能自己在现场。她好想看见夏之洋对自己说这番话,好想代替22去感受"爱上他"的感觉。一次又一次,她不厌其烦,她真的很愿意去一次又一次地体会爱上他的感觉。那是锣鼓大作、天地喧嚣,是云开雾散、风雨欲来,是满心自问:我怎么爱上了他?

4

22的问题解决了,大家都为她高兴,然而问题总是接踵而来。虽然33不愿意承认,但事情终究会曝光,齐辉单方面宣布跟她分手了。他签了战队,以后也是签约主播,因为他长得帅,公司给他安排的是偶像路线,为了讨好女粉丝,他必须单身,所以他毫不犹豫地选择了跟她分手。

对于这件事情,性子高傲的33绝口不提,可能是觉得没有面子,甚至于她每一次和齐辉聊完天之后,都会删掉两人的聊天记录。她不想大家看见她哀求他与她复合,可齐辉的一条决绝信息还是暴露了她的情况。

他说:"就算我们是假分手,也瞒不过公司的。劝你不要再骚扰我了,大家都是成年人,谈恋爱一开始靠的就是你情我愿,该分的时候更应该好聚好散。这是我最后一次回复你了,这个手机号我不要了,公司会给我新的号,以后也会监控我的人际交往,这都是我为了前途不得不做出的牺牲。你以前不是总问我什么时候找点事做吗?现在我有出息了。你不要试图靠近我了,过去我是真的喜欢你,以后我也会祝福你遇到一个爱你、疼你的男生,再见!"

日记本上没有出现过33的字迹,她陷入了沉默,似乎想静静地将这件事翻篇,但是李庆夏受不住这个气,她写下:

姐妹,既然你跟他已经是陌生人了,我也不用再过问你的意见了,这口气,你咽得下,我咽不下,我仅代表我自己要去找他麻烦了!

5

在李庆夏看来,齐辉对33做的这一切可不是正常恋爱的流程,她觉得他是诈骗犯,对33骗财又骗色。一开始,他就只是在利用她的爱,拿她当提款机,现在他自己能挣钱了,有前途了,就把她一脚蹬了。他想不付出任何代价?天下没有这样的好事!

周三的一大早,她就杀气腾腾地冲去宠物店,把店长吓得问:"你想干吗,工资不是按时结算的吗?"

她大喝一声:"你之前是不是囤了很多油漆?借我一用!还有刷子。"

店长问道:"你是要拿去装修,还是拿去讨债?"

"讨债!"

"那我给你红色的。"

李庆夏对他比出大拇指:"感谢!"

"前提是你得先把今天的活儿干完。"店长补充道。

李庆夏收回自己的手："你真是公私分明。"

李庆夏将满腔怒火化为动力，很快就完成了自己白天所有的预约工作。油漆桶挺重的，李庆夏骑着跟店长借的平时用来接送装在笼子里的大型犬的三轮车，载着油漆桶出发了。

她口袋里放着一沓纸，上面是她早早计算好的33为齐辉花过的钱，从房租到球鞋，从水电费、上网费到电子设备。她是花了一番时间才整理出来的。

齐辉住的是老式爬楼梯小区，没有物业，每个月家家户户会交三十块钱请人来清洁。李庆夏在他家的门上、墙上用红油漆写字时，并没有什么人拦着，倒是有一些观众慢慢聚拢。

她首先豪迈地写上"齐辉还钱"四个大字，点出他的姓名是很重要的，因为她待会儿还要录视频。在这几个大字的四周，她开始具体地写：房租72000元，水电网费3816元，服装10281元，鞋子4781元，电子设备28921元，餐饮两人共同消费22787元，折半11393.5元……

辛辛苦苦写完之后，她举起手机开始直播，标签带上了#貔貅站队#、#齐辉#、#end#、#还钱#等。

手机镜头对着已经被红色大小字迹覆盖的墙与门，李庆夏开始哭号："各位网友们，请为我做主！请点赞、转发，告诉你身边所有人，貔貅战队的齐辉是个人渣，我是被他甩掉的女朋友。关于我为他做出了多少牺牲，他从我身上捞了多少钱，现在我给你们具体说说……"

很快，这直播内容就被人转达到了齐辉的直播间，起哄的路人们疯狂刷屏："你在家里吗？""你赶紧出门去看看吧！""你前女友找上门来了。""还钱！""你赶紧还钱吧，兄弟。"

于是，在李庆夏的镜头里，一脸疑惑的齐辉突然打开了他的家门。他在见到正举着手机面对自己的李庆夏时，脸上表情先是惊讶，再转为震怒;当他左右看看自己的墙面和门上犹如地铁线路图般通红的字迹时,他的表情先是巨大的惊讶,再转为巨大的震怒。他咆哮道:"李——庆——夏——"

"人渣。"李庆夏毫无畏惧,"大家看,人渣就是他,记住这张脸,不要靠近他,会变得不幸!"

齐辉伸手来抓她的手机,嘴里骂骂咧咧:"你有病吧?过来,我打死你!"

李庆夏见状,夺路而逃,围观群众纷纷鼓掌目送她。

6

骑着三轮车的李庆夏原本是气宇轩昂的,但是骑着骑着,又觉得有些疲惫。没有人谈恋爱想要面对这样荒唐的结局,她为自己的姐妹感到心疼。从花钱的流水单上看,33几乎没有为自己做过任何打算,挣的所有钱都花在齐辉身上了。她是在投资爱情,也算是在投资她的未来,所以她并没有几块钱存款。爱错了人,便是这样一场空。

李庆夏作为没有投入过什么感情的局外人,是痛痛快快地出了一口恶气了,但是33该怎么走出这场难堪的失恋呢?这么想着,她蹬脚踏板的速度都慢了下来,觉得脚下的每一下都好沉重。

李庆夏回到宠物店时,已经是黄昏了。橘色的余晖洒在店面前的街道上,落在了在门口等她的夏之洋身上。她看得一时恍惚,他怎么会时时刻刻都如她所愿地出现呢?她跳下车,张开双臂朝他奔跑过去,他一愣,也张开了双臂迎接她。

她满足地在他怀里深呼吸:"你怎么在这里?"

他问:"你上哪里去了?"

一阵悠长的腹鸣,李庆夏的肚子替她先回答了。

他笑了:"你饿了?"

"嗯，饿了。"

"我去给你买些吃的。"

她呢喃："抱会儿再去。"

现在是气温最宠人的春天，李庆夏和夏之洋肩并肩坐在店门前吃着面包，喝着从便利店里买来的热饮。李庆夏舔掉了手指尖上沾到的一点奶油后，满足地长叹一口气，然后脑袋重重地砸在夏之洋的肩上。

她回答了他之前问的问题："今天我去前男友家里搞破坏了。"

"这么好玩的事情你不叫上我？"夏之洋笑问。

"下次我再叫上你。"她闭上眼，享受着如此安逸的时光。

夏之洋却没能享受多久，他忍不住发问了："既然你现在单身了，我有个问题想问你。"

"我知道你要说什么。"李庆夏截断了他的话，"我觉得你可以不用说。"

似乎夏之洋也确信她知道他要说什么，于是也不说了。

她继续说："因为我今天很累，不能答复你。"

夏之洋沉默不语，看着街道上的人来人往，他的脸、肩膀、手臂都很松弛，他嘴角含笑，歪着头蹭了蹭李庆夏。说不上来他俩谁更像是狗狗，又或者他们都是，彼此依偎在一起，看着人来人往。

终于饱食了一顿人间烟火之后，李庆夏忍不住告白："你知道我爱你吗？不是昨天的我，也不是明天的我，而是现在，现在这个坐在你身边的我，在看着你的我，我爱你哦。"

"好突然。"虽然嘴上这么说，但是夏之洋也没觉得意外，"跳过了一切，直接说爱我吗？"

李庆夏点点头："嗯，因为爱你就是终点，我们可以省略过程。"

7

根据李庆夏的要求，鹿连雪一直在观察和记录卫贤的行踪。

周四这天，李庆夏一进公司，鹿连雪就塞了一份详尽的文件给她，可见鹿连雪对于拆散他们的决心有多大。根据这份文件，李庆夏发现卫贤的每一次加班和出差，都跟公司对他安排的行程不一样。

"你说他的出轨对象可能是公司的同事，"鹿连雪掀起几页纸，啪的一下戳在上面说，"我都给你计算好了，这是他和同事的聊天频率，其中有三个可疑对象，经过排除，最后只剩下一个。"

李庆夏一看："好家伙！"她惊呼出声，鹿连雪这个数据狂魔，把卫贤每天跟谁说了几分钟话，在什么时间段接触的全部做成了曲线图，其中峰值最高而时间段分布最散的就是那个眉心中间有痣的女人！李庆夏看着她的名字，忍不住双手合十：陈碧婷——谢谢你！这是真正的女菩萨，因为有她"接盘"，李庆夏终于可以正大光明地甩掉卫贤这个迟早"爆雷"的股了。

两人一合计，决定宜早不宜晚，今天就跟他摊牌。

李庆夏走向卫贤，果然，他的眼神又开始躲闪。他是真的很不情愿在公司里跟她有交集，现在她算是明白为什么了，有个小情人在呢，他怕人家吃醋。

她问："你今天又要加班？"

他说："对啊，推不了，陪客户应酬，大概夜里两点左右结束吧。你要上我家去等我吗？你先睡。"

她说："不用，我就是要告诉你，我请了假，今晚就跟小鹿去海滩酒店度假，要下周一才回来。"

他惊道："这么突然？"

"你知道的，小鹿比较忙，存的年假再不用就作废了。"李庆夏抬手想要拍一拍他的肩,又觉得下不去手,于是收了回去,"那就这样,通知到你了啊!"

见到他若有所思,她回首对在远处观察这边情况的鹿连雪发出一个"搞定"的眼神信号。

8

董事长办公室里,夏之洋看着正帮自己整理文件的李庆夏,精准地捕捉到了她的心不在焉:"喂!你在想什么?"他敲一敲桌面说,"工作的时候,只准想工作。"

"老板,可是现在是午休时间。"李庆夏直起腰来,捶了捶自己的肩膀说,"我正在义务劳动。"

夏之洋抬眼看一下时钟说:"还真是,那我给你加班费。"

"我拒绝,金钱不能收买我的灵魂。"她在待客的沙发上坐下,"我得休息一会儿,今天晚上我有大安排。"

"是什么?"夏之洋一屁股坐在她边上,"带上我。"

"是我的私事。"

"那我更有兴趣了,不用你给我加班费。"

李庆夏说:"我要去捉奸。"

夏之洋举起手:"我必须到场。"

多个男生确实比较安全,这么一想,李庆夏叫鹿连雪把何翾也叫上了。夜里十点半,一行人浩浩荡荡地来到卫贤家门口。

夏之洋与何翾第一次见面,两人分别附在李庆夏耳边悄声说:"不知道为什么,我感觉我不太喜欢他。"

她点点头,表示理解。

事情的发展倒是挺顺利的,结局也如李庆夏所期待,两人算是彻底分了，但是过程很出人意料。她打开门，看见陈碧婷穿着李庆夏的整套居家服，正贴着面膜坐在沙发上看电视。当陈碧婷看见她的时候，眼底有明显的慌张，然而却不是被捉奸的那种慌张，这种感觉很难描述。鹿连雪也感觉到，因此她和李庆夏疑惑地对视了一眼。

陈碧婷突然高分贝地喊道："哎呀！李庆夏，你怎么回来了？你不是出去度假了吗？"

她这一举动很明显就是在通风报信啊，李庆夏立刻朝里面的主卧室冲过去。陈碧婷慌张地拦截，却被鹿连雪挡在身后。

卧室里面传出很响的音乐声，门被推开，李庆夏一时间为眼前的画面愣住：只穿着贴身衣物的卫贤和另一个同样露着一双毛茸茸小腿的男人，以胳膊贴着胳膊、大腿贴着大腿的姿势坐在床上，他们手中拿着游戏手柄，而正对着的墙面上是游戏画面投影。如果不是两人穿着一模一样布满小心心图案的内裤，李庆夏还以为自己思想龌龊，想太多了。

卫贤和陌生男人都张大了嘴，呆滞地看着她。游戏画面上的两个男性角色一齐被怪物斩杀了。

夏之洋和何翾见状，各自往左右退了一步，把中间的距离拉得更开了一些。

鹿连雪不住地抚摸着李庆夏的后背，似乎很害怕她一口气没上来。

而陈碧婷终于挤了进来，那个男人看着她，一脸求助地喊："姐！"

第十五章 那就这样谢幕

1

人生真是充满意外，李庆夏用手机拍了一段视频留给小四看，是否要跟卫贤分手，她交由小四自己决定。但是任何人都能从卫贤那恼羞成怒的反应看出来，他不是个适合结婚的对象。

还有比这件事更令李庆夏意外的。周五，她醒来，觉得手腕有种钝痛感，她坐起身来，竟然是在孙久全的家里。她左顾右盼，没有听到什么动静，再一低头发现自己刚才竟是躺在地板上，而手腕上是一道一道结痂的血痕。她吓坏了，赶紧弹起来，却因为失血过多而一阵头晕目眩，最终还是跌坐在地上。

在等待呼吸平复的过程中，她仔细地打量四周，朦胧的视野变得清晰，就在她的手边有一把刀和一摊血。她花了些时间才肯承认："自己"竟然在尝试割腕自杀！

为什么？怎么会？

她慌乱地爬起来，冲向抽屉里翻找创可贴。

不对吧？她的大脑发出警告，这是创可贴能解决的伤口吗？于是她赶紧喝了好几口水，防止自己脱水，又找出一件T恤裹住自己的手腕，然后抓起外套往外冲去找诊所。

到了一间小诊所之后,里面仅有一名医生在值班,还好也没什么病人。医生检查了她的伤口,说还好是横着割的,因为李庆夏身体素质还挺好,所以血小板很快就凝结了,一夜过去,伤口在她昏厥时已经结成了几道薄薄的痂。

医生接待过几个这样不好好爱惜自己的年轻人,因为缺乏常识,都没有造成严重的后果,真是万幸!她一边帮李庆夏包扎,一边教训起李庆夏来:"小姑娘肯定是为了不值得的坏男人吧?真的是没经历过大事。你说你父母见了该多难受,他们把你养这么大,你就谈个恋爱,动不动就这样,为了什么男人也——"

"也不值得啊!气死我了。"李庆夏接过她的话头,自己骂起自己来,"我这么有才华,能画画又会写点小文章,最近还学会了炒股,这么有'钱途'!我不说是什么大美女,收拾一下也算个小靓女了,正可谓未来一片光明。为个哪怕再帅的破男人……就算是帅过年轻时的莱昂纳多,别说伤害自己了,就是在身上留两道疤也不值得啊。这什么脑子?怎么就转不过弯来呢?留得青山在,还怕没男人?"

李庆夏说得如此突然,把医生都给整愣了,医生只能缓缓点头,表示肯定:"清醒。"

李庆夏坐在路边吃了两笼小笼包,吸了一口豆浆,才感觉自己身上有"阳气"回来了。她擦了一把额头上溢出的汗,还行,体温也上来了。刚才她被镜子里面无血色的自己吓得不轻。

吃饱喝足后,她就像是侦探一般重回"案发现场",去寻找阿五的"作案"理由。这个阿五,突然搞什么惊天大动作?她在日记里也没发现什么端倪啊。

由于受惊离去时太匆忙,李庆夏都没注意到屋子里弥漫着酒气和一些呕吐物的气味，当然，淡淡的血腥味也必不会少，看来昨天的自己是借酒壮胆或是喝得糊涂了才会做出如此冲动的举动。她四处探看，最后在那一摊血迹的附近找到了一封被捏皱的信。

这是一封来自孙久全的道别信，像是在说分手，又像是在说永别。根据阿五的理解，她可能觉得孙久全是在跟她说永别，因此才会崩溃，也许是想在黄泉路上与他重逢。

亲爱的李庆夏：

回顾我这说短暂不短暂，但也绝对不算漫长的人生，认识你或许耗尽了我全部的运气。曾几何时，你是我唯一的光。在遇见你之前，我一直在寻找生命的意义，那就是写作。你是知道我有多么热爱写作的，甚至愿意为此将生命献上，可即便如此，写作却不爱我，从头到尾，都是我单方面在付出热情。或许我是神的弃子，我没有父母，也没有天赋，庆幸的是我有爱人，你不会知道，因为你，我的生命线被延长了多少。但是就像我的小说里极少涉及爱情描写般，很可惜，我觉得我不能只拥有爱情，为了写出一部成功的作品，我甚至可以献出爱情去交换。我这么说，请你不要误会你不重要，你太重要，但是我已经崩溃了。一直苦无出头之日的我，因为你的一句喜欢我的书，而再度坚持了许久的创作，可在最近，这份信仰被彻底击碎了。你说要我不要放弃，但其实，我连续被数家出版社拒绝，都没有告诉你，因为我怕你担心。我发现，在已经一无所有的我身上，满怀爱意的你竟成了我的另一重压力，我太害怕你对我失望，发现我一无是处。很抱歉，我决定离开你，离开这不爱我的人间琐碎，我想去远方寻找一片白茫茫的清爽，把我这已经疲惫不堪的灵魂重新清洗一遍。我最亲爱的爱人，很抱歉这样通知你，我决定走了。这一次，要走很远，没有归期。

或许是阿五对孙久全的滤镜太深了吧,才会觉得这是一封遗书。在李庆夏眼里,孙久全是非常孱弱又懦弱的,他不太可能会就此了结自己,所以她叹了口气:"唉!不至于。"

她把信抚平整,然后一边收拾满地狼藉,一边打电话给孙久全。电话里传来机械女声:"您拨打的用户正忙,无法接通。"

李庆夏把屋子都整理干净后,把书桌上的所有东西都搬到了桌面下方,再用四本厚重的书把信压住四边放在书桌上,让它仰面大敞着能一眼就见到,提笔在信上批注:"祝你幸福!"

弄完这一切,她没有放弃寻找孙久全。她一边走出门,一边思索,如果不叫阿五放心,她可能还会再折磨自己。

"说起来……"李庆夏自言自语,"如果我死了,我还会存在吗?"

之前她从来没想过这个问题,经历过两度濒死但没死成,依旧能睁开眼的她也不知道答案。

2

很快,李庆夏就灵机一动,通过搜索地址找到了曾经退孙久全稿子的出版社。她一路风风火火地进门,不顾前台的询问,直奔最里面的办公空间。办公室的整个面积不算大,不到十个人埋首在一堆一堆的书稿中,她高声发问:"谁是孙久全的责任编辑?我是他的女朋友!"

众人齐刷刷抬起头,其中有一个戴眼镜的姑娘犹豫地举起了手,李庆夏立刻奔过去,把她拉起来就往外走:"十万火急!"

下了楼,来到空旷的广场,李庆夏要求编辑发一条短信给孙久全,就说他们开了会,重新评估了他的稿子,觉得还是可以出版的。

"为什么要撒这个谎?"编辑无辜地瞪着眼看她。

在经历了数个宇宙的切换,习惯随时随地编织新借口的李庆夏,立刻一鼓作气地说道:"因为,他被你们退稿后写了遗书,说就是因为你们,他想不开了,现在我找不到他。如果惨剧已经发生,你想想,现在那些媒体有多爱挖新闻,你们出版社一定会成为网友的搜索对象。所以,无论如何,现在你一定要帮我把他找出来。"

比李庆夏矮半头的小编辑被她吓得一愣一愣的,直接将手机解锁,双手奉上。

李庆夏写好短信,点击发送,然后一把拽着编辑的胳膊,犹如逮捕了一个偷了糖果的小学生,大步流星地走去了边上的咖啡馆,一把将她扔进椅子里,又买了一杯咖啡摆在她眼前,一甩风衣坐在她的对面说:"等一等。"

编辑抱着咖啡也不敢喝,双眼滴溜溜乱转,一会儿看看桌面上没有动静的手机屏幕,一会儿看看李庆夏袖子里暴露出的一圈一圈透着血色的纱布。

五分钟过去——对于编辑来说仿佛一整天过去了,手机嗡嗡振动起来,屏幕上显示了孙久全的名字,编辑赶紧一脸庆幸地拿起手机,刚解锁,还来不及"喂"一声,手机就被李庆夏夺走了。

她站起来,一边走到远处,一边对着手机说:"你真的是只爱自己吧。"

电话那头没有声音,似乎是愣住了。

"孙久全,我知道你胆小、爱哭,你觉得我坚强,但是我坚强就活该被你伤害吗?我爱你这么久,我也从来没怀疑过你爱我。"

对方终于说话了,却是颤抖的声音:"我是真的爱你。"

"不够,远远不如你爱自己。我希望你看清楚这个事实,因为我已经看清楚了。"李庆夏说,"你不敢面对你不爱我的事实,就像你不敢面对失败一样。你这样落荒而逃有什么作用吗?你不能逃避一辈子,你觉得跑到别的地方去,随便找个工作或者干脆混吃等死,就从此再也不需要写作了吗？你根本不需要跑，从来就没有人逼你一定要写作，一定要你写出名堂。"

孙久全虽然沉默不语，但是已经开始呼吸不均了，李庆夏知道，他又要哭了。

"你还是会写作的。你看，我打了你几十个电话你不接，出版社一条短信，你立刻回复，你忍不住。你爱的是什么？什么是真正的爱？你现在已经知道了。"李庆夏放缓了语气，又和过去一般轻哄他，"你以后的人生与我无关了，我再也看不到你重新振作的样子，不如你现在就勇敢一回给我看。你不要再用爱我做借口，不要说那些虚伪的理由，请你勇敢地告诉我，你要跟我分手，然后，去做你必须做的事情。"

说罢，她挂了电话，把手机还给编辑，道一声谢，就走了。

走进地铁后，没有信号，当她走出来时，手机里已经有短信了："李庆夏，谢谢你，我们分手了。"

3

李庆夏走啊走，走啊走，路面光影斑斓，像是指向终点的引导线。阶梯像是琴键，每一块都在李庆夏的脚底下响起乐声。仔细听，树叶被风刮得哗哗作响，随着树叶逐渐密集，乐声也由急促变得悠长。

当她站在奇形怪状的白色房子前面，穿着毛衣和室内拖鞋的夏之洋似乎有所感应一般，已经站在门口等着她的到来了。

好奇怪，虽然经历了如魔似幻的一天，但是在见到夏之洋时，李庆夏才更有身在梦中的感觉。只是看见他，她就觉得一切都变得模糊，唯有爱是清晰的。她扑向自己的爱情。

夏之洋抱紧她，两人的身体已经熟悉得犹如世上一切配套存在的物质，当他们分离时，磁场似乎都要扭曲。

不需要过多的话语，夏之洋不住地亲吻李庆夏的脸颊和被包扎过的手腕，仿佛一切的伤痛，都是可以被理解和被治愈的。

两人躺在顶楼的床上，看着天花板玻璃外浓郁、厚重、层层叠叠的树影，明明听不到任何声音，但是能想象出沙沙的树叶摩挲声。在李庆夏的耳边，夏之洋均匀的呼吸声，像是她曾经在电影院里看科幻电影时，听过的那种太空舱里的气压声。

她转过脸去问他："为什么我们会相爱？"

他看着她说："有理由，又没有理由。"

"按理来说，我们不该相爱的，你和我是完全不一样的人。"

"我有不得不爱你的理由，你让我很惊讶。"他笑了笑，"在这个世上，我想不到有谁会比你更爱我。"

"只因为我爱你，所以你爱我？"

"难道你不是因为我爱你，所以才爱我？"

李庆夏钻进他的怀里，搂着他说："仔细想想，如果你不爱我，那我确实也不会爱你。"

"我不会给你这个机会。"夏之洋双手抱着她，亲吻她的额头，呢喃道，"别忘了，我们是要去火星的。然后，我们还会去木星，走遍太阳系，你就会知道，无论在哪里，我都爱你。"

第十六章 终将向你奔去

1

一年过去了，用来作为七个宇宙之间通讯录的日记本被写得满满当当，只剩下最后几页空白的纸。所有的李庆夏都不约而同地放弃在上面留下任何痕迹，因为这是她们可以保持联系的最后一丝缝隙了。

即使她们写的字越来越小、越来越密，也终于走到了最后两页。原本，七个李庆夏之间还有争吵和许多没有辩明的误会，但当她们逐渐意识到，要不了多久，彼此之间就要如同堕入黑洞一般再也"看不见"对方了，而这无限交换的时间线还不知道何时结束时，终于，许多无法言说的慌乱心情在倒数第二页纸上彻底爆发，每一字一句，都像在双手拢着嘴，对着山、海、天空、雷鸣和暴雨哭喊着道别。

她们相互之间似乎已经不分彼此。

我想道谢，不是特定向哪一位李庆夏，而是对所有的李庆夏道谢。我们是一体的，缺一不可。无论这一路走来有多少是对的，有多少是错的，我们都没有必要再去回想，因为我们是一起走过来的，我们是互相帮助的。我不会忘记任何李庆夏，甚至于我现在觉得我已经不是我，而是"我们"，我们融为一体了。

可能我是我们之中最令人放心不下、最拉垮的李庆夏吧，如果我有什么做得不对的地方，希望你们原谅我，我是真的好爱你们！说爱你们也很奇怪，我好爱我们，是大家一起教会了我爱自己，我现在非常爱自己。

亲爱的你们，知道我在好吗？我一直在，时时刻刻都在，当你起床时，当你吃饭时，在另一时空里，我也在做着同样的事情。你永远都不会是一个人，不要忘了，当你伤心时，当你生气时，我们所有人都在陪你，没有任何过不去的难关，我们都在。

李庆夏抚摸着因为过度使用而已经磨损得卷边的日记本，心里百感交集。她已经没有在心动宠物店工作了，可她也没有去夏之洋的公司上班。她考取了金融从业执照，联系上了高中之后失联的好友鹿连雪，对方非常惊讶又惊喜，两人一合计，决定创业，开了一家小小的私募公司。

所有人的生活都在往前迈进，像是无法逆行的河流，虽然不是万事顺意，但总是会滚滚向前。

每一个时间线里的李庆夏的父母如今都离婚了。当李庆夏坐在桌前，听他们郑重地宣布时，她感到在意料之外，又在情理之中。他们微笑的表情是那么平静，目光里饱含着"终于抵达终点"的放松感，她忍不住给了两人一个大大的拥抱。他们终究还是一家人，日升日落，聚散有时，她没有感到被任何人抛弃，只觉得每一个人都走向了自己的命运。付冰和李志一齐哭了出来，这是欣慰的泪水，他们紧紧环抱着他们的女儿。

李志离开了这个家，付冰说自己年纪还不是太大，完全可以和老姐妹一起去繁华都市重操旧业，再做起进货、走货的生意，李庆夏对她大加赞赏，掏出一笔钱给她当启动资金。如此一来，这屋里，就剩下她一个人住着了。

她倒也不孤单，鹿连雪会经常来她家讨论业务，而何翩那小子也是一副目的写在脸上的样子，总是待在她家里，好像围着鹿连雪转圈的蜜蜂，勤劳又烦人。

2

其他的李庆夏也因为相互的影响，性格逐渐趋于相似，对事件的判断和对未来的期盼也越来越统一。每一个人在七条时间线上轮转时，都不再有强烈的"异乡感"，感觉似乎都还停留在自己原本熟悉的时间线里，一觉醒来，所有的线索、拼图似乎都能接得下、对得上。如此，平行宇宙仿佛变得不再平行了。

可能最有分裂感的是小六子，只有她跟夏之洋不是恋人关系，依旧和顾杯谈着注定要结婚的恋爱。她开始感到力不从心，感觉自己的心被牵制着——来自夏之洋的有形、无形的牵制。她不知道该怎么调整，因为有六天时间，她的爱人是夏之洋，所以仅存于一个宇宙里的爱人顾杯就显得很突兀，像是一颗凸起的气泡。

这是不可控的吗？就像所有的碎光最后都会聚拢，汇成一道清晰的银河，奔涌向唯一的终点。她感到自己越来越在意夏之洋，和顾杯在一起的时候总是魂游身外。

所以，最后留在日记本上的也是她的挣扎：

我不知道该怎么办了？顾杯没有任何对不起我的地方，我却要对不起他，这是不是对他太残忍了？或许我该放弃这样自私的想法，毕竟我一生中有七分之六的时间，都和夏之洋在一起，只不过分了一小片给顾杯而已。没必要剥夺这个时间吧？你们说呢？我真的好迷茫。

李庆夏回复：

顺其自然。

3
　　不知道其他人是怎么处理的，反正轮到李庆夏时，她总是躲着曾经想要伤害自己的顾杯。然而这一回，她被逮住了，顾杯在她家楼下等着她。
　　天空飘着鹅毛大雪，顾杯坐在车里被阻碍了视线，只好站在风雪中等待正在回家路上的李庆夏。见到她时，他快步走上前去，抓着她的手问："我想不通，你为什么不接我电话？"
　　他的手指冰冷，那股寒霜之冷，穿透了李庆夏的皮肤，像是一把斜着插入她皮肤的冷剑。或许是产生了应激反应，她不自觉地尖叫了一声，因为挣扎而摔倒在地。
　　顾杯也被她带得跪在了地上。由于地面的积雪已经凝结成一片冰皮，他的膝盖猛然一阵生疼，但是他顾不上自己，赶紧去扶李庆夏，关切地问："你没伤着吧？"
　　她却不断往后蹭着身体，仿佛野猫见到了捕兽夹："你不要靠过来。"
　　顾杯瞪大了不解的眼睛，他的头发和眉毛上挂着许多雪粒，这使得他痛苦的表情更显得痛苦，他几乎是在哀求："你太奇怪了，你对我越来越冷淡，我需要一个说法。"

李庆夏试图从地上站起来，可是打滑了："没有什么好说的，顺其自然。"

"你不爱我了吗？"顾杯以非常艰难的姿势接近她，握着她的脚踝问，"你很久没有说过爱我了。"

好冷，冷气从接触到地面的屁股、手掌一路往上蹿，令李庆夏感到钻心刺骨，她不耐烦地说："是不爱了。"

她说得太直接了。顾杯没料到是这个答案："你说的是真的？"

也许是时候了，李庆夏也不想再跟他牵扯不清了。她已经无法再见到其他的李庆夏发表意见了，也许她们都在观望。从顾杯的反应来看，她们都疏远他了，那最终，与顾杯的关系，还是得有一个人做个了断，那就由自己来做决定吧。

她长出一口气，在冷空气中立刻形成了一片白色的雨雾。她冷静地说："你先放开我，让我们站起来，去一个暖和的地方，好好谈，把话说清楚。"

"不可能，你不可能是说真的。"顾杯扑上去，骑在她的身上，他双目充血，眼底泛着泪光，风雪使他丧失了体面，一双已经冻僵的手死死地掐着她的脖子，他大吼道："你骗我，你骗我！"

还好李庆夏戴着围巾，多少减少了他手掌施加的压力，她四肢并用，一边喊道"你疯了？你疯了！"，一边试图从他身下挣脱。那个被压制的恐怖记忆再度翻涌出来，她失声痛哭，好可怕。

小区里的路人匆匆从四面八方拥过来："干什么？你们在干什么？"

一些人上前来七手八脚地把顾杯拽开，这使得李庆夏得以爬起来，慌不择路地跑向自己家的单元门。她一路跌跌撞撞地回到家里，手指哆嗦地拨打了夏之洋的电话。

4

敲门声很快响起，李庆夏手中握着菜刀，警惕地发问："谁啊？"听到夏之洋说"是我"之后，她扔掉防身的武器，冲过去打开门。门打开后，冷气立刻灌了进来，因为夏之洋这个人形挡板站在门口，所以也没有几丝能扑打在她的身上，倒是他身上热热的、令她熟悉的气息最先迎面而来。

他们来不及对话就拥抱在了一起。

她一边和夏之洋亲吻，一边描述着刚才发生的事情。夏之洋又惊又怒，说自己绝对饶不了顾杯，但是他的每一句话都被她的索吻给截断了，密集的话语被亲吻切成一片又一片，夏之洋舍不得叫停。窗外是冰天雪地，而两人却面红耳赤，不过，双手提着两大兜子菜的李志打断了他们的亲热。

"这……"站在卧室门口的李志有些尴尬地憨笑道，"我刚才叫门，没人来开，我就自己掏钥匙进来了。"

好在两人虽然头发乱了，但衣着也都还整齐，他们干咳了几声。

夏之洋要走，李志热情地留他吃饭，李庆夏那惊魂未定的眼神也令夏之洋放心不下，三个人最终还是围成一桌吃了饭，还好电视机开着，不然这顿饭吃得有些寂静。李志数次欲言又止，当夏之洋的视线与他对上时，他又只会问："好吃吗？多吃些。"

李庆夏忍不住对夏之洋窃笑，他在桌子底下踢了她一脚，她不甘示弱，一脚踩在他的脚面上，没有再离开。

5

雪下得更大了。

李志看了一眼天气预报，劝夏之洋今晚留下来睡算了。他叫李庆夏把以前妈妈盖的被子拿出来，铺在客厅的沙发上。她问："为什么不让他睡我的床？"

李志问："那你睡哪里？"

李庆夏耸了耸肩。

他叫起来："哎呀，你这孩子！"跺了脚之后，他自己动手把被子掏了出来，塞在夏之洋怀里，有些没好气地说，"你自己铺！"

夏之洋瞪了一眼李庆夏，满眼写着"都怪你"，责怪李庆夏败坏了他在叔叔眼里的印象。

深夜，夏之洋受不了局促的沙发，一时半会儿睡不着。他在没有开灯的客厅里看电视，李志已经早早睡了，他把音量调到了最小。电视里正在讲最近的极端天气，记者采访了许多专家，他们都说这雪下得很诡异，按理来说不应该的。

夏之洋就在门外，李庆夏怎么可能睡得着？于是，她轻手轻脚地打开门，走到他身边贴着坐下来。两人相视一笑，拥吻着卷进被子，挤在狭窄的沙发上。

两人捂着嘴，尽量压低音量嬉闹了一阵。夏之洋滚到了沙发边沿，用身体护住靠里边的李庆夏，两人以婴儿般的姿势蜷缩着贴在一起。

"你要不要搬来跟我一起住？"夏之洋在她耳边问，"如果你害怕顾杯找上门来，我们可以换一个新的房子，换个他不知道的地方。"

她抬起头，盯着他的下巴说："不需要换新的房子，我喜欢那座山里的房子，带上小芒、法拉第和比特。"

"你觉得它们能保护你啊？"夏之洋轻笑起来，"还是指望我吧，我保证不会让你受到一丝一毫的伤害。"

她问："我和你算是在一起了吗？"

281

夏之洋亲了亲她的头发说:"当然啊,早就该在一起了,再不相爱就来不及了。时间流逝可是很快的,我们要珍惜每一分钟哦。"

电视里,一个气象节目的主持人在惊呼:"最新消息,在下周的这个时候……千万年一遇的极光啊!"他激动地叫起来,这是一个非常魔幻的气候现象,可谓千万年难遇——地球上将首次出现坐标几乎对称的极光。他说:"天文学家已经证实了这条浪漫的消息……看起来,就好像有一道极光箭一般穿透了地球。"

"什么?"李庆夏愣住了。她试图坐起来,却因为被夏之洋的手臂圈住而失败。犯困的她以为自己听错了,小声嘀咕:"怎么又来一次?"

"什么又来一次?"夏之洋的声音也迷迷糊糊的。

她在整理自己已经混乱的记忆:"极光啊。"

"这不是千万年难遇的一次吗?"夏之洋说,"嚷嚷一礼拜了,终于证实了,那个极光起源的坐标,还正巧在我那座山上,下周我们就可以躺在我家里看了。"

6

极光怎么会又出现一次?李庆夏带着疑惑回到了每一条时间线里,都通过新闻确认了,在其他宇宙里并没有发生极光奇景。周一的何翻表示非常羡慕,她竟然可以看到两次那么壮美的极光。

"你不觉得……这是一个……"李庆夏坐在自己家的餐桌前,手指在桌面上画着圈圈,犹豫不决地说,"我不知道怎么说,机会?关键点?这肯定是有什么原因吧?"

何翻却无所谓,他只是抖着腿问:"小鹿怎么还不过来?我今天一定要约她去看电影。"

"喂,你说,这个极光第二次出现,是不是意味着……"李庆夏把自己的怀疑终于说了出来,"我这个混乱的时间线要被终结了?一切都要回归正常了?"

原本心猿意马的何翻,听了这话愣住了,他张了张嘴,似乎很有些不舍地"啊"了一声,叹了口气道:"还真的有可能。"他有些紧张地搓了搓手,"我要准备跟其他的李庆夏说再见了。"

李庆夏整个人往后仰倒,仿佛散了架般地瘫在椅子上,也很惆怅地说:"终于要结束了,在我已经习惯了之后……"

一时间,室内弥漫着即将道别的伤感气氛。

这天夜里,李庆夏独自坐在卧室中,打开日记本再度从头读了一遍每一个人的日记,眼底泪光闪烁,她不断擦拭,泪水却不断涌出。翻到了最后一页空白页,她提起笔想写一些什么,又实在是舍不得。也许大家都已经知道了,但又都默契地什么也没说,她没必要破坏这个留白的结局。

7

这之后的每一天,李庆夏都过得有些魂不守舍,令与她约会的夏之洋有些不满。他在她的眼前打了个响指:"喂,跟我谈恋爱的时候请保持精神高度集中好吗?"

她解释:"我过些天可能要跟一些熟悉的生活说再见了。"

夏之洋笑了笑:"什么?瞧你这样子,我还以为你在琢磨跟我分手呢。"

对哦……她抬起头看他,也要跟眼前的这个夏之洋再见了。虽然她拥有自己宇宙里的夏之洋,但是要跟一个又一个不同宇宙里的他永别了。

坐在餐厅里的她,突然大哭:"如果我突然消失不见,你会想我吗？"

"天啊，你这是……"夏之洋赶紧挪到她这边的座位来，还好两人坐在比较隐私的卡座上，可还是惹得不远处的食客纷纷回头。他抱着她说，"你干吗要消失不见啊？我不要。我不要想你，我要你一直在我身边。"

李庆夏哭得上气不接下气，她语无伦次："我不是要消失，我解释不清楚，如果你……我不知道……"

他们坐在硕大的落地窗前，窗外是林立的高楼和厚重而宁静的云朵，这里没有狂风暴雨。

夏之洋很有耐心，一边抹着她的眼泪一边发誓："我不准，也不会让你消失的，你别哭了。"

李庆夏已经不知道该怎么办好了，她有千言万语，最后也只能反复说："我爱你。"

"我知道。"夏之洋说，"我也爱你，我更爱你。我们抓紧时间在一起，好吗？别哭了。"

时间的流逝从未如此残酷，李庆夏舍不得每一个夏之洋，也舍不得每一个李庆夏。时间在推着她往前走，她已经忘了，在一切陷入混乱之初，她是如何迫切地想寻找令一切回归正常的方法。如今，到了道别的时刻，她好想时间可以倒流，回到初始的那一天，珍惜每一分钟，抓紧时间和夏之洋、李庆夏们，好好在一起。

8

周六终究还是来了。李庆夏睁开眼睛，是自己熟悉的天花板，她久久不愿意从床上坐起来。眼泪又溢出了，顺着脸颊往下淌，她揉一揉脸，终于还是坐起来面对这一天。

视线扫到桌面，奇怪，日记本竟然摊开在那里，而且周围堆满了文具和杂物，似乎在提醒她一定要往那边看，一定要注意到。

她迷惑地眨眨眼，走过去一看，最后一页空白页被很用力地写了斗大的字，是老大写的。她比所有人要更早经历一天，虽然今天是周六，但她的日历却已经翻过了周六，这是她于"昨天"写下，在"今天"被李庆夏看到的日记。

夏之洋死了！

这是第一行字，看得李庆夏惊心动魄，差点没能继续往下看。

她立即打了电话给夏之洋，在等待接听的过程中，她感觉自己快要因为心跳过速而死亡了。

"喂？"

夏之洋很快便接听了，而她的声音则像是空中的飘雪："你……你在哪里？"

"能在哪里？我刚睡醒，等会儿去公司。"夏之洋听出了她的慌乱，担心地问，"你怎么了？"

"没事，我等下再打给你。"

"别忘了，晚上见！"他的声音很平常。

李庆夏继续阅读老大留下的信息，她的字迹不像过去那么清秀端正，非常缭乱。

20××年1月29日，周六。

我是老大。我因为公司的庆功宴而耽误了时间，直到夜里九点才抵达山上的房子，那里已经被警车包围了，警方不让我靠近。他是坠崖身亡的，手里还抓着求婚戒指，我不允许他就这么死了！我要赌一把。据说穿过零点的极光，就能创造奇迹，我已经明白了我的使命，我要回到过去！我匆忙回家写下这篇日记，但我并不知道我的计划是否能够成功。小一！你今天一定要守在夏之洋的身边，寸步不离！求你了，不要让他离开我们！而我会从过去回到今天，阻止这一切发生。

9

李庆夏还没能完全理清头绪，便随便穿上了衣服奔去了夏之洋的公司。户外已经没有飘雪了，天空非常澄澈，空气也很清新，极端天气过后，眼前的一切都像被彻底漂洗了一遍，她却没有心思去欣赏如此完美的景象。

当夏之洋来到公司之后，被她凌乱的头发和惨白的脸色给吓到了。他对她各种哄着、抱着，却不见她回魂，她整个人就如刚刚死里逃生的小鸡崽般，惊慌失措地贴着他，真的是寸步不离。

在结束了几个重要会议之后，夏之洋在自己的办公室里问她要不要买些食材，先去白色房子里等待极光。这时候，她才像突然回魂一般跳了起来："不要！不要！求求你，求求你今天不要去那座房子，不要去那座山上，我不让你去！"她拽着他的衣领，好像疯了一般哭起来。

"好，好，不去，不去。"夏之洋心疼坏了，他坐在沙发上，把她抱在自己怀里，像哄孩子般轻轻摇晃着她，"我哪里都不去，只待在你身边，你让我在哪，我就在哪。"

于是，他们的午饭和晚饭都是叫的外卖，在公司里吃的。

李庆夏的脸上渐渐恢复了血色，她看着夏之洋在自己面前生龙活虎，心里安定下来，终于能和他有说有笑了。

她喝着滚烫提神的热拿铁咖啡，试着用钝痛的大脑开始整理线索。依照老大的计划，这时候她应该已经穿过了零点的极光，成功回到了前一年的1月29日。如此，一切都解释得通了，老大就是那把钥匙，是开启一切的源头。

所有李庆夏的奇异人生之所以展开，是因为她想要回到过去拯救自己的爱人。

李庆夏看着正在敲击键盘的夏之洋，心里感到安慰：老大好了不起。

而且，她成功了，一环扣一环，因为她打开了多线宇宙，所以她才能提前得到消息，来到夏之洋身边保护他。

想到自己没有辜负信任，如此一放松，她有些昏沉地小憩了一下。

10

猛然惊醒时，四下一片黑暗，她惶恐地惊呼："夏之洋！"

"啊？"夏之洋从落地窗前回过头来。

其他人都下班了，办公室所有的灯都熄灭了，只有零星的逃生指示灯亮着，窗外其他亮着灯的写字楼组成了一片璀璨的群山。

"你睡着了。"他走到她身边坐下，"因为这边视野好，我就把你抱过来了。"

李庆夏低头看看包裹着自己的毛毯，他把她安置在了一张硕大的沙发上，正对着一整面墙的落地窗。

他指着窗外说："要不了多久，极光就要出现了，虽然不能在山上看很可惜，但是跟你在一起，怎么都好。"

她心脏虽然还在猛跳，但是语气欣慰："你听了我的话。"

他反问:"为什么不听?"

她笑了,擦去额头上的汗水:"还有多久能见到极光?"

"没多久了,几分钟。"他看见她喘气比较急,关心地问,"你要喝水吗?我去给你拿。"

"你别动,我自己拿。"李庆夏站起来,回首看,冰箱就在不远处。

应该没事了吧?她真想告诉老大,她守护好了大家的夏之洋。

打开冰箱,里面突然而来的光亮晃得李庆夏一时脚下不稳,她不可以在这最后几分钟里垮塌,所以她很快调整了站姿,稳稳地站住了。

她把呼吸也调整了一下,却在关上冰箱门的那瞬间,突然又乱了呼吸。黑暗中,戴着鸭舌帽的顾杯就站在自己眼前,与她只有一个手掌的距离。

"顾杯?"定睛发现是认识的人,她尽快镇定下来,"你吓死我了。"在抚摸胸口时,她的视线扫到了他手里一把在黑暗中明晃晃的刀子。

一瞬间,她立刻明白了。

"快跑!"她扭身对夏之洋喊,"快跑!"

夏之洋见状,却在"快跑"的呼喊声中迎了上来。眼看着顾杯举起了匕首,李庆夏慌了。她扔掉手里的水,扑上去要夺刀,而顾杯的动作却没有因她的举动而有任何迟疑。眼见着那刀尖就朝着她的脸落了下来。

李庆夏条件反射性地闭紧了双眼,但身体还在往前扑,嘴里还在喊:"快跑!"

这一刹那,她感受到自己被熟悉的体温包裹,两个人重重地摔倒在地上。她惊惶地睁开眼,看见夏之洋支撑在自己上方,一脸无所谓又满意地看着自己,似乎并没有什么重大的事情发生。

那道刀锋产生的银色光芒一下一下地从空气里落下,李庆夏只听到好几声闷重的刺穿声,她能感到夏之洋的胸膛一下、一下……因为冲击,撞在她的身上。

最后,刀子被扔在地上发出叮当一声,顾杯在原地站着喘了数秒,扭脸跑了。

李庆夏放声大哭,质问他:"为什么?"

"你在哭什么?"夏之洋嘴角溢出血来。

他撑不住了,侧身躺倒在地,血从他后背缓缓洇开。

"不要这样,不要离开我,不要——你不知道我有多努力,我们有多努力想留住你!你怎么可以让我失望?"李庆夏想要拽他起来,但是他一动不动。

他看着她,眼底含笑,似乎对这一切早有准备。

窗外,极光终于开始淡淡地展开了它旁观者的身姿,它那么遗世独立,又那么美丽。

"李庆夏……"他缓缓地说,"我见到你为我死过一次,够了,我不想再见到了。"

李庆夏呆住了,她问:"什么意思?我没懂?"幽幽的冷光缓缓地爬上夏之洋渐渐降温的身体,她看着他,他的眼神悠远、辽阔,像是一望无际、深不见底的海。她似乎从中抓到了什么,但是又不确定,她慌张求问:"什么时候?你是什么时候?"

"李庆夏,别担心。"他强撑着,以最后一丝力气挤出一个笑容,"明天的我,还会和你相爱呀。"

是什么时候?是从什么时候开始的?李庆夏哭得快看不见了,抱着的他变得越来越沉,她有好多问题想问,而这些答案其实早在许久以前便公布了——是夏之洋一次又一次走向她,一次又一次告诉她,他们之间是命中注定,这是属于他们的宇宙谜底。

11
——"你认识我?"
斑斓树影之间,浑身被光晕笼罩的夏之洋看起来像是从遥远星球为她而来的秘密。
——"我认识你,我见过你。"
他的笑容轻柔,似乎穿越了时光,见证了她的每一轮日夜,对她无比熟悉。
"夏之洋?夏之洋!"李庆夏从睡梦中惊醒,满面是泪。她揉搓了会儿脸,抓起手机一看,是清晨六点:1月30日,周日。
她一边跳下床,一边拨打夏之洋的电话,光着双腿披上一件外套就往外跑。她已经顾不上这是哪一个宇宙,对着忙音喊:"求求你,接电话。"
在昨天的时空线里,李庆夏抱着夏之洋,救护车和警车都赶到了她也没有撒手。医生想要抢救他时,他身体上只有她给予他的一层薄温。公司里有监控,警察很快就认定了犯罪嫌疑人,并全城通缉了顾杯。顾杯似乎是抱着同归于尽的心态,并没有躲藏,很快就被逮捕了。
李庆夏一直在录口供,每三句话中间就带一句:"夏之洋在哪里?我可以和他回去了吗?"何翩和鹿连雪赶来后,她因为体力不支昏了过去。

醒来之后,她便告别了那个噩梦,此刻,她终于听到电话那一头慵懒的声音:"喂?这一大早的,你怎么了?"

当夏之洋注意到李庆夏的呼吸声中都浸润着眼泪时,他也立刻清醒起来:"你在家里吗?别乱动,怎么了?我马上过来。"

"好,你快一些,赶紧过来,我要看见你,我要摸到你,拜托你了,我做了好可怕的梦。"李庆夏边往楼下走,边来到马路上,完全不在意寒风,朝着夏之洋的居所方向奔跑,"我等不及了,我现在就要来找你,我要看到你好好的,你注意安全,我要看见你完好无损……"

电话那头是慌忙行动的声音,夏之洋吼道:"你别乱动!"

"你不要挂电话。"

"我不挂。"

李庆夏有些语无伦次:"夏之洋,你知道吗?昨天,我在别的宇宙里永远失去你了。你知道吗?明明我很努力想改变那个结局,可是你好像铁了心要离开我,你就是……你预见了,或者说看过了我的努力,你还是选择离开我了,你甚至都不跟我商量,不跟我提前道别……"

夏之洋一边开车一边轻哄着李庆夏:"你只是做了一个噩梦,除了你身边,我哪里也不去。还记得吗?我们要一起去火星,但是如果你想要留在地球,我就陪你在这里待到世界毁灭。"

李庆夏跑得上气不接下气,她看着自己的手,昨天还是满手鲜红,今天却像是什么也没发生。她在脑海里不断搜集着线索,试图将一个呼之欲出的答案尽快挖掘出来,嘴里呢喃:"你是什么时候见过的我?"

"李庆夏!"因为是清晨,夏之洋开车一路无阻,很快就赶到了。他的车停在了李庆夏的斜前方,一打开门,他就朝她跑来,惹得周围人纷纷侧目——他只穿着睡衣，头发还乱糟糟的。

"李庆夏！"

李庆夏见了他，好不容易风干的脸上又开始挂泪了，她向他扑了过去："夏之洋！"

两人犹如真空状态一般地紧紧相拥。

"最近我总觉得你会离开我，李庆夏，我不想再这样担惊受怕了。"夏之洋在她耳边叹息，"我们结婚吧，好吗？"

"好，好，好。"李庆夏吸着鼻涕，不住地点头。

第十七章 最后的回响

1

之后的数天里,李庆夏与每一个宇宙中的夏之洋都形影不离,她无法解释自己对他"失而复得"的眼神,他没有经历那惊心动魄的夜。

她一直试图理解夏之洋临死前的那句话是什么意思?他见她为他死过一次?同时,她也试图寻找与老大联系的方式,显然这是不可能的,如果她利用极光成功地回到了过去,那她已经不在此地此刻的时空里了,她应该是回到了前一年1月29日的周日,即将在第二天开启她的七条宇宙轮回线,与其他六个李庆夏相逢,将已经经历过的神奇旅程再经历一遍。

周一时,她试着和何翩一起梳理这件事情,两人一起得到了一个令人绝望的答案。见到何翩欲言又止,她制止了他:"不要说,我已经猜到了,你不要说出来。"

她把铺了一地的废纸收拢起来,上面画了许多个圆环,写了许多个日期,他们试图找到老大所处的位置,可以肯定的是,在眼下和未来的时间线和宇宙里,老大不存在了。

李庆夏把何翩送出门后,关上门,大哭了一场。

在她的演算中，老大回到了过去，按部就班地翻过一页一页日历之后，她将于一年后的1月29日再度经历那黑暗的一夜。如果到时老大还是没能避免夏之洋的死亡，按她的脾气，必然又会通过极光再度回到前一年1月29日，让一切再一次重启。

她将继续困在那个时间循环里，未来如何，无人知晓。

2

其他李庆夏的时间则还在往前滚动，日记本上已经没有多余的空间了，但是李庆夏还是收到了其他人的反馈，她们在最后一页上，以极小的字在老大留言的缝隙里穿插着："对不起，我没有救到他。""对不起，我失败了，我们没有去别墅，也没有去公司，我明明选在人最多的商圈。""对不起，凶手是顾杯，他还是找到了我们。""对不起，他离开我了。""对不起，只有我有机会了，我却让你们都失望了。"

如此避无可避又重蹈覆辙的结局，已经可以叫李庆夏得出结论：夏之洋是甘心赴死的。他曾经见过某个时空线里为他而死的李庆夏，所以才回到过去，一次又一次以自己的命来改变结局。正因如此，无论李庆夏多么努力，都无法挽救已经预知一切的他。

是从什么时候开始的？李庆夏不断地回忆过往，是从哪一个时间、哪一个夏之洋开始，他看她的眼神，是早已熟知她的眼神，他对她说的话，是在重复过往的话。他在每一天，装作一无所知地走向已知的结局。

直到李庆夏再度于周六这条宇宙线中醒来，她收到了两封定时邮件，来自夏之洋，第一封很短促，而第二封，则揭晓了他临死前留下的谜题答案。

第一封：

刚才接到了你的电话,听语气感觉你好惊慌失措,和上一次一样,你又有预感了吗?你不要怕,这一次,我一定会保护你。我爱你。

第二封:

亲爱的李庆夏:

比起宝贝、老婆,我更喜欢直呼你的名字,每一个字都透着扬起来的高兴,就像我喜欢你叫我夏之洋,每一个字都被你叫得亮亮堂堂。

这是一封定时邮件,你收到的时候,我可能已经不在这个世上了,如果我还在,那我会及时撤销,不闹这个乌龙。

接下来我要说的话,可能有些匪夷所思,你会问我不是在做梦吧?如果真是在梦里,写下这封信,那对我来说,也没什么尴尬的。

我这个人,对日期不太上心,也没有写日记的习惯,但是我对1月29日刻骨铭心,这一天是我失去你的日子。

这一天是周六,我原计划在林中小屋里向你求婚。因为极光会带来奇迹,虽然我并不认为我们相爱这件事情是奇迹,因为这是命中注定的事情,但我认为有极光作为背景,还挺浪漫,然而你却一反常态,来到我的公司坚决反对我的提议,这使得我只好推迟了求婚的计划。

你看起来心神不宁,仿佛对将要发生的坏事有所知觉。

终于,我看见你倒在血泊中,顾杯是为我而来的,你为我挡下了那致命的一刀。

他吓坏了,也立刻后悔了,我们一起开车送你去医院,可惜……没能把你抢救回来。

顾杯在自首前向我袒露心声,他对我一直都有恨意,他设想过无数次杀死我的场景,在我把你从他身边"夺走"后,他终于崩溃了。

原本我是叫他到山里与我一起准备求婚场景的，为了给你制造惊喜，我叮嘱他不要告诉任何人，他觉得这是一个下手的机会，他要把我推下悬崖摔死。

你劝我不要去，是救了我一命，然而还是躲不过他追到公司里来找我，你为我挡下这一刀，等于救了我的命两次。

我舍不得你，我一直哭，极光不是会带来奇迹吗？我走进光里向它哀求，我想时间倒流，把命还给你。

接下来就是对你来说可能比较离奇的故事了，说实话，我也不知道是不是在做梦。

第二天，时间真的倒流了，我回到了星期五，就是倒得太多，回到了前一年的某个星期五。

醒来时，虽然我觉得有哪里不对，但是我并没有细想。我发现手机里没有你的联系方式，我只好去宠物店找你，你人不在，但我看到墙上挂着很多你亲手画的小猫小狗的画，这些画我从没见过，我认识的你似乎也不会画画。这时候我才意识到，这个世界不是我熟悉的世界，虽然公司还是公司，宠物店还是宠物店，但细节上总有区别。

好在第二天，我回到了原本的世界（这么说你可能糊涂了），我在公司里见到你了，可是你对我毕恭毕敬，只当我是你的老板。你眼里对我写着陌生，这使我很受挫，我开始怀疑这不过是梦，只是我无法接受自己失去你，而制造的一个真实的梦。

结果，第三天，我又在一个全新的世界里醒过来，这之后，几乎每天都是一个新世界，但又有迹可循，这个坐标就是你，我根据你对我的态度不同来判断我正处于哪里。我怀疑我坠入了多线平行的宇宙中，在有的宇宙里，你是我的女朋友，在有的宇宙里，你还不认识我，而有的宇宙里，你和我正在彼此试探……但最终，我相信，在任何一个宇宙里，我们都会走到一起，因为"引力"的关系。

生活在任何一个宇宙里，对我来说都无所谓，我打开电脑，翻开文件，和在别的宇宙里见到的事物没有任何区别，唯一的区别只有你对我的态度，所以我决心要把全部的宇宙支线都给统一起来。我要把你"追回来"，但是我也不想吓到你，所以只能克制地接近你，让我惊喜的是，你似乎也在有意地靠近我。

有一天，那可能是一个周五，我忘了具体日期，但是我对"周几"会比较敏感，你对我的态度，好像会因为"周几"不同而不同，那是一个你本不该亲近我的周五，我在我们曾经共度了许多时日的林中小屋里转悠，我经常在那回想你，结果呢，你竟然出现了，像是从天而降，我们牵手、拥抱，就好像过去一样，你对此没有任何疑问，就像我们一直就在一起。

但是，在周六时，你却是顾杯的女朋友，我就如此一天喜一天忧地混着日子，苦等着你们分手，也苦等着那一年的1月29日。我不确定是否身在梦境，也不清楚往事是否会重现，但如果被我再等到那一天，我会用我全部的生命，就是说，如果我有十条命，我就用十条命来换你。

终于，我等到了全部宇宙里的你，每一个你都成了我的女朋友，也等到了那一年的1月29日，就是今天。现在是早晨六点半，我郑重地写下这封信，如果这是一场长梦，我今天也许就要醒了，也可能是要死了，不过，如果醒来后没有你，那和死了也没什么不同，无所谓了。

也不知道你看明白我在说什么没有。

简单点，对你来说——

我，来自未来。

但你只需要明白一件事情，李庆夏，我爱你。

在每一个宇宙里我都找律师留下了遗嘱，万一我出了事情，山上的房子留给你了，那本来就该是你的家。

不要为我的离去难过太久，因为我确信多重宇宙的存在，在另一个世界里，我仍然在爱着你。

最后附上六万五千七百个吻，是今后六十年的早安吻、午安吻和晚安吻。

你某一个宇宙中的爱人，夏之洋
1月29日

李庆夏捏着手机，坐在林中小屋里。夏之洋把狗狗们也留给了她，这些大狗似乎感知到了什么，一改过往的淘气，乖顺又安静地匍匐在她的脚边。她在沙发上瘫坐了一会儿，听着窗外树叶摩挲声，好像自己仍枕在夏之洋臂弯里听着他宁静的呼吸声。她蜷缩起来，等自己哭干了眼泪之后继续收拾遗物。

3

时光流逝，李庆夏渐渐不再感到各个宇宙之间有什么区别了，每天醒来，面对一样的房间摆设、一样的工作、一样的人际关系，和一样的与她相爱的夏之洋，仿佛所有人生线里的事件都没有了差异，七条平行线竟因为相似而仿若并拢了一般，这也使得她与其他李庆夏之间的联系变得再无必要。

日记本上，她们用不同的水彩笔叠在密密麻麻的黑色字迹上，写下了同样的一则喜讯："我是22，夏之洋跟我求婚了。""我是33，夏之洋跟我求婚了。""我是小四，夏之洋跟我求婚了。""我是阿五，夏之洋跟我求婚了。""我是小六子，夏之洋跟我求婚了。"

这是最后一次了，大家齐聚一堂，里面没有老大。

李庆夏在铺满了一地的白纸上画了一个又一个轮回圈，试图找出老大缺位的空隙，可是没有。在时间线上，每一个李庆夏都可能顶上老大

那个人生的位置，没有人注意到，有一个李庆夏就这么消失了。

4

周六的那条宇宙线，应该是所有人都不愿意去的，虽然大家已经不能再通信了，但是李庆夏猜到应该是如此，毕竟这里没有夏之洋。她站在墓地，看着他的墓碑，墓碑被擦拭得很干净，周围放置的鲜花也总是最新鲜的。

她摸索了一会儿怀里的日记本，最终将它放在铁盒子里，小心地埋在了墓碑前的泥土里。她想告诉他，在每一个时空里，他们都正在相爱。

只是这一条宇宙线里，没有夏之洋了，就像另一条无人知晓的宇宙线里，没有李庆夏一样。

李庆夏想，那个李庆夏一定知道他在找她、在等她。那个夏之洋，在他们曾经走过的街道上，在她家楼下，在他们曾经一起避过风雨的店里。他一定很奇怪她去了哪里，他在密林环绕的白色房子里，盯着漫山树影在发呆。李庆夏真希望他知道，她回到了过去，在另一个时空里，正一步步走向他，然后一次次爱上他。

后记1　无限宇宙

我是"时间旅行""无限轮回""蝴蝶效应""多线宇宙"等科幻题材的忠实粉丝,在创作这本书之前,我几乎看遍了相关的影视作品,诸如《黑洞频率》)(2000)、《蝴蝶效应》(2004)、《恐怖游轮》(2009)、《源代码》(2011)、《彗星来的那一夜》(2013)、《前目的地》(2014)、《海市蜃楼》(2018)等。所以,我早有创作《她与七个他》的计划,今天终于成书。

其实,编辑在审校这本书的时候,提出了很多问题,我想刚看完这本书的你或许也有,所以我便在这篇后记里自问自答,作为灵感介绍和创作补充。

在完稿之后,我又看了一部令我兴奋的连续剧,是德国的《暗黑》,它的世界观跟我这本书里的差不多,但它只设置了三个世界(三个宇宙,由一个起源宇宙分裂出了另外两个新宇宙,生活在其中的都是同样的人物,但是过着不一样的生活)。

为什么是七个李庆夏,而不是更多,或是更少呢?

实际上,是更多的,而且是无限多,无法数得清的多。

但是我不准备描写那么多个李庆夏的故事,所以我以一周七天为灵感,设定了七个李庆夏和她们分别生活的七个世界。

在我们东方的惯有观点里,"礼拜一"是一周七天的起源,而在西方的宗教观点看来,"礼拜日"才是一周的起源,我把周日的李庆夏设置为起源的李庆夏(称她为"老大"),并不是受西方观点的影响,而是纯粹地想做个小反转,因为我们的视角跟着的是周一的李庆夏,所以便会先入为主地认为她是起源,我就偏要告诉你:不是。周日才是。就是这样一个小小的恶作剧。当然也因为剧情的需要啦。

当然,在每一个李庆夏的视角里,她们都是自我世界的主角,在一本篇幅有限的书里,我只能描写她们七个的故事,然而她们也不知道,在宇宙中,还有无数个李庆夏呢!

让我来介绍一下无数个李庆夏是怎么诞生的吧。

本书里仅仅设置七个李庆夏与她们的七条人生线,在她们的人生线里呢,每一天发生的重要事件都是固定的,会因为身在其中的李庆夏做出的不同选择,而改变这条人生线的轨道,让我们以一枚"毒苹果"举例来说吧,"周一李庆夏"得到了一枚吃下之后会晕倒的毒苹果,吃与不吃,会决定她的未来有什么不同,她当然是选择不吃,所以她前往了平安无事的A宇宙,而其他李庆夏来到她这条人生线时,根据"不破坏各自人生走向"的约定,都没有吃,就会一同走向A宇宙。

然而,偏偏有一个李庆夏误食了毒苹果,那么结局会如何呢?

在周一李庆夏的人生线里,对于毒苹果的选择——

4月11号,礼拜一,周日的李庆夏:不吃

4月11号,礼拜一,周一的李庆夏:当然不吃

4月11号,礼拜一,周二的李庆夏:不吃

4月11号,礼拜一,周三的李庆夏:不吃

4月11号,礼拜一,周四的李庆夏:不吃

4月11号,礼拜一,周五的李庆夏:误食(因为昏倒,进入了B宇

宙线）

4月11号，礼拜一，周六的李庆夏：不吃

——如果她们全都没有吃，就会一起平安地去往A宇宙，但是由于周五的李庆夏在"周一的人生线"里误食了毒苹果，哪怕周六的李庆夏来到这条人生线里时也没有吃，这七人小队也不得不在下一个"周一人生线"（4月18号，礼拜一）里面对昏迷不醒的结局（B宇宙）。

这还仅仅是"一道选择题"，严谨地去看待，每一个李庆夏的每一个小动作，都会导致蝴蝶效应的产生，催生出更多的宇宙，就比如说，这七人小队因为其中一人误食了毒苹果，所以集体进入了B宇宙，那么A宇宙便不存在了吗？——当然存在。

在A宇宙里，没有吃毒苹果的李庆夏还生龙活虎呢！只是，那就不关我们主角团队的事了，也不是我这个作者想展现给读者看的画面——因为那可不是两个或是七个，而是没完没了的无限宇宙——这本书呢，只关心这七个李庆夏之间相互影响又相互帮助、共同成长的故事。

所以，亲爱的读者，请忘掉那更多的李庆夏吧，想太多，可是会掉头发的！

关于无限宇宙的设想，也来自我每天发呆时的异想天开。比如此时，我正坐在这里码字，而宇宙中存在无数个在平行世界里坐在这里码字的我。

我连续不断地码了两个小时没有动弹，但是有一个我在半个小时后下楼去喝咖啡了；有一个我在五分钟后去洗手间了；还有一个我因为接了朋友的电话外出赴约。

她们每一个人做出的选择，都使得宇宙出现了更多分支。

比如下楼喝咖啡的那个我，在过马路时，选择了等红绿灯，于是平安无事；而另一个宇宙中的我，却选择了闯红灯，便哎呀一声被车给撞倒了!

被救护车送到医院的我,因为面对是否要打电话给老家的妈妈寻求帮助,在"是"或"否"之间做出不一样的决定,又催生了两条新的宇宙线……

看到这里,你是否被绕晕了呢?

正因为在我的理解中,宇宙分支是无限繁衍的,所以呢,我不得不只关注和描写这七个李庆夏的故事。在另一个宇宙里,另一个李庆夏,做出不一样选择的她,过着什么样的生活呢?

对了,大家也许还有一个疑问,就是在这七个李庆夏中,会出现轮回的时间和写日记的时间重叠的情况。

我想说明的是:

1.平行空间穿越没有一条固定的规律的线,由一个点(老大的穿越)引发,之后引发了其他人的穿越,但是其他人的穿越时间点是会有重叠的。

2.时空重叠、重叠宇宙:他们可以在同一天,但不是同一时间经历某件事。比如何翾在一分钟内,可能跟七个李庆夏都沟通过了,但在这一层世界里,在何翾的认知里,实际上只有一个李庆夏跟自己打交道,只不过这个李庆夏给他不同的感觉。所以求婚那一刻,老大是先经历的。老大是最先穿越的,小一也接受过,是同一时间点。这里就是发生了重叠。

也许读者们还会有很多疑问,其实你所有的"虽然、但是"的提问,都可以自由地想象:还请随意地畅想!

后记2 关于变化

我应该是害怕一成不变的人,但同时我又向往尘埃落定。应该有不少人和我一样,就是这么矛盾,日复一日不行,太闷,一天一个新世界也不行,太刺激。但不得不说,我们所有人的人生都像在开盲盒,今天无法预判明天。你每天都要去一趟的咖啡店,也许会在你某一次再度光临时被贴上转租条。

我的懦弱表现在我十九岁抵达北京之后。我在这座城里一住就是十四年,即便我每一天睁开眼都想着"是时候该离开了吧"。

如此我拖沓了整整十四年。

而我的挣扎则是在三十三岁时,决定双手空空地奔赴上海。现在回想也不知道算不算勇敢,因为当时我似乎到了不得不走的时刻了。老实说,我在北京过得不算好,但出于对"改变"的恐惧,我始终待在原地,直到日子从"不算好"变成"很不好",我意识到:已经没有什么可以失去了。

既然一无所有了,每一天对我来说都算是重新开始,我为什么不试着改变呢?于是,我放弃了所有东西,这些东西也不过是一些不值钱的衣物、书本和三合板组成的家具、已经脱落的墙皮,以及被透明胶固定在洗手间墙面上的莲蓬头。难以置信,当我要走的时候,我竟然想不起来是什么令我依依不舍。于是,我一身轻地走了。

2019年到上海之后,我坐在空空落落的出租房里想:挺好的,从现在开始我会慢慢把这间房子堆满。到2021年的今天,屋子里果然挨挨挤挤,还多了一只叫咖咖的猫。

起初,没有工作、没有收入的我,只是每天外出,于陌生的街道散步,对每一处都感到新鲜,甚至于用手机对着一个有花纹的井盖拍照。我还是那个我,并没有一夜暴富的奇迹发生,但是我感觉自己来到了一个全新的宇宙,因为未知的未来,整个人焕然一新。

此后,我的日子越过越好,从"不算好"到"非常好",像是经过艰难跋涉终于奔到终点一般的好。真是不可思议,一切有关于改变可能引发的坏的连锁事件,竟然都只存在于我的想象之中,没有颠沛,没有悔恨,只有好与更好。此时我已经三十六岁了,不禁要问曾经的自己:还等什么呢?

李庆夏与七种人生,就是我对于改变的思考,而她们最后汇聚的那一条积极的人生线,则是我认为的命运终点。无论中途是否迷茫:该走哪边?是否迷路:走错了吗?只要不断往前探索,不惧未知,每个人都将奔赴于自己的命运。

我的父母是一对被硬凑在一起的夫妻,他们从未相爱过一天,自从我有记忆开始,他们总是冷脸相对,就这么到我上了初中,才终于离婚。很显然,他们在过去的每一天里,在我出生的那一天,在我出生的前一天,甚至于在他们交往的第二天,这个结局就已经被注定,他们应该更早一些分手的。

他们或是因为当年的环境,充满了对改变的恐惧。那不是一个好时候,离婚的人会被人说闲言碎语,然而当他们真的离婚之后,那些闲言碎语所形成的伤害，甚至不及他们共处一室对彼此造成的伤害的百分之一。真正尝试了改变之后，他们只会后悔为何不更早一些做出改变。

如今的他们各自有了新的家庭，不再是硬凑的爱人，他们选择了自己爱的人，曾经愁眉苦脸的面容上也有了松软、蓬勃的笑容。多么可惜呀，他们原本可以早一些触及这样的幸福。

但好在，早一天、晚一天，总会有一天。

而夏之洋则是一件存在于未来的礼物，他对我来说就是十九岁时向往的北京，三十三岁时奔赴的上海。亲爱的，不要站在原地一动不动，要往前奔跑，才能去查收未来为你准备的礼物。

这本书，完稿于我三十六岁的生日时，如果曾经的我说"已经知足"是自我安慰的话，现在我说已经知足，是真的很知足。我还是会迷茫，还是会迷路，但是我变得比过去勇敢了一些。前路漫漫，有雾、有雨、有风，也有雪和彩虹，我不知道我会去往何方，但我不再恐惧了。

琉玄

2021年10月 于上海